KB118633

우리 모두

우리 모두

레이먼드 카버 시집 | 고영범 옮김

ALL OF US
Raymond Carver

문학동네

일러두기

1. 주석은 모두 옮긴이주다.
2. 본문 중 고딕체는 원서에서 이탤릭체로, 볼드체는 대문자로 강조한 부분이다.

우리 모두, 우리 모두, 우리 모두는
우리의 불멸의 영혼을
구원하려 애쓰는데, 어떤 길들은
다른 길들보다 더
빙글빙글 돌고
종잡을 수 없다.

_「스위스에서」

차례

불(1983)

4부

물이 다른 물과 합쳐지는 곳(1985)

1부

울트라마린(1986)

1부

폭포로 가는 새로운 길(1989)

미수록 시들: 영웅담은 제발 그만(1991)

불

우리는 우리가 기억하는 아주 약간을
일컬어 '과거'라고 하는데,
과거란 피할 수 없는 것 아니겠는가?

—윌리엄 매슈스, 『홍수』

1부

운전중 술 마시기

8월이다 난 여섯 달 동안
책 한 권 읽지 않았다
콜랭쿠르가 쓴『모스크바 철수』정도 말고는.
그래도 난 행복하다
형제와 함께 차를 타고
올드크로를 병째 들고 마시며.
딱히 가자고 마음에 둔 곳도 없다
그저 차를 몰 뿐.
한순간만 눈을 감아도 난
길을 잃을 거야, 하지만 난 기꺼이
이 도로변에 누워 영원토록
잠들 수 있다.
형제가 팔꿈치로 나를 찌른다.
이제 곧, 무슨 일이 일어날 것이다.

운

난 아홉 살이었다.
평생을 술 근처에서
살았다. 내 친구들도
마셨지. 하지만 걔들은
술에 지지 않았다.
우린 담배, 맥주에
여자애들 두엇을 데리고
아지트로 가곤 했다.
그러고는 싱거운 짓을 하는 것이다.
어떤 때는 정신을 잃은 척해서
여자애들이 너를
살펴볼 수 있게 했다.
그애들은 네가 거기 누워서
웃지 않으려고 애를 쓰는 동안
네 팬티 안에 손을 넣기도 했고,
아니면 자기들이 뒤로 기대서
눈을 감고,
아무데나 만지게 해주기도 했다.
한번은 파티에서 아빠가
오줌을 누러
뒤쪽 포치로 나왔다.
우리는 전축 소리 너머로

목소리들을 들을 수 있었고,
사람들이 둘러서서 웃고
마시는 모습을 볼 수 있었다.
아빠는 오줌을 다 눈 뒤
지퍼를 올리고, 별이 가득한 하늘을
한동안 올려다보다가—그때는
여름밤에는 항상 별이
많았다—다시 안으로 들어갔다.
여자애들은 집에 가야 했다.
나는 그 아지트에서 가장 친한 친구와
밤새 잤다.
우리는 입술에 키스를 하고
서로를 만졌다.
아침이 다가오며
별들이 빛을 잃어가는 걸 봤다.
어떤 여자가 우리집 잔디밭에서
자고 있는 것도 봤다.
나는 그 여자의 치마를 들춰봤고,
그런 뒤에 맥주를 한 캔 마시고
담배를 한 대 피웠다.
친구들, 난 이런 게 사는 거라고
생각했다.

집안에는, 누군가가 겨자가 담긴 병에
담배를 눌러 꺼두었다.
나는 병째 술을 들이켰고,
이어서 따뜻한 콜린스 칵테일을 한 잔,
그리고 또다시 위스키를
마셨다.
이 방에서 저 방으로 돌아다녔지만,
집에는 아무도 없었다.
운이 좋군, 나는 생각했다.
세월이 흐른 뒤,
나는 여전히
아무도 없는 집, 아무도 돌아오지 않아
내가 마시고 싶은 만큼 마실 수 있는 집을 위해
친구들, 사랑,
별빛 가득한 하늘을
포기하고 싶었다.

괴로운 장사

어느 일요일 이른 아침 모든 게 밖에 나와 있다—
어린이용 캐노피 침대와 화장대,
소파, 엔드테이블과 램프들, 각종
책들과 레코드가 든 상자들. 우리는
주방도구들, 시계라디오, 옷걸이에 걸어놓은 옷들,
두 사람이 처음부터 가지고 있었고
아저씨라고 부르던 커다란 안락의자를 들고 나왔다.
마지막으로 우린 식탁을 옮겼고
두 사람은 그 주변에서 장사할 채비를 했다.
하늘은 계속 맑을 것처럼 보였다.
나는 술을 끊으려고 애쓰며 이들과 같이 지내는 중이다.
어젯밤에는 저 캐노피 침대에서 내가 잤다.
이 장사는 우리 모두에게 견디기 어려운 일이다.
일요일이고, 두 사람은 바로 옆 성공회 교회의
교인들에게 좀 팔 수 있지 않을까 기대하고 있다.
이런 끔찍한 상황이라니! 이런 망신이라니!
보도에 쌓여 있는 이 잡동사니 더미를 보는 사람 모두
당혹스러울 것이다.
저 여자, 내 가족, 사랑하는 이, 한때는
배우를 꿈꿨던 이, 그녀가
자리를 떠나기 전에 거북한 미소를 지으며
손가락으로 옷가지 하나를 가리키고 있는 동료 교인과

대화를 나눈다.
저 사내, 내 친구는, 읽고 있는 것—프루아사르의
『연대기』에 열중하는 것처럼 보이려 애쓰며
테이블에 앉아 있다.
나는 그 모습을 창을 통해 보고 있다.
내 친구는 끝났다, 망했다, 그도 알고 있다.
여기서 무슨 일이 벌어지고 있는 건가?
저들을 도울 수 있는 사람은 아무도 없나?
저들의 몰락을 모두가 지켜봐야만 하는 건가?
이건 우리 모두를 왜소하게 만드는 일이다.
누군가 당장 나타나서 저들을 구해줘야 한다
이 굴욕이 더이상 이어지지 않게
저들의 손에 들린 것들을, 이번 생의 모든 흔적들을
지금 당장 가져가줘야 한다.
누군가 뭐라도 해야 한다.
지갑을 꺼내든다 그리고 분명히 알게 된다:
나는 누구도 도울 수 없다.

네 개가 죽는다

그 녀석이 밴에 깔린다.
너는 도로 옆에 누운 그 녀석을 거두어
묻어준다.
너는 마음이 아프다.
깊이 마음 아프다
하지만 그건 네 딸아이 때문이다
그애의 개였으니까
그애가 녀석을 무척 아꼈으니까.
그애는 녀석에게 노래를 불러주고
자기 침대에서 재우곤 했다.
너는 그 녀석에 대한 시를 쓴다.
너는 그 시가 네 딸아이를 위한 거라고 말한다
밴에 깔린 개에 대한
그 녀석을 네가 보살핀 일에 대한
숲속으로 가지고 들어가서
깊이, 깊이 파묻은 일에 대한 시.
그 시가 상당히 괜찮게 나와
그 작은 개가 차에 치인 게 너는
거의 기쁘기까지 하다 그 일이 아니었더라면
그 좋은 시를 쓰지 못했을 테니까.
그러고 나서 너는 자리에 앉아
그 개의 죽음에 대한 시를 쓰는

일에 대한 시를 쓴다.
그러나 그걸 쓰고 있는 동안 너는
여자의 고함소리를 듣는다
네 이름, 네 이름의
두 음절 모두를 부르는 소리,
네 심장이 멈춘다.
일 분 후, 너는 글쓰기를 이어나간다.
여자가 다시 고함을 지른다.
너는 궁금하다 이런 식으로 얼마나 갈 수 있을까.

아버지의 스물두 살 적 사진

10월. 여기 축축하고, 낯선 부엌에서
아버지의 어색해하는 젊은 얼굴을 찬찬히 들여다본다.
수줍은 듯한 미소, 아버지는 한 손에 등지느러미가
날카로운 노란색 퍼치가 매달린 낚싯줄을, 다른 손에는
칼즈배드 맥주를 한 병 들고 있다.

청바지와 데님셔츠를 입고, 아버지는
1934년형 포드의 앞바퀴 펜더에 기대 서 있다. 아버지는
낡은 모자를 한쪽으로 기울여 쓴 채
후손들에게 잘난 척 폼을 잡고 싶었던 것이다.
아버지는 평생 과감하게 살고 싶어했다.

하지만 두 눈, 그리고
죽은 퍼치가 매달린 줄과 맥주를 맥없이 내미는
두 손이 아버지를 누설한다. 아버지, 사랑해요,
하지만 어떻게 아버지한테 고맙다고 말할 수 있겠어요,
똑같이 술을 조절하지 못하고,
어디에 가서 낚시를 해야 하는지도 모르는 내가.

하미드 라무즈(1818~1906)

오늘 아침 하미드 라무즈에 대한 시를 쓰기 시작했다—
군인, 학자, 사막 탐험가—
여든여덟에 자기 손으로, 총으로, 목숨을 버린 사람.

아들에게 이 흥미로운 사내에 대한 백과사전 항목을
읽어주려 했었다—우린 롤리Raleigh에 관련된 무언가를
찾고 있었다—그러나 그애는 지루해했다, 당연하게도.

몇 달 전 일이었고, 지금 그애는 엄마와 같이 지내지만,
그 이름이 떠올랐다: 라무즈—
그리고 시 한 편이 모습을 드러내기 시작했다.

아침 내내 책상에 앉아,
부지런히 손을 놀리며 끝도 없이 쓰레기를 만들어냈다,
그 기이한 삶을 불러내려 애쓰는 동안.

파산

스물여덟 살, 털 난 배가 속옷(차압 면제) 밖으로
삐져나와 있다
나는 소파(차압 면제) 위에
옆으로 누워
아내가 즐거운 목소리(역시 차압 면제)로 내는
이상한 소리를 듣는다.

우리는 이 작은 즐거움들에
새로 도착한 사람들.
용서해주시오(나는 법원을 향해 기도한다)
우리가 낭비가 심했음을.
오늘, 내 마음은, 저 현관문처럼,
몇 달 만에 처음으로 열려 있다.

제빵사

그때 판초 비야가 타운으로 와서,
시장을 목매달고
늙고 쇠약한 브론스키 공작을
저녁식사에 불러냈다.
판초는 자신의 새 여자친구와
하얀 앞치마를 두른 그녀의 남편을 소개한 뒤,
브론스키에게 자기 권총을 보여주고는,
멕시코에서의 불행한 망명생활에 대해
이야기해보라고 했다.
나중에, 이야기는 여자와 말에 대한 것으로 옮겨갔다.
둘 다 거기에는 전문가였다.
여자친구는 키들거렸고
판초의 셔츠에 달린 진주단추를 가지고
호들갑을 떨었다, 정확히
자정에, 판초가 식탁에 엎드려
잠이 들 때까지.
여자의 남편은 성호를 긋고는
부츠를 벗어들고 그 집을 떠났다
아내나 브론스키에게
별다른 신호도 남기지 않고.
그 익명의 남편, 맨발에, 모욕을 당한,
자기의 목숨을 구하기에 급급했던, 그 사내가

이 시의 주인공이다.

아이오와의 여름

신문 배달하는 사내아이가 나를 흔들어 깨운다. "네가 오는 꿈을 꾸고 있었어,"

침대에서 일어나며 아이에게 말한다. 그 아이는

대학에서 일하는 거구의 흑인과 함께다. 그자는 나를

손보고 싶어서 근질거리는 듯하다. 나는 잠시 그 상태에 멈춰 선다.

모두의 얼굴에 땀이 흐르고; 우리는 서서 기다린다.

나는 두 사람에게 의자를 권하지 않고 누구도 입을 열지 않는다.

잠시 후, 두 사람이 떠난 뒤에야,

그 둘이 편지를 가지고 왔다는 걸 깨닫는다.

아내에게서 온 편지다. "뭐하고 지내?"

아내가 묻는다. "요즘 술 마셔?"

우편 소인을 몇 시간이나 꼼꼼히 들여다본다. 그러자, 그것도, 흐려지기 시작한다.

언젠가는 이 모든 걸 잊게 될 날이 오기를 바란다.

술

화려한 문양으로 짜인 그 휘장 옆의 그림은
들라크루아야. 대번포트가 아니라
이건 다이밴이라는 거고. 이건 세티라는 물건이야.
화려하게 장식된 저 다리들을 봐.
타르부시를 써. 눈 밑에 바른 코르크 태운 검댕의
냄새를 맡아봐. 튜닉의 매무새도 다듬어보고.
이제 붉은색 넓은 허리띠를 두르고 파리; 1934년 4월.
밖에는 검은색 시트로엥이 기다리고 있어.
가로등에는 불이 밝혀졌고.
운전수에게 주소를 줘, 하지만 서두를 필요는
없다고 말해, 오늘 밤새 놀 거라고.
거기에 도착하면, 술을 마시고, 섹스를 하고,
시미를 추고 비긴을 춰.
그리고 라틴쿼터에 다음날 아침의 해가
밝아오고 네가 밤새 가지고 또 가졌던 그 예쁜 여자가
이제 너와 같이 집으로 가고 싶어할 때,
그 여자를 부드럽게 대해, 나중에 후회할
어떤 짓도 하지 말고. 여자를 시트로엥에 태워서
집에 데려가, 제대로 된 침대에 재워.
여자가 너와
사랑에 빠지게 그리고 너도
그 여자와 사랑에 빠져 그러고는…… 어떤 것: 술—

술 때문에 문제가 생기지. 언제나 술—
네가 끝까지 가버린 것 그리고
네가 처음부터 사랑에 빠질 운명이었던
그 사람도 그렇게 하게 만든.

오후다, 8월, 태양이
산호세 너의 집 진입로에 주차된
먼지투성이 포드의 보닛을 때리고 있다.
앞자리에 여자가 앉아
눈을 가리고
라디오에서 나오는 옛 노래를 듣고 있다.
너는 현관 앞에 서서 지켜본다.
노래를 듣는다. 그리고 그건 오래된 일.
너는 얼굴에 햇볕을 받으며 그 기억을 더듬고 있다.
하지만 너는 기억 못한다.
정말로 기억 못한다.

무인정신武人精神을 갖춘 셈라를 위해

작가들은 돈을 얼마나 벌어? 그녀가 말했다
다짜고짜
그녀는 한 번도 작가를 만나본 적이 없다
여태
얼마 안 돼 내가 말했다
작가들은 다른 일들도 해야 돼
어떤 거? 그녀가 말했다
제재소에서 일한다든가 내가 말했다
청소를 한다든가 학교에서 가르친다든가
과일 따는 일을 한다든가
아무거나
어떤 거든 내가 말했다
우리 나라에선 그녀가 말했다
대학 나온 사람은
절대로 청소 같은 일은 안 해
음 글쓰는 일 막 시작했을 땐 그러는데 내가 말했다
작가들은 다 엄청 잘 벌지
나 시 한 편 써줘 그녀가 말했다
연애시
시는 전부 연애시야 내가 말했다
무슨 소린지 모르겠는데 그녀가 말했다
설명하기 좀 어렵군 내가 말했다

지금 하나 써줘 그녀가 말했다
좋지 내가 말했다
냅킨/연필
셈라를 위해 난 썼다
바보 지금 말고 그녀가 말했다
내 어깨를 간질이면서
그냥 보려고 그랬지
나중에 써줘? 내가 말했다
그녀 허벅지에 손을 올려놓으면서
나중에 써줘 그녀가 말했다

오 셈라 셈라
파리 다음으로는 그녀가 말했다
이스탄불이 제일 아름다운 도시야
오마르 카이얌 읽어본 적 있어? 그녀가 말했다
그럼 그럼 내가 말했다
빵 한 덩어리 와인 한 병
오마르 잘 알지
속속들이
칼릴 지브란은? 그녀가 말했다
누구? 내가 말했다
지브란 그녀가 말했다

잘 모르겠는데 내가 말했다

군대에 대해선 어떻게 생각해? 그녀가 말했다

군대에 가봤어?

아니 내가 말했다

군대에 대해선 별로 생각해본 적이 없는데

왜? 그녀가 말했다

지가 남자라면 말야

군대에 가야 된다고 생각하지 않아?

그래 뭐 당연하지 내가 말했다

그래야지

내가 옛날에 어떤 남자하고 살았는데 말야 그녀가 말했다

진짜 사나이

육군 대위

근데 죽었어

음 저런 내가 말했다

주변에 장검이 있나 두리번거리면서

전봇대처럼 취해서

저 저 군인들의 눈초리 후퇴라니 웃기는 소리

이제 막 왔는데

테이블 위로 주전자가 자빠져 나뒹군다

미안해 내가 말했다

주전자에게

아니 그러니까 셈라에게
아이씨 그녀가 말했다
왜 네가 나한테 수작을 걸게
내버려뒀나 몰라

일자리 찾기 1

언제나 아침으로 브룩송어가
먹고 싶었다.

느닷없이, 폭포로 향하는 새로운 길이
눈앞에 나타난다.

나는 서두르기 시작한다.
일어나,

아내가 말한다,
당신 꿈꾸고 있어.

하지만 일어나려고 하는 순간,
집이 기우뚱한다.

누가 꿈꾸고 있다고?
정오야, 아내가 말한다.

새 신발이 현관에서 대기하고 있다.
윤이 난다.

건배

커피를 곁들인 보드카. 매일 아침
문에 표지판을 걸어놓는다:

  점심식사 외출

하지만 아무도 신경쓰지 않는다; 내 친구들은
표지판을 보고는
짧은 메모를 남겨놓을 때도 있고,
아니면 소리를 지른다―나와서 놀자,
레이-먼드.

한번은 내 아들, 그 개자식이,
제멋대로 들어와서 색칠한 계란과
지팡이를 두고 갔다.
내 보드카도 좀 마셨던 거 같다.
그리고 지난주에는 아내가 들렀다
소고기수프 한 캔과
눈물 한 통을 가지고.
아내도 내 보드카를 좀 마셨던 거 같고, 그랬던 거 같고,
내가 본 적이 없는 사내와 함께
낯선 차를 타고 서둘러 떠났다.
그들은 이해 못한다; 난 잘 지내,

지금 있는 데서 아주 잘 지내, 이제 곧
나는 반드시, 나는 반드시, 나는 반드시……

나는 작정한다 이 세상 모든 시간을 가지기로,
모든 것들에 대해 생각하기로, 심지어 기적에 대해서도,
그러나 동시에 방어 자세를 취하기로, 어느 때보다
더 조심하기로, 더 경계하기로,
나를 범하려는 자들에 맞서,
내 보드카를 훔치려는 자들에 맞서,
나를 해치려는 자들에 맞서.

로그강에서 제트보트 타기, 1977년 7월 4일, 오리건 주 골드비치

그 사람들은 잊지 못할 여행을 약속했다,
사슴, 담비, 물수리, 믹 스미스가
학살을 벌인 현장과—그자는
자신의 가족을 모두 죽이고, 그 자리에서
집에 불을 질렀다—
프라이드치킨 저녁식사까지.
나 술 안 마셔. 그걸 눈으로 확인하려고
당신은 결혼반지를 다시 끼고 오백 마일을
차를 몰고 왔지.
이 빛은 눈이 부시다. 내 폐에 새 공기를
채워넣는다 마치 지난 몇 년간은
항해와 항해 사이 짧은 하룻밤의 육로 여행이었을 뿐
아무것도 아니었다는 듯이.
우린 제트보트의 뱃머리에 앉는다.
당신은 가이드와 소소한 잡담을 이어간다.
사내는 우리가 어디에서 왔는지 묻는다, 그러나
우리가 혼란스러워하는 걸 보고
자신도 혼란스러워져서는 우리에게 말한다.
자기 한쪽 눈이 유리알인데
어느 쪽인지 맞혀보라고.
사내의 멀쩡한 눈, 왼쪽 것, 은 갈색이고, 목표물에
고정되어 있고, 아무것도 놓치지

않는다. 얼마 전만 같았어도
그걸 후벼냈을 텐데 그저
그게 지니고 있는 온기와, 젊음과, 의도 때문에,
게다가 그게 당신 젖가슴에서 떠나질 않고 있으니까.
이제, 뭐가 내 것이고 무엇이 아닌지 나는 더이상
알지 못한다. 더이상 아무것도 알지 못한다 내가
술을 마시지 않는다는 것 말고는—과거의 술 때문에
여전히 약하고 아프지만. 엔진이 돌기 시작한다.
가이드는 조종간을 잡는다.
물살이 사방에서 튀어올랐다 떨어진다 우리가
강을 거슬러올라가는 동안.

2부

너넨 사랑이 뭔지 몰라
—찰스 부코스키와의 저녁

너넨 사랑이 뭔지 몰라 부코스키가 말했다
난 쉰한 살이야 날 봐
내가 어떤 어린 여자애를 사랑하는데 말이지
아주 심하게 몰입했지 그애도 그랬고
그러니까 괜찮은 거야 다 그런 거지 뭐
내가 걔들 핏속에 들어가면 걔들도 날 내쫓을 수 없는 거고
나한테서 벗어나려고 별짓을 다하지만
결국엔 돌아오거든
다 나한테로 돌아왔어 딱 하나
내가 정말 마음을 뒀던 애만 빼고
걔 때문에 울었지
근데 그 시절엔 내가 툭하면 울었어
힘든 얘기로 끌고 가진 말아줘
그러면 내가 좀 고약해지거든
나야 여기 앉아서 너희 같은 히피들하고
맥주를 밤새 마실 수 있지
안주 하나 없이도 이 맥주를
십 쿼트는 마실 수 있지만
이건 뭐 물 같은 거니까
그 힘든 얘기로 들어가게 되면
사람들을 저 창문 밖으로 집어던지기 시작할 거야
누구든지 저 창문 밖으로 내던질 거란 말이야

전에도 그런 적이 있어

근데 너넨 사랑이 뭔지 몰라

너넨 몰라 왜냐면 너넨

사랑을 해본 적이 없거든 단순한 얘기지

내가 어떤 어린애를 사랑했는데 말이지 정말 예쁜 애였거든

그애는 날 부코스키라고 불렀지

부코스키 그 작은 목소리로 이렇게 부르는 거야

그러면 내가 그러지 뭔데

근데 너넨 사랑이 뭔지 몰라

그게 뭔지 내가 말해줄게

근데 너네 지금 안 듣고 있잖아

사랑이 당장 여기에 나타나서 똥구멍을 쩔러도

이 방에 있는 어떤 놈도

그게 뭔지 모를 거야

난 시 낭독이라는 건 현실 도피라고 생각해왔어

봐봐 난 쉰한 살이야 꽤 살아봤단 말이지

내가 알아 쟤들도 죄다 현실 도피자들이야

하지만 내가 스스로한테 말하지 부코스키

굶주리는 게 사실 아무것도 안 하는 것보다 더한 현실도
피야

그러니까 그런 거야 제대로 된 게 아무것도 없단 말이지

누구야 골웨이 키넬이라고 있잖아

내가 잡지에서 개 사진을 봤는데
아주 잘빠진 머그잔을 들고 있더라고
근데 걘 **선생**이거든
내 참 상상이 가나
근데 사실은 너네도 선생 아냐
이거 봐 내가 벌써 니들 욕하고 있잖아
아니 개에 대해 들은 건 없고
걔도 마찬가지일 거고
걔들도 다 개미 새끼들이야
내가 요즘은 존심 때문에 더이상 안 읽는 건지도 몰라
근데 이런 사람들 있잖아
책 대여섯 권 가지고 평판을 쌓는
개미 새끼들
부코스키 그 여자애가 이렇게 말하지
클래식은 왜 하루종일 듣는 거야
걔가 그런단 말야
부코스키 클래식은 왜 하루종일 듣는 거야
너 깜짝 놀랐지 안 그래
나 같은 불쌍놈이 클래식을 하루종일 듣는다니
브람스 라흐마니노프 바르톡 텔레만
씨발 난 여기서 못 써
너무 조용하고 나무도 너무 많고

난 도시가 좋아 나한테 맞아

아침마다 클래식을 틀어놓고

타자기 앞에 앉아서

시가에 불을 붙이고 이렇게 연기를 피워대면서

말하는 거지 부코스키 넌 행운아야

부코스키 넌 다 거쳐왔어

게다가 넌 운이 좋은 놈이야

그러면 푸른 연기가 탁자 위를 스쳐지나가지

그러고 창밖으로 들롱프르 애비뉴를 내다보면

사람들이 보도로 왔다갔다하는 게 보이는 거야

그러면 내가 이렇게 시가를 한 모금 빨지

그러고 나서 시가를 이렇게 재떨이에 올려놓는 거야

그러고 나서 숨을 깊게 들이마시고

그러고 나서 쓰기 시작하는 거지

부코스키 이게 바로 인생이야 이렇게 말하면서

가난한 게 좋은 거야 치질이 있는 게 좋은 거야

사랑에 빠져 있는 게 좋은 거야

근데 너넨 그게 어떤 건지 몰라

너넨 사랑에 빠진다는 게 뭔지를 몰라

너네가 그 여자앨 보면 내가 무슨 소릴 하고 있는지 알게
될 거야

그 여자애는 내가 여기 오면 누군가랑 잘 거라고 생각했어

그냥 안 거지

그냥 안다고 그러더라고

씨발 난 쉰하나고 걘 스물다섯이야

근데 우린 사랑하고 있고 그앤 질투를 한다니까

와 아름답잖아

내가 여기 와서 누구하고 자면 내 눈알을 후벼내겠다고 그
러더라고

이런 게 사랑이란 말야

너네 중에 누가 이런 걸 알겠어

얘기 하나 해줄게

내가 빵에서 사내들을 만났는데

대학 근처에서 왔다갔다하면서 시 낭송회 다니는 것들보다

스타일이 훨씬 좋아

그런 것들은 시인 양말이 더럽진 않은지

겨드랑이에서 냄새가 나지는 않는지 보려고 온 좆만이들
이지

나야 물론 그런 애들 절대 실망시키지 않지

근데 너네들 이건 기억해야 돼

오늘밤 이 방 안에 시인은 딱 한 명밖에 없어

오늘밤 이 동네에 시인은 딱 하나밖에 없어

어쩌면 오늘밤 이 나라 전체에 진짜 시인은 딱 하나밖에
없는데

그게 나야
너네 중에 인생에 대해서 아는 놈이 누가 있어
너네 중에 뭐라도 아는 놈이 누가 있어
여기 있는 너네들 중에 직장에서 잘리거나
깔치를 패보거나
깔치한테 맞아보거나 한 사람이 누가 있어
난 시어스앤로벅에서 다섯 번이나 잘려봤어
날 자르고 다시 고용하고
서른다섯 살에 거기서 선반에 물건 쟁이는 일을 했는데
쿠키를 훔쳤다는 이유로 짤렸지
난 세상이 어떻게 돌아가는지 알아 거기 있었거든
난 지금 쉰한 살이야 그리고 사랑을 하는 중이지
이 쪼그만 여자애가 말야 날 이렇게 불러
부코스키
그러면 내가 뭔데 그러지 그럼 얘가
내가 보기에 넌 순 사기꾼이야 이러는 거야
그럼 내가 그러지 오 베이비 넌 날 이해하는구나
걘 남자건 여자건 가릴 거 없이
내가 그런 소리를 들어줄
이 세상에서 유일한 애야
근데 너넨 사랑이 뭔지 몰라
걔들 다 막판엔 다시 나한테 돌아왔지

하나도 안 빼놓고 다 돌아왔어
내가 너네들한테 얘기한 걔만 빼고
내가 맘을 뒀던 애
우린 칠 년을 같이 살았어
술도 엄청 마셨지
이 방에도 그 비슷한 타입이 몇 명 보이긴 해 근데
시인은 하나도 없네
놀랍지는 않아
시를 쓰려면 너네도 사랑을 해봐야 돼
근데 너넨 사랑이 뭔지 모르지
그게 너네의 문제야
그거 좀 줘봐
얼음은 말고 그래 그거
어 그거면 돼 그거면 좋아
그럼 이제 슬슬 시작해보자고
내가 무슨 말 했는지 알지만 딱 한 잔만 더 하지
그거 맛있던데
좋아 그럼 가자고 빨리 해치우자고
근데 이따가 그 열린 창문
근처에 서 있지만 말라고

3부

아침, 제국에 대해 생각하며

우리는 에나멜을 입힌 찻잔 테두리에 입술을 댄다
우리는 커피 위에 떠 있는 이 기름기가 어느 날
우리의 심장을 멈춰 세우리라는 걸 안다.
눈길과 손가락들이 은식기로 향한다
은으로 만들지 않은 은식기들. 창밖에선 파도가
여기저기 떨어져나간 오래된 도시의 방벽을 때린다.
너의 두 손이 거친 식탁보에서 들어올려진다
예언이라도 하려는 것처럼. 네 입술이 떨린다……
난 앞날 따윈 신경 안 쓴다고 말하고 싶어진다.
우리 앞날은 오후의 깊은 곳에 들어 있다.
손수레와 수레꾼이 있는 좁은 길,
수레꾼은 우릴 바라보고 잠시 망설이다가,
고개를 젓는다. 그동안,
나는 잘생긴 레그혼 닭이 낳은 계란을 차분하게 깬다.
너의 두 눈이 기록하고 있다. 너는 내게서 고개를 돌려
바다에 면한 지붕 위를 바라본다. 파리들조차 움직이지 않
는다.
나는 다른 계란을 깬다.
우리는 진실로 서로를 갉아먹었다.

푸른 돌

당신은 에마 보바리와
로돌프 불랑제가 사랑을 나누는 장면을 쓰고 있다,
그러나 사랑은 그 일과 아무 관계 없다.
당신은 성적 욕망에 대해 쓰고 있다,
한 사람이 다른 사람을 소유하길 갈망하고
그 궁극의 목표는 삽입인.
사랑은 그 일과 아무 관계 없다.
당신은 그 장면을 쓰고 또 쓴다
당신이 발기할 때까지,
손수건에 대고 수음을 할 때까지.
그러고 나서도, 당신은 몇 시간이고 책상에서
일어나지 않는다. 당신은 계속해서 그 장면을 쓴다,
허기에 대해, 맹목적인 에너지에 대해—
섹스의 본성 자체인—
결과를 향해 돌진하는 불같은 성향
그리고 결국에는, 억제되지 않을 경우에 이르게 될
완전한 파멸에 대해서. 그리고 섹스란,

억제되지 않는 게 아니라면 섹스란 무엇인가?

당신은 그날 밤 충성스러운 친구 에드몽 공쿠르와 함께
물가를 걷는다.
요즘은 사랑을 나누는 장면을 쓸 때
책상을 떠나지 않고도 사정을 할 수 있다고
그에게 말한다.
"사랑은 그 일과 아무 관계 없어요," 당신은 말한다.
당신은 시가의 맛과 선명하게 보이는 저지Jersey의 풍경을
음미한다.
해변의 조약돌 위로 물이 빠져나간다,
지상의 무엇으로도 그걸 막을 수는 없다.
당신이 주워들어 달빛 아래 살펴본
매끄러운 조약돌들은 바다가 푸르게 만든 것들이다.
다음날 아침 당신이 바지 주머니에서
꺼내들었을 때에도, 그것들은 여전히 푸르다.

　　　　　　　　　　　　　—아내에게 바침

텔아비브와 미시시피강에서의 생활*

오늘 오후의 미시시피—모든 걸 태워버리려는
태양 아래서 거칠고 사납게 요동치는,
혹은 별빛 아래서, 낮게 잔물결을 일으키며,
증기선들을 낚으려 치명적인 암초들을
준비하고 나선—
오늘 오후처럼 미시시피강이
멀어 보였던 적이 없다.

대농장들이 어둠 속에서 지나간다;
존스랜딩**이 느닷없이
소나무숲 속에서 나타나고,
여기 12마일 포인트에서는, 그레이네 관리자가
안개 속에서 나타나 뉴올리언스에서 보내온
편짓더미와 기념품 같은 것들을
받아간다.

당신이 사랑했던 조타수 빅스비***는

* Life on the Mississippi. 마크 트웨인이 1883년에 발표한 회고록. 미시시
피강의 역사, 남북전쟁이 일어나기 전 그 강에서 증기선의 조타수 조수로 일을
배우던 일, 뉴올리언스에서 세인트폴까지의 여행기 등이 담겨 있다.
    ** Johns's landing. 'landing'은 원래 비행기나 배의 하역 장소를 말하는데,
이것이 그대로 지명이 되기도 했다.
    *** Horace Ezra Bixby. 미시시피강을 운행하던 증기선의 조타수. 마크 트웨

얼굴에 열이 올라 불을 뿜을 지경이다.
이런 망할 자식! 그는 당신에게 욕설을 퍼붓고 또 퍼붓는다.
빅스버그, 멤피스, 세인트루이, 신시내티,
외륜이 번쩍이면서 상류로 세차게, 세차게
나아간다. 검은 물을 헤치고 헤집으면서.

마크 트웨인 당신은 모든 걸 듣고 모든 걸 보고,
나중에 말하기 위해 이 모든 걸 기록해둔다,
하나하나 모두,
이름을 어떻게 얻게 됐는지까지,
쿼터 트웨인,* 마크 트웨인,**
학교에 다니는 아이들은 모두 알고 있던 것
기억해두라.

나는 두 다리를 난간 밖으로 조금 더 내놓고
그늘 속으로 기댄다,
책을 타륜처럼 붙잡고,
땀을 흘리며, 아내를 떼어놓고서,

인이 이 사람의 조수로 일했다.
 * quarter twain. 수심의 단위로, 13.5피트를 가리킨다.
 ** mark twain. 수심 12피트. 배를 운항할 수 있는 안전한 수심을 뜻한다. 본명이 새뮤얼 랭혼 클레멘스인 마크 트웨인이 여기에서 필명을 따왔다.

저 아래 들판에서는
아이들 몇몇이 실랑이를 벌이다가
거칠게 서로의 따귀를 때린다.

마케도니아로 전달된 소식

사람들이 오늘날 인더스라고 부르는
    강의 둑에서
우리는 일종의
콩
        이집트 콩과 비슷한 것을 보았다
        또한
향유가 흐르는 상류의 담쟁이넝쿨로
        덮인 언덕에
악어가 있다는 보고도 들어왔다
                그는 우리가
나일강의 수원을 찾아냈다고
믿는다
        우리는 제물을
바친다
이때를 위해 마련해놓은 사냥감을
        들어올린다
모두들 기쁨으로 술렁거리고
                사내들은 이제 우리가
        돌아가야 할 때라고 생각한다
저들의 사절단이 바친
코끼리들은
        거대하고

무시무시한 야수지만 어제 그는
　　　미소를 지으며
사다리를 타고
　　　　　　그 야수 한 놈의 꼭대기에
　　올라탔다
사내들은
　　　　　그에게 환호를 올렸고 그는
손을 흔들었고 그들은 다시 그에게 환호성을
　　질렀다
그는 강 건너를 가리켰고
　　　사내들은 침묵에 잠겼다
공병들은
거대한 뗏목을 만드느라 물가에서
　　바삐 움직였고
　　　　　다음날
우리는 다시 동쪽을 향해
　　설 것이었다
오늘 밤은
　　　　　　바람과　　　새들이
쇠에 쇠를 부딪치듯
　　부리를 부딪는 날카로운 소리가
대기를 채운다

바람은 잔잔하고
　　　　　우리가 지나온
　　　시골길의 재스민향으로
향기롭다
바람은
　　　　　진중陣中으로 불어
헤타이로이*의 천막을
흔들고
　　　잠들어 있는 기병 한 사람 한 사람을
건드리고 지나간다
유오이!** 유오이!
　　　사내들은 꿈속에서
소리를 지르고 말들은
　　　　　　귀를 쫑긋 세운 채 서서
　　　떨고 있다
불과 몇 시간이면
해가 뜨는 것과 동시에
　　　모두 깨어나야 할 것이고
바람을 따라 떠나야 할 것이다
　　　　　더 멀리로

* Hetairoi. 마케도니아의 정예 기병대.
** euoi. 고대 그리스의 디오니소스 무리들이 지르던 기쁨의 환호성.

야파*의 모스크

첨탑의 발코니에 기댄다.
어지럽다.
몇 걸음 떨어진 곳 날 배신하려고 작심한
사내가 중요한 지점들을 가리키며 이야기를
시작한다—
시장 교회 감옥 사창가.
죽었어요, 그가 말한다.
단어들이 바람 속에서 사라졌지만
손가락을 목에 대고 긋는다
내가 알아먹도록.
그가 웃음 짓는다.
주요 단어들이 날아오른다—
터키인들 그리스인들 아랍인들 유대인들
무역 예배 사랑 살인
아름다운 여자.
그는 참으로 멍청한 표정으로 또 웃음 짓는다.
내가 자기를 지켜보고 있다는 걸 알고 있는 것이다.
그래도 그자는 여유만만하게 휘파람을 분다
계단을 내려오기 시작할 때
서로 부딪쳐가면서 내려올 때
여럿의 숨과 몸이 뒤섞일 때 그 좁고

* 이스라엘 텔아비브 남단의 오래된 항구도시.

나선형인 어둠 속에서.
아래층, 그자의 친구가 기다리고 있다
차를 가지고. 우린 모두 담뱃불을 붙이고
다음엔 뭘 할까 생각한다.
시간이, 그자의 검은 두 눈 속의 빛처럼,
다 되어간다 우리가 차에 탈 때.

여기서 멀지 않은 데서

여기서 멀지 않은 데서 누군가가
내 이름을 부르고 있다.
나는 바닥으로 뛰어내린다.

어쩌면, 이것도 함정일지 몰라.
조심, 조심.
나는 칼을 찾으려고 이불 밑을 뒤진다.

하지만 빨리 나타나지 않아 신을
저주하고 있는 동안, 문이 벌컥 열리며
머리가 긴 망나니가 들어선다,

개를 데리고.
애야, 그건 뭐니? (우린 둘 다
떨고 있다.) 뭘 원하니?

하지만 딸애의 목구멍에서 외마디소리가 올라오는 동안
그애의 열린 입 속에선 혓바닥이
팔딱이고 팔랑거릴 뿐이다.

나는 더 가까이 다가가, 무릎을 꿇고
그 작은 입술에 내 귀를 가까이 댄다.

내가 일어설 때—개가 미소를 짓는다.

애야, 난 지금 놀 시간이 없어.
자, 나는 말한다, 자— 그리고 자두를 하나
쥐여서 내보낸다.

갑작스러운 비

●

비가 돌바닥 위로 소리를 내며 떨어지고 늙은 사내들과
여인들은 당나귀를 재촉해 비를 그을 곳을 찾아 들어간다.
우리 일행은 빗속에서, 당나귀보다도 멍청하게,
소리를 지르며, 빗속을 오락가락하며 남 탓을 한다.

●

비가 그치자, 문간에서 담배를 피우며
조용히 기다리고 있던 늙은 사내들과 여인들은
다시 한번 당나귀를 이끌고 고갯길을 오른다.

●

그 뒤로, 언제나처럼 그 뒤에서, 나는 좁은 골목길을 따라
올라간다.
어이가 없다. 나는 돌이 깔린 길을 걷어차면서 걸어간다.

발자크

발자크에 대해 생각한다 책상에서
서른 시간을 버티고 난 후 취침용 모자를 뒤집어쓴,
얼굴에선 김이 오르고,
다리를 긁느라 가운을
털북숭이 허벅지까지 말아올린 채
열린 창가에 서 있다.
바깥, 큰길에선
대부업자들이 하얗고 통통한 손으로
콧수염과 스카프를 매만지고
빈 수레가 덜컹거리고 지나가며
윤활유와 가죽 냄새를 풍길 때,
젊은 여자들은 안심스테이크를 꿈꾸며
젊은 사내들과 거리를 거닌다.
거대한 짐말처럼, 발자크는
하품을 하고 코를 킁킁거리며 느릿느릿
화장실로 가서는,
가운을 젖히고
19세기 초의 요강 안으로 굵은 오줌 줄기를
쏟아붓는다. 레이스커튼이 미풍에
흔들린다. 잠깐! 잠들기 전 마지막으로
한 장면만. 그의 뇌가 지글거린다 그가
책상—펜, 잉크병, 흩어져 있는 원고용지

를 향해 걸어가는 동안.

시골 사정

어떤 여자애가 자전거를 끌고 웃자란 풀밭 사이로,
뒤집혀 있는 정원 가구들 사이로, 발목까지 차오른 물을
헤집으며 걸어간다. 손잡이가 없는 컵, 실금이 간
사기 컵받침들이 더러운 물에
떠다니고 있다.
이층 창에 드리운 다마스크 커튼 뒤에서
집사가 옅은 푸른색 눈으로 여자애를 좇는다.
그는 여자애를 부르려 한다.
노란색 노트 쪼가리가
겨울 대기 속에 펄렁이며 떨어진다. 그러나 여자애는
고개를 돌리지 않는다.
요리사가 외출중이에요, 아무도 듣지 않는다.
그러고는 말아쥔 두 손이 창틀 위에 나타난다.
그는 작은 속삭임을 들으려고 바짝 기댄다,
무언가가 망가진 이야기, 그 핑계들을.

이 방

이를테면 이 방의 경우:
저 밑에서 대기하고 있는 건
빈 마차인가?

　　약속들, 약속들,
　　날 위해서라면 저들에게
　　아무 말도 하지 마.

나는 기억한다, 그 바닷가의
파라솔들과 산책로, 그러나
이 꽃들은……

　　나는 꼭 뒤에 남아 있어야만 하는가—
　　귀를 기울이며, 담배를 피우며, 또다른
　　머나먼 것에 대해 끄적이며?

나는 담뱃불을 붙이고
창의 블라인드를 조절한다.
거리에서 들려오는 소음이 점점
흐려진다, 흐려진다.

로도스

·

나는 모른다 저 꽃들의 이름을
나무들을 분간하지도 못한다, 그래도
난 이 광장 파피소스트로스 담배 연기 아래 앉아
헬라스 맥주를 홀짝거린다.
멀지 않은 곳 어딘가에 거상巨像이 있다
또다른 예술가,
또다른 지진을 기다리면서.
하지만 난 야심이 없다.
머물고야 싶지, 그건 사실이야,
그렇더라도 내가 원하는 건
언덕 위 호스피털러성을 에워싼 도시 사슴들과
노니는 것.
아름다운 사슴들이야
흰나비들이 덤벼들면
늘썬한 엉덩이가 씰룩거린다.

·

높은 성곽 위, 키 크고 꼿꼿한
사내가 터키를 바라보고 있다.

따뜻한 비가 내리기 시작한다.
공작 한 마리 꼬리에서 물방울을 털어내고
비를 피하러 간다.
고양이 한 마리 무슬림들의 공동묘지
두 개의 비석 사이에 잠들어 있다.
카지노를 들여다보기에
딱 좋은 시간인데, 옷만
잘 차려입고 있었더라면.

•

배에 돌아와, 잘 준비를 하고,
자리에 누워 떠올린다
로도스에 갔었다.
하지만 그것 말고도 무언가 더 있다—
그 목소리를 다시 듣는다
딜러가 판돈을 받는 소리
삼십—이, 삼십—이
내 몸이 물 위를 날아가는 동안,
내 영혼이, 고양이처럼 균형을 잡으며, 허공을 맴도는 동
안—
그러다 잠으로 빠져드는 동안.

기원전 480년, 봄

헬레스폰트에서 인 폭풍이
    자신의 이백만 대군의
            발을 묶자
    크세르크세스는
        그것이 불경이라 대로하여,
          헤로도토스가
        전하는 바에 따르자면
        말을 듣지 않는
          바닷물에 채찍질 삼백 대를
        가하고 더불어
족쇄를 던져넣은 뒤, 이어
    달군 쇠로 낙인을 찍으라 명했다.
상상해보라
    아테네인들이 어떤 심정으로
          이 소식을 들었을지; 그러니까
    페르시아군이 진군해오고 있다는 소식을.

4부

클래머스 근처

우린 불 붙은 드럼통 주위에 둘러서서
우리 손과 얼굴을, 몸을 녹인다
그 넘실거리는 순수한 열기에.

김이 오르는 커피컵을 입술까지
들어올려 마신다 두 손으로
감싸쥐고서. 하지만 우리는 연어

낚시꾼. 그리고 이제 눈과 돌밭에
발자국을 남기며 상류로 향한다,
천천히, 사랑에 충만해서, 고요한 웅덩이를 향해서.

가을

마당을 가득 채우고 있는 집주인의 차들은
나를 방해하지 않는다. 집주인 본인도
나를 방해하지 않는다. 그 사람은 하루종일
형철型鐵에 엎드려 무언가를 하거나,
아니면 용접기의 푸른 불꽃에
갇혀 있다.
        그러나 그 사람은 나를 의식하긴 해서,
종종 일하다 말고 창문을 통해 내게
미소를 짓고 목례를 한다. 그 사람은 심지어
목재를 다루는 장비들을 내 거실에 쌓아두어 미안하다고
사과를 하기까지 했다.
        하지만 우리는 여전히 친구다.
서서히 날이 저물고, 우리는 함께
봄을 향해,
만조를 향해, 은연어,
컷스로트송어를 향해 움직인다.

겨울 불면증

정신이 잠들지 못한다, 기껏해야 누워 있기나 할 뿐
속은 뒤틀리고 깨어 있는 채로, 마지막 공격처럼
몰아닥치는 눈소리를 들으면서.

정신은 희망한다 체호프가 이 자리에 있어서 뭐라도
처방해줬으면—발레리안 진정제 세 방울, 장미수
한 컵—아무거라도.

정신은 여길 나서서 눈 속으로
가고 싶어한다. 털 많은 짐승 무리와 함께 이를 드러내고
활짝 웃으며 뛰어다니고 싶어한다,

달빛 아래서, 눈밭을 가로질러, 발자국도 다른
흔적도, 아무것도 남기지 않고.
정신이 오늘밤 앓고 있다.

프로서

겨울 프로서의 외곽 구릉지대에는 두 종류의
벌판이 있다: 밀의 새순이 푸르게 돋아나는,
갈아엎은 땅에서 밤새 새순을 밀어올리는,
그리고 기다리는,
그리고 다시 밀어올리는, 그리고 싹을 틔우는 벌판.
기러기는 이 밀의 새순을 좋아한다.
나도 조금 먹어본 적이 있다, 어떤가 싶어서.

그리고 강에까지 이르는 이제 꽤 자란 밀밭이 있다.
이 두 벌판은 모든 걸 다 잃어버렸다.
밤이면 이 벌판들은 젊은 시절을 되살리려 애쓰지만,
호흡은 느리고 불규칙하며
생명력은 컴컴한 고랑으로 가라앉는다.
기러기들은 이렇게 듬성듬성 자란 밀도 좋아한다.
목숨을 걸 정도로.

그러나 모든 것, 거의 모든 것이 잊혔다.
그리고 오래지 않아, 아아—
아버지들이, 친구들이, 너의 사람으로 들어왔다가
다시 빠져나가고, 여자들 몇도 잠시
머무르다가, 다시 떠나고, 그리고 저 들판들은
등을 돌린 채, 빗속으로 사라진다.

모든 것이 사라진다, 프로서만 남기고.

수 마일에 걸친 밀밭 사이로 차를 몰아 돌아오던
        그 밤들—
우리가 헤드라이트로 들판에 새기던 곡선들—
뼛속까지 지친 상태에서, 손가락에는 아직 화약냄새를
묻힌 채 히터에서 요란한 소리를 내는 차를 타고
고개를 넘어올 때 빛나고 있던 타운, 프로서:
눈을 가늘게 뜨고 차창 밖을 보며 프로서, 라고 말하던
아버지를, 나는 거의 보지 못한다.

밤에 연어가 움직인다

밤에 연어가 움직인다
강에서 마을로.
그것들은 포스터스프리즈니, A&W니, 스마일리스니
하는 이름이 붙은 곳들을 피해
이른 아침 시간 언제쯤
라이트 애비뉴의 간이주택들
가까이로 헤엄쳐온다 그것들이
손잡이를 건드리고 케이블TV 선에 부딪치는
소리가 들리기도 한다.
우리는 뒷마당 쪽 창문을 열어두고
첨벙거리는 소리가 들릴 때면 그것들을 소리쳐 부른다.
아침은 늘 실망이다.

카위치 시내에 접이식 낚싯대를 드리우고

여기서 내 자신감은 서서히 떨어진다. 나는
모든 방향을 잃는다. 그레이 레이디가
흐르는 물 위를 스친다. 내 머릿속은
시내 건너 빈터의 목도리뇌조처럼
산만하다.

갑자기, 신호라도 받은 듯이,
새들이 소나무숲으로 조용히 되돌아간다.

여성 병리학자 프랫 박사를 위한 시

●

지난밤 어떤 사제가 내게 오는 꿈을 꿨다
손에 흰 뼈다귀들을 들고,
흰 손에 흰 뼈다귀들을 들고.
그는 손가락들이 붙은 매코믹 신부와는
달리 점잖았다.
나는 두렵지 않았다.

●

오늘 오후에는 청소부들이 걸레와 소독제를 들고
온다. 그들은 내가 거기에 없다고
여긴다, 내 침대를 이리저리 밀면서
생리 주기에 대해 이야기한다. 방을 떠나기 전에
그들은 서로를 안아준다. 서서히, 방은
떠나간 것들로 채워진다. 나는 무섭다.

●

창문은 열려 있다. 햇빛.
방 저쪽 편에서 침대가 삐걱거린다. 삐걱거린다

그 위에서 사랑을 나누는 이들의 무게 때문에.
사내가 목청을 가다듬는다. 바깥에서,
스프링클러 돌아가는
소리가 들린다. 나는 삭제되기 시작한다.
녹색 책상이 창가에 떠다닌다.

•

내 심장이 테이블 위에 놓여 있다, 애정에 관한
패러디, 그녀의 손가락이 끝도 없이 이어지는 내 창자
사이를 헤집고 있는 동안.
이런 생각들을 한쪽으로 밀어놓고,
극동에서 모험으로 보낸 긴 세월이 지난 뒤,
나는 그 두 손과 사랑에 빠졌다, 그러나
나는 상상할 수 없을 정도로 차갑다.

웨스 하딘: 사진을 보고

오래된 사진집을
     뒤적이다가
무법자 웨스 하딘의 사진을
     보았다, 사후의 모습.
덩치가 크고, 콧수염을 길렀고
     검은 외투를 걸친 채
텍사스 애머릴로의
     마룻바닥에 누워 있다.
그의 머리는 카메라를 향해 돌려져 있고
     그의 얼굴은
멍이 든 것 같고, 머리카락은
아무렇게나 흐트러져 있다.
총알이 그의 머리 뒤쪽에서
두개골을 뚫고 들어와
오른쪽 눈 위에 작은 구멍을 내고
     빠져나왔다.

우스울 거라곤 하나도 없는데
     오버올 작업복을 걸친
추레한 세 사내가 미소를 지으며
     그 근처에 서 있다.
세 사내 모두 엽총을 들고 있고

      그중 하나
제일 끝에 서 있는 자는 그 무법자의 것이 분명한
      모자를 들고 있다.
다른 총알자국이
사자死者가 입고 있는 고급스러운
흰 셔츠 여기저기에
      몇 개 더 있고
—보이는 대로 말하자면—
      그러나 내 시선을 끄는 건
기다랗고 섬세해 보이는 오른손
      을 뚫고 지나간 커다랗고 시커먼
                  총알자국이다.

결혼

공영방송에서 키티와 레빈의 결혼 이야기가
펼쳐지는 동안 우리는 우리의 작은 집에서 빵가루를
입힌 굴튀김과 감자튀김에 디저트로 레몬쿠키를 먹는다.
언덕 위 트레일러에 사는 우리 이웃
사내는 다시 또 이제 막 감옥에서 나왔다.
사내는 오늘 아침에 아내와 함께 노란 차를
몰고, 라디오를 쿵쾅거리며 마당으로 들어섰다.
사내가 주차를 하는 동안 그의 아내는 라디오를 껐고,
두 사람은 아무 말 없이
자기들의 트레일러로 들어갔다.
이른 아침이었고, 새들이 나와 있었다.
나중에, 사내는 봄의 공기와 볕이 들어오도록
문을 열고 의자로 받쳐놓았다.

부활절 밤,
키티와 레빈이 마침내 결혼한다.
그 결혼과, 그 일에 관련된 모든 인물들 모두
눈물날 정도로 감동적이다. 우리는 계속
굴을 먹으며, 텔레비전을 보며,
이 이야기에 엮인 인물들의 아름다운
의상과 놀라운 우아함, 그들이 시달리고 있는
압박감에 대해 이야기했다. 어떤 이들은

불륜을 저지르고 있어서, 사랑하는 사람들과
헤어져 있어서, 상황이 한번 잘못 전환되는 순간
그리고 또다른 전환이 일어나는 순간
모든 게 무너질 수 있다는 걸 알기 때문에 괴로워했다.

개가 짖는다. 일어나 문가를 살핀다.
커튼 뒤로 트레일러들과, 차들이 세워져 있는
진흙탕 주차 구역이 보인다. 달은
내가 내다보는 동안 서쪽으로
흐르며, 한 치의 빈틈도 빼놓지 않고
내 아이들을 찾아다닌다. 내 이웃은,
이제 완전히 술이 올라, 큰 차에 시동을 걸고,
거세게 가속기를 밟아, 자신만만하게 집을
떠난다. 라디오가 쿵쾅거리고, 무언가가
바퀴 밑에서 부서진다. 그가 떠나자 그 자리에는
은빛 물만이 웅덩이에 고여
자기가 왜 거기에 있어야 하는지
영문을 모르는 채 일렁인다.

다른 삶

이제 다른 삶을 위해. 다른 삶

실수가 없는.

—루 립시츠

내 아내는 이 간이주택의 저쪽 편에서
나를 공격할 자료를 정리하고 있다.
아내의 펜이 내는 소리가 들린다 **사각, 사각.**
아내는 중간중간 멈춰서 운다,
그러고는—사각, 사각.

땅에서 서리가 사라지고 있다.
집주인이 내게 말한다,
당신 차를 여기에 두지 마시오.
내 아내는 계속해서 쓰다가 울다가,
울다가 쓰다가 하고 있다 우리의 새 부엌에서.

암환자로서의 우편배달부

매일을 집안에 머무르면서 우편배달부는
미소 짓는 법이 없다; 그는 쉽게
피곤해하고, 체중이 줄어간다.
그뿐이다. 우체국에서는 언제든 복직을 시켜준다고 했다—
그렇잖아도, 휴식이 필요했다.
그로서는 다른 조치는 언급할 필요도 없다.

텅 빈 방들을 돌아다니면서, 그는
얼토당토않은 것들을 생각한다 이를테면
토미와 지미 도시가
그랜드쿨리 댐에서 프랭클린 루스벨트와
악수를 하는 일 따위,
자기가 제일 좋아한 새해 전야 파티들;
책 한 권을 충분히 채울 수 있지
그가 말한다, 역시나
그와 마찬가지로 얼토당토않은 것들을 생각하지만
출근을 계속하는 아내에게.
그러나 어떤 밤에
우편배달부는 침대에서 일어나 옷을 입고
기쁨에 몸을 떨며 외출하는 꿈을
꾸기도 한다……

그는 그런 꿈들을 싫어한다
깨어나면 남은 것이
없기 때문이다; 마치
평생 어디에도 간 적이 없고, 아무것도
한 적이 없는 것처럼;
거기에는 그저 방,
해가 없는 이른 아침,
천천히 돌아가는 문고리의
소리뿐이다.

헤밍웨이와 W. C. 윌리엄스를 위한 시

통통한 숭어 세 마리가
        새로 지은 철제다리
밑 고요한 물웅덩이에서
        돌아다닌다
두 친구가 천천히
        물길을 따라
올라온다.
        그중 한 사람,
전직 헤비급 복서는,
        낡은 헌팅캡을
쓰고 있다.
        그는 죽이고 싶어한다,
그에게 낚시는
        잡아서 먹는 것이다.
다른 친구,
        의사는,
그게 쉽지 않은 일이라는 걸
        안다.
그는 그저 거기
        맑은 물에서
노니는 것만으로도
        충분하다고

생각한다.
　　　　두 사람은 계속 걸으며
그 문제를
　　　　의논한다
사위어가는
　　　　나무들 사이로
들판으로, 빛 속으로, 상류로,
　　　　그들이 사라지는 동안.

고문
—스티븐 도빈스에게

너는 다시 사랑에 빠지고 있다. 이번에는
남아메리카 장군의 딸과. 넌 다시 한번
형틀에서 잡아늘려지기를 원하는 것이다.
넌 끔찍한 소리를 듣고 싶고 그것들이
사실이라고 인정하고 싶어하는 것이다.
넌 입에 담지 못할 짓들, 점잖은 사람이라면
교실에서 입에 올리지 않을 짓들이
너라는 사람에게 행해지길 원하는 것이다.
넌 시몬 볼리바르와, 호르헤 루이스 보르헤스와,
무엇보다 너 자신에 대해, 모든 사람들에게
말하고 싶은 것이다.
넌 모든 사람들을 이 일에 끌어들이고 싶어한다!
심지어 새벽 네시에도
여전히 불들을 환하게 밝혀놓고—
지난 두 주 동안 밤과 낮으로
네 두 눈과 뇌 속에서 타오르던 그 불들—
그리고 너는 담배와 레모네이드를 죽도록 원하지만,
그녀는 그 불을 끄지 않으려 한다 초록 눈에
자기만의 방식을 가지고 있는 그 여자,
그때조차 넌 그녀의 가우초라도 되고 싶어했지.
나랑 같이 춤춰, 넌 비어 있는 물병을 향해 손을 뻗으며
그녀가 말하는 걸 듣는 상상을 하지.

나랑 같이 춤춰, 그녀는 다시 그렇게 말한다 분명하게.
그녀는 이 순간을 택해서 네게 요청하는 거야, 이 사람아,
일어나서 자기와 함께 발가벗고 춤을 추자고.
말도 안 되지, 넌 낙엽만큼의 기력도 없고,
티티카카호수의 파도에 부서진
작은 갈대바구니만큼의 힘도 없다.
하지만, 아미고, 너는 어쨌거나 침대에서 일어나
넓디넓은 곳을 춤추며 건너간다.

찌

워싱턴주 밴티지 인근의 컬럼비아강에서,
우리는 겨울철 몇 달 동안
화이트피시 낚시를 했다.
아버지, 스웨덴 사람— 린드그렌 씨—그리고 나.
모두 둥근 릴, 연필 길이의 추에 구더기를
미끼로 단 빨강, 노랑, 갈색 플라이를 썼다.
다들 서로 거리를 두고 싶어했고 그래서
바위가 많은 급류 언저리로 흩어졌다.
나는 물가 가까운 데서 대낚시에 깃털찌를 썼다.

아버지는 아랫입술 안쪽에 구더기를 넣어 그것들이
따뜻하게 살아 있도록 했다. 린드그렌 씨는
술을 마시지 않았다.
나는 한때 아버지보다 그 사람을 더 좋아했다.
그는 내가 운전대를 잡아보게 하고, 내 이름
'주니어'를 가지고 날 놀렸고, 언젠가 내가
어엿한 어른이 되면, 이 모든 걸 기억했다가
내 아들하고 낚시를 다니라고 했다.
하지만 아버지가 옳았다. 그러니까 아버지는
입을 다문 채 강물을 바라보며, 생각을 공글리듯,
미끼 뒤켠에서, 혀를 굴리고만 있었던 것이다.

치코에서 시작되는 99E 고속도로

청둥오리들이 밤을 보내려
내려앉았어. 이놈들은
키들거리며 멕시코와
온두라스 꿈을 꾸고 있어. 물냉이는
수로 안에서 끄덕거리고
키큰골풀은 그 위에 앉은 찌르레기들이 무거워
앞으로 주저앉았어.

논은 달빛 아래 물결치고 있어.
그뿐인가 젖은 단풍잎들이 내 차창에
달라붙어 있어. 이러니 말인데 매리앤,
난 행복해.

쿠거
―존 헤인스와 키스 윌슨을 위하여

쿠거를 뒤쫓은 적이 한 번 있다 컬럼비아강
클리키타트 부근 들어가는 길이 하나밖에 없는 알려지지
않은 계곡에서였다. 뇌조 사냥을 나선 길이었다. 10월,
회색 하늘이 오리건까지, 그 너머, 캘리포니아까지
뻗어 있었다. 우리 중 누구도 거기, 캘리포니아에
가본 적이 없었다, 그러나 알고는 있었다―먹고 싶은 만큼
몇 번이고 접시를 채울 수 있는
식당이 있다는 곳.

나는 그날 쿠거를 추적했다.
추적이라는 말이 적절한지는 모르겠다, 바람을
거슬러 움직이는 쿠거를 따라 간신히 걷고 기며,
줄담배를 피우며, 아무리
좋게 얘기해봐야 땀을 뻘뻘 흘리는, 긴장한
뚱보 소년이었는데, 아무튼 그날 나는
쿠거를 추적했다……

그리고 그때 나는 거실에서 술에 취해 구라를 푸는
중이었다, 당신들 둘이 검은 곰 이야기를
꺼내고 난 뒤에, 어렵게 문장을 만들어가면서,
추억에 빠져 혀를 차고 길을 잃기도 하면서.
갑자기 나는 그 계곡에, 그 잊힌 세계에 가 있었다.

지난 몇 년 동안 생각해본 적이 없던 일:
그날 내가 쿠거를 뒤쫓던 일.

그래서 그 얘기를 했다. 그러려고 애는 썼다,
헤인스와 나는 꽤 취했다. 윌슨은 계속 듣고, 또 듣고,
그러다 말했다. 그게 정말 보브캣이 아니었다고?
나는 속으로, 그가 나를 무시하는 거라고 받아들였다,
남서부에서 온, 그날 밤 시를 읽은 초대 시인, 그리고
아무리 바보라도 보브캣과 쿠거를 구분할 줄은 안다,
심지어 나 같은 주정뱅이 작가도,
그로부터 여러 해를 지나, 캘리포니아에서, 뷔페에 앉아서도.

빌어먹을. 그리고 그때 그 쿠거는 덤불숲에서 내 앞으로
부드럽게 뛰어나와서—그놈은 정말 크고 아름다웠다—
바위 위로 뛰어올라가더니 고개를 돌려
나를 봤다. 나를 봤다! 나도 마주봤다, 총을 쏘는 것도 잊고.
그러고 나서 그놈은 다시 훌쩍 뛰어, 내 삶에서 깨끗이 사
라졌다.

물살

이 물고기들은 눈이 없다
꿈속에서 내게로 오는 이 은색 물고기들,
알과 정액을 내 뇌의
틈 사이에 뿌리고 다니는.

그런데 그중에서도 한 놈—
육중하고, 흉터가 있고, 다른 놈들처럼 아무 소리 없는,
물살에 맞서 그저 버티고 있는 놈,

물살에 맞서 캄캄한 입을
다무는, 물살을 지탱하느라
입을 다물었다 벌렸다 하는.

사냥꾼

이 음울한 풍경의 정상에서 반쯤 잠이 든 채,
자고새들에 둘러싸여,
바위 무더기 뒤에 웅크리고 앉아 내 베이비시터를
끌어안는 꿈을 꾼다.
내 얼굴에서 불과 몇 인치 떨어진 곳에서
그 여자의 서늘하고 젊음 가득한 두 눈이 아직 남아 있는
두 송이 야생화를 통해 나를 본다. 그 두 눈에는 내가
대답할 수 없는 질문 하나가 들어 있다. 누구라고 이런 걸
심판할 수 있겠어요?
하지만 겨울 내복 저 안쪽 깊은 곳에서,
내 피가 들끓는다.

갑자기, 그 여자가 손을 들어 경계의 신호를 보낸다―
기러기들이 강 가운데의 섬에서 줄지어 이륙해,
이 협곡 위로, 위로 날아오른다.
나는 안전장치를 푼다. 몸이 정신을 차리고, 자세를 잡는다.
손가락을 믿어라.
신경을 믿어라.
이걸 믿어라.

11월의 어느 토요일 아침 늦잠을 자려 애쓰며

거실에선 월터 크롱카이트가
달의 모습을 보여주겠노라 예고하고 있다.
우린 세번째, 그리고 마지막 단계에
접근하고 있다, 이게
마지막 훈련이다.
난 자리를 잡는다,
이불 속 아주 깊이로.

내 아들은 우주헬멧을 쓰고 있다.
그애가 무쇠로 된 부츠를 질질 끌며
공기 없는 긴 복도를 걸어가는 걸 본다.

내 발이 차가워진다.
나는 말벌과, 동상에 걸릴 뻔하는 일에 대한
꿈을 꾼다, 새터스강에서
화이트피시를 낚으려는 낚시꾼이 직면하는
두 가지 위험.

그런데 무언가 움직이는 게 있다
얼어붙은 갈대밭에서,
옆으로 누워 천천히
물을 채우고 있는.

나는 몸을 돌려 바로 눕는다.

내 몸 전체가 순간 들어올려진다

마치 물에 빠지는 게 불가능한 것처럼.

루이즈

내가 사는 곳 바로 옆 트레일러에서
어떤 여자가 루이즈라는 이름의 아이를 잡는다.
문 좀 닫고 다니라고 내가 했니 안 했니?
이제 겨울이라고!
네가 전기세 낼 거야?
발 좀 닦고 다녀, 좀!
루이즈, 널 어쩌면 좋니?
내가 널 어쩌면 좋겠냐고, 루이즈야?
여자는 아침부터 밤까지 노래를 부른다.
오늘 여자와 아이는 밖에 나와
빨래를 널고 있다.
아저씨한테 인사해야지, 여자가 루이즈에게
말한다. 루이즈!
얘는 루이즈예요, 여자는 그렇게 말하고는
루이즈를 쿡 찌른다.
얘가 왜 갑자기 꿀 먹은 벙어리야, 여자가 말한다.
하지만 루이즈는 입에 핀을 물고
양팔로는 젖은 빨래를 안고 있다. 루이즈는
빨랫줄을 잡아당겨 턱밑에
고정했다가
셔츠를 널고는 줄을 놓는다─
셔츠가 부풀어오르며, 루이즈의 머리 위에서

펄럭인다. 루이즈는 목을 움츠리며 펄쩍
뛰어 물러선다—인간에 가까운 이 형상으로부터
펄쩍 뛰어 물러선다.

.

최고의 공중곡예사, 칼 월렌다를 위한 시

당신이 어린아이였을 때, 바람은 마그데부르크
어디에서나 당신을 따라다녔다. 비엔나에서 바람은
한 중정에서 다른 중정으로 당신을 찾아다녔다.
바람은 분수를 휘젓고, 당신의 머리카락이 곤두서게 했다.
프라하에서 바람은 이제 막 가정을 꾸린 진지한 젊은
부부들을 따라다녔다. 당신은 하얀 롱드레스를
입은 그 여인들과 수염을 기르고 깃이 높은
옷을 입은 그 사내들이 숨쉬는 것도 잊게 만들었다.
바람은 하일레 셀라시에 황제에게 절할 때
당신의 소매 끝에서 기다렸다.
바람은 당신이 벨기에의 민주적인 왕과
악수를 할 때 그 자리에 있었다.
바람은 나이로비의 거리에서 망고와 쓰레기봉지를 굴렸다.
당신은 바람이 세렝게티 벌판에서 얼룩말들을 쫓아가는
걸 보았다.
바람은 당신이 플로리다 새러소타 교외 주택들의 차양에서
발을 뗄 때 당신과 함께했다. 바람은
모든 번화가, 서커스가 열리는 곳의 나무들이
소리를 내게 만들었다. 당신은 사는 동안 내내
바람에 주목했다. 바람이 어떻게
느닷없이 불어오는지, 당신이
커다란 아바나 시가를 피우며 연기가 남쪽으로, 언제나

남쪽으로, 푸에르토리코와 열대를 향해 흘러가는 걸
지켜보고 있던 호텔 발코니 아래에 핀 수국
의 부풀어오른 얼굴을 바람이 어떻게 흔들어놓는지.
그날 아침, 일흔네 살 나이에 십층 높이
호텔과 호텔의 한가운데, 봄의 첫날
홍보를 위한 곡예에서, 당신과 함께
어디에나 있었던 그 바람은
카리브해에서 불어와 당신의 품안으로
마지막으로 자신을 던졌다, 젊은 연인처럼!
당신의 머리카락이 거꾸로 일어선다.
당신은 몸을 웅크려본다, 줄을 잡으려는 것이다.
나중에, 사람들이 와 정리를 하면서 줄을
거둔다. 그 사람들은 줄을 거둔다.
당신이 한 생애를 보낸 곳. 상상해보라: 줄.

데슈츠강

이를테면, 이 하늘:
닫혀 있고, 회색인, 그러나
눈은 이미 그쳤고 그러니
이건 좀 유별난 일. 나는
너무나 추워서 손가락을
구부릴 수도 없다.
아침에 강으로 내려가다가 우리는
토끼를 찢어발기고 있던
오소리를 놀래켰다.
그놈은 코와 주둥이, 날카로운 두 눈까지 모두
피투성이였다:
　　솜씨가 좋다고 해서
　　품위가 있는 건 아니다.

잠시 후, 청둥오리 여덟 마리가 아래를
내려다보지도 않고 날아간다. 프랭크 샌드마이어는
강물에 들어가 무지개송어를 노리며
움직이고, 또 움직인다. 프랭크는
이 강에서 여러 해 낚시를 했는데
2월이 가장 조황이 좋다고
말한다. 나는
장갑도 없이, 으르렁대면서,

엉킨 나일론줄을 정리한다.
머나먼 곳에서—
다른 사내가 내 아이들을 키우고 있다,
내 아내와 잠자리를 하면서 내 아내와 잠자리를 하면서.

영원히

담배 연기에 휩싸여 바깥을 배회하며
나는 달팽이가 남긴 흔적을 따라
화단에서 화단의 돌담으로 간다.
마침내 혼자고 나는 쪼그리고 앉는다, 이제

뭘 해야 할지 알겠다, 재빨리
몸을 축축한 돌에 밀착시킨다.
나는 천천히 주위를 둘러보고 소리를
듣는다, 달팽이가

느긋하게, 그러나 조심스럽게 그 몸을 쓰듯
내 몸 전체를 써서.
놀라워라! 오늘밤은 내 인생에서
기념비적인 날이다. 오늘 같은 밤 이후

감히 어떻게 그전의 생으로 돌아갈 수
있단 말인가? 나는 눈을 저 별들에
맞추고, 더듬이를 저 별들에게
흔든다. 그렇게 몇 시간을

가만히 있는다, 그저 쉬면서.
그래도 나중에는, 슬픔이 심장 언저리에

작은 방울들로 자리를 잡기 시작한다.
나는 아버지가 죽었다는 걸 떠올린다.

그리고 나는 곧 이 타운에서 멀리
떠날 것이다 영원히.
안녕, 아들아, 아버지가 말한다.
아침을 향해, 나는 하강하고

집안으로 비척거리며 돌아간다.
다들 아직 기다리고 있다,
공포가 그들의 얼굴에 끼얹어진다,
처음으로 내 새로운 눈과 마주할 때.

물이 다른 물과 합쳐지는 곳

1부

1954년, 울워스 상점

이 기억이 어디에 숨어 있다가, 왜 떠올랐는지
모르겠다. 그러나 생각해본다
로버트가 전화를 걸어
조개를 캐러 가려고 조금 있다 들르겠노라고
말한 직후부터.

내 첫 직장, 솔이라는 사내 밑에서
일하던 것.
쉰을 넘긴, 하지만
나처럼 상품 진열하는 일을 하던 사내.
평생 일했으나 아무것도 이루지 못한
사내. 그러나 자기 일에 만족했던
사내. 내가 그랬던 것처럼.
그는 그 싸구려 상점의 상품들에 대해
알아야 할 건 다 알고 있었고, 기꺼이
내게도 알려주고자 했다. 그때 내 나이 열여섯,
보수는 시간당 75센트. 솔은
자기가 아는 것들을 가르쳐주었다. 그는
참을성이 있는 사람이었고, 덕분에 난 빨리 배웠다.

그 당시를 통틀어 가장 중요한 기억은
란제리lingerie가 든 상자를 뜯던 일.

팬티와, 그것처럼 부드럽고 착 달라붙는 것들. 그것들을
한 움큼씩 상자에서 끄집어내던 일. 그때에도 그것들에는
뭔가 달콤하고 신비로운 게 있었다. 솔은 그것들을
'링거레이linger-ey'라고 부르곤 했다. "링거레이?"
내가 뭘 알았겠는가? 나도 한동안
그렇게 불렀다. "링거레이."

그리고 나이가 들었다. 진열대 일을
그만두었다. 그 우스꽝스러운 프랑스 말도
제대로 발음하기 시작했다.
내가 무엇에 대해 말하고 있는지 알게 됐으니까!
그 부드러움을 만져보고, 그 팬티를
벗겨내려보고 싶어서
여자아이들과 어울려 다니기 시작했다.
가끔 실제로 그런 일이 벌어지기도 했다. 세상에,
그애들은 내게 그걸 허락해줬다. 그때 그것들은 말 그대로*
링거레이였다, 그 팬티들.
아랫배를 미끄러지며 떨어져내릴 때, 그것들은 종종
잠깐씩 머뭇거리며 걸려 있곤 했다. 뜨겁고 하얀
피부에 살짝 매달려서.
골반과 엉덩이와 그 아름다운 허벅지를 통과하고 나면,

* 'linger'는 영어로 '머무르다'라는 뜻이다.

무릎과 종아리에서는 더욱 빨라지게 되고!
이렇게 될 때를 대비해 얌전하게 모아놓은
발목에 도달하게 된다. 그러고는
자동차 바닥으로 내던져져서
잊히는 것이다. 다시 찾게 될 때까지.

"링거레이."

그 귀엽던 여자애들!
"조금만 더 머물러다오, 너희들은 아름다우니."
누가 이 말을 했는지 안다. 적절한 말이고,
그러니 나도 사용할 것이다. 로버트와 그의 아이들,
나는 삽과 들통을 가지고 뻘로 나갔다.
조개를 먹지 않는 로버트의 아이들은
한 삽 가득 퍼올린 모래에서 조개가 나올 때마다
"웩" "우욱" 소리를 내가며 들통으로 던져넣었다.
내가 야키마에서 보냈던 어린 시절,
그리고 비단처럼 부드럽던 팬티들에 대해
생각하는 동안 내내.
매달려 있던 것들, 진이 입었던,
그리고 리타, 뮤리얼, 수, 그애의 동생
코라 메이. 그 모든 여자애들.

이제는 어른이 된. 아니면 그보다 더 나쁘게 된.
굳이 말하겠다: 죽은.

라디오 전파
—안토니오 마차도에게

　　비가 멈췄다, 그리고 달이 나왔다.
난 라디오 전파에 대해서는 하나도 아는 게
없다. 그러나 내 생각에 그놈들은 비가 막 그치고
난 후, 대기가 축축할 때, 훨씬 잘 돌아다니는 것 같다.
어쨌거나, 지금 나는 오타와, 아니면 토론토에서 보내는
전파까지 잡을 수 있다. 최근 들어서, 밤이 되면 캐나다의
정치나 그곳의 이런저런 일들에 관심이 생기곤 한다.
정말이다. 하지만, 내가 주로 찾아 다니는 건 그 사람들
음악방송이다. 아무것도 하지 않고, 생각도 하지 않고,
여기 이 의자에 앉아서, 듣는 것이다.
난 TV도 없고, 신문 읽는 것도
관뒀다. 밤이 되면 라디오를 틀었다.

　　여기로 왔을 때, 난 모든 것으로부터
떠나고자 했다. 특히 문학.
그것이 불러오는 것들, 그것에 따라오는 것들.
영혼 속에는 생각하지 않으려는 욕망이 있다.
가만히 있으려는 욕망. 이것과 쌍을 이루어서
엄격해지려는, 그렇지, 그리고 엄밀해지려는 욕망도 있다.
허나 영혼은 또한 아주 뺀질거리는 개자식이라서,
항상 믿을 만한 건 아니다. 그리고 난 그걸 잊고 있었다.
노래를 하려면 지금 우리와 함께 있고 내일도 함께 있을

것 말고, 이미 사라졌고, 다시 돌아오지 않을 것에 대해
하는 게 좋아요. 아니면 안 하는 게 낫죠.
그리고 안 한다면, 그것도 괜찮은 거예요.
난 듣고 있었다.
누가 노래를 한다고 해도, 그것도 큰 상관은 없고요.
내가 듣고 있던 건 그런 이야기였다.
누군가 이런 식으로도 생각한다는 걸 상상할 수 있겠는가?
모든 건 사실상 하나이고, 같은 거라고?
이 무슨 말도 안 되는 소리인가!
허나 나는, 밤, 의자에 앉아 라디오를 들으며
이런 멍청한 생각에 빠져 있었던 것이다.

　　　그러고는, 마차도, 당신의 시들!
그것들은 뭐랄까, 중년의 사내가 다시 사랑에
빠지는 것 같았다. 물론 주목할 만한 일이지만
지켜보기에는 약간 민망하기도 한.
자기 사진을 걸어놓는 것처럼 열적은 일.
당신 책을 들고 잠자리로 가서는 손에 닿는 곳에 두고
잠이 들었다. 어느 날 밤, 기차가 내 꿈에서 달렸고,
그 때문에 잠에서 깼다. 그리고 제일 먼저 들었던 생각이,
침실의 캄캄한 어둠 속에서 심장이 정신없이
뛰는데, 바로 이것이었다—

괜찮아, 마차도가 여기 있어.
그러고서야 다시 잠들 수 있었다.

    오늘 산보를 나가면서 당신 책을
들고 나갔다. "집중해!" 당신은 그렇게 말했었지,
어떻게 살아야 하느냐고 누군가 물었을 때.
그래서 나도 주위를 돌아보며 모든 걸 다 기록했다.
그러고는 그걸 들고 햇볕 아래 앉았다, 강가의
내 자리, 산을 볼 수 있는 곳.
그리고 눈을 감고 강물의 소리를
들었다. 그다음 눈을 뜨고 읽기 시작했다,
"아벨 마틴의 마지막 애가哀歌."
오늘 아침, 마차도 당신에 대해서 열심히 생각했다,
죽음에 대해 내가 알고 있는 것들과 직면하고 있는
상황에서도 나는, 내가 의도한 메시지를
당신이 이해했기를 바란다.
하지만 당신이 그러지 못했더라도 괜찮다.
안녕히 주무시길. 안식하시길.
언제가 됐든 당신과 만났으면.
그러면 이런 것들 모두 직접 얘기해줄 수 있으련만.

움직임

페리를 타기 위해 전속력으로 질주!
헤드라이트 불빛 속으로
스노우 크릭, 도그 크릭이 휙휙 나타났다가 사라진다.
하지만 지금은 전혀 때가 아니다―그 물들에서
바다로 몰려가는 송어를
생각할 시간이 없는 것이다.
산그늘을 지나는 동안 라디오에선
냄비에 든 채 떠돌아다니는 한 늙은 여인의 이야기.
극심한 가난은 우리 삶의 뿌리에 닿아 있지, 그렇지,
하지만 이건 옳지 않아.
그 늙은 여자를 좀 내버려둬,
제발 좀.
그 여자도 누군가의 어머니야.
거기 당신! 늦었어. 상상해봐
당신 위로 뚜껑이 덮여오고 있는 걸.
찬송가와 위령가들. 당신이 다음 세계로 떠내려가는 동안
따라오는 그 움직임의 느낌.

호미니와 비

지구과학관 담벼락 옆
자그마한 빈터에,
캔버스천으로 된 모자를 쓴 사내 하나 빗속에
무릎을 꿇고 앉아 화초를
돌보고 있다. 피아노 음악이
옆 건물 이층 창문에서 흘러나왔다. 그러다가
멈췄다.
그리고 창문이 닫혔다.

너는 내게 말했다,
중정中庭에 있는 벗나무의 하얀 꽃에서는
지금 막 딴 호미니 통조림 냄새가
난다고. 호미니. 호미니를
그 꽃들이 네게 일깨웠다. 사실일 수도
아닐 수도 있다. 나야 알 수 없지.
난 냄새에 대한 감각을 잃었다,
내가 무릎을 꿇고 화초나 야채를 돌보는 동안
혹시 표현한 적이 있었을지도 모를
재미와 더불어. 거기에 맨발로

한쪽 귀에 귀고리를 매달고
기타를 치며 레게 노래를 부르던

미친 사내가 있었다. 그건 기억하지.
그 사내의 발치에 고여 있던 빗물.
그 사내가 서 있기로 한 자리
보도에는 붉은색으로 두려움이여 어서 오라
라고 쓰여 있었다.

그 시절에는 자신의 화초 앞에 무릎 꿇고 있는
그 사내를 기억하는 게
중요한 일 같았다.
그 꽃송이들. 어떤 종류의 음악,
그리고 또다른 음악. 이젠 잘 모르겠다.
말할 수 없다, 분명하게는.

뭐랄까 내 머릿속 한쪽 구석의
작은 터널 하나가 무너져내린 듯. 어떤
감각인가를 난 잃어버렸다―다는 아니고,
다는 아니고, 그러나 너무 많이.
내 삶의 한 부분을 영원히.
이를테면 호미니처럼.

네 팔이 여전히 내 팔에 엮인 채로
있었는데도. 그랬는데도. 빗줄기가

거세지는 동안 우리는

현관에 조용히 서 있었는데도.
조용히 서 있었는데.
평화롭게, 내 기억엔.
비를 바라보면서.
기타를 든 그 사내가
연주를 계속하는 동안.

길

고달팠던 밤! 그건 아예 꿈이 아니거나
아니면 뭔가를 잃어버릴 거라고 알려주는 꿈이었어,
아닐 수도 있지만. 어젯밤 누군가가
날 시골길에 내려놨지 아무 설명 없이.
언덕 위 저멀리에 있는 집에서
별빛보다 크지는 않은 불빛이 보였어.
하지만 그 집에 가는 게 무서워서, 그냥 걸었지.

그러다가 유리창을 두드리는 빗소리에 잠을 깬 거야,
창가 꽃병에는 꽃.
커피 냄새, 그리고 몇 년간 떠나 있던 사람 같은 손짓으로
네 머리카락을 매만지고 있는 너.
하지만 테이블 밑 네 발치에 빵 한 조각이
떨어져 있어. 개미들은 줄을 지어서 바닥에 난 틈새까지
왔다갔다하고 있고.
너는 미소 짓기를 멈췄고.

오늘 아침엔 부탁 하나만 들어줘. 커튼을 내리고 침대로
돌아와줘.
커피도 신경쓸 거 없어. 척해보는 거야
외국에 나와 있는 척, 사랑에 빠진 척.

두려움

경찰차가 마당으로 들어오는 걸 보는

두려움. 밤에 잠드는 일에 대한

두려움. 잠 못 드는 일에 대한

두려움. 지난 일이 떠오르는 것에 대한

두려움. 현재가 빨리 지나가버리는 것에 대한

두려움. 한밤중에 울리는 전화에 대한

두려움. 천둥번개에 대한

두려움. 볼에 점이 있는 파출부 여자에 대한

두려움! 물지 않을 거라고 하는 개에 대한

두려움. 엄습하는 불안에 대한

두려움! 죽은 친구의 신원을 확인해줘야 하는 일의

두려움. 돈이 떨어지는 것에 대한

두려움. 아무도 안 믿겠지만, 너무 많이 소유하게 되는 것
에 대한

두려움. 범죄심리 검사에 대한

두려움. 지각하는 것, 제일 먼저 도착하는 일에 대한

두려움. 편지 겉봉에 쓰인 내 아이들의 손글씨에 대한

두려움. 그 아이들이 나보다 먼저 죽을까봐, 그래서 죄책
감을 느끼게 될까봐

두렵다. 늙은 내가 늙은 어머니와 함께 살아야 할 거라는

두려움. 혼돈에 대한

두려움. 오늘 하루가 불행한 기록과 더불어 끝날 것 같아

두렵다. 잠에서 깨어나 네가 떠난 걸 알게 되는 일의

　두려움. 사랑하지 않는 일, 충분히 사랑하지 않는 일의

　두려움. 내가 사랑하는 것들이 내가 사랑하는 사람들에게
는 치명적인 것이 될까

　두렵다. 죽음에 대한

　두려움. 너무 오래 사는 일에 대한

　두려움. 죽음에 대한

　두려움.

　　　　그건 벌써 말했다.

낭만주의
—린다 그레그에게, 「고전주의」를 읽고

여기 밤은 아주 흐립니다.
하지만 달이 차게 되면, 그건 알게 됩니다.
한 순간에는 한 가지만,
다른 건 그다음에 느끼는 거죠.

재떨이

이를테면, 이 재떨이에 대한 이야기를 쓸 수 있을 것이다.
그리고 한 남자와 한 여자가 거기에 등장할 수 있을 것이다.
그러나 이야기에서는 언제나 남자와 여자가 두 개의 극점이 된다.
북극과 남극. 모든 이야기에는
이 두 개의 극점이 있다—그 남자와 그 여자.
—안톤 체호프

두 사람은 여자의 친구네 아파트 부엌 식탁에
단둘이 앉아 있다. 여자의 친구가 돌아올 때까지는
한 시간의 여유가 있다. 밖에서는 비가 내리고 있다—
비가 바늘처럼 내리꽂히면서, 지난주에 내린 눈을
녹이고 있다. 두 사람은 담배를 피우면서 재떨이를
사용하고 있다…… 어쩌면 둘 중 하나만 담배를 피우고
있을 수도 있다…… **사내가 담배를 피우고 있다!**
관계없다. 어쨌거나, 재떨이는 담배꽁초와
재로 가득 채워지고 있다.

여자는 언제라도 눈물을 터뜨릴 준비가 돼 있다.
평생 누구에게 아쉬운 소릴 해본 적이 없는 여자지만
지금은 사내에게 애원을 하려는 것이다.
이제 무슨 일이 벌어질지 사내는 알 것 같다, 조짐들이

보이는 것이다—목소리가 살짝 잠기면서
여자는 엄마가 남겨준 목걸이를 만지작거린다.
사내는 의자를 밀고 일어나, 창가로
다가간다…… 지금이 내일이고, 경마장에나 가 있다면
좋을 텐데 싶다. 밖에 나가 우산을 쓰고 산보나
하고 있었더라면…… 사내는 콧수염을 쓰다듬으며
여기 아닌 다른 데 아무데나 있었더라면
하고 생각한다. 그러나 그 문제에 관한 한 사내에게는
선택의 여지가 없다. 모두를 위해
아무렇지 않은 척해야 한다.
사내는 일이 이 지경에 이르는 걸 전혀 원치
않았다. 하지만 이제는 양단간에 결정을 내려야 한다.
여기서 잘못하면 사내는 여자의 친구마저 잃게 될 것이다.

여자의 호흡이 가라앉는다. 여자는 사내를 지켜보지만
아무 말도 하지 않는다. 여자는 이 사내가 어찌 될지
알고 있다, 혹은 알고 있다고 생각한다. 여자는 손을
두 눈으로 가지고 가, 손에 머리를 대고 앞으로
기댄다. 여자는 전에도 몇 차례 이렇게
한 적이 있다, 하지만 이 동작이 사내를 성적으로
흥분시킨다는 사실을 모른다. 사내는 먼 데를 바라보며
이를 악문다. 사내는 담뱃불을 붙이고, 성냥불을 흔들어

끄고, 창가에 조금 더 머무른다.

그러고는 테이블로 돌아와 한숨을 내쉬며
앉는다. 사내는 성냥을 재떨이에 떨어뜨린다.
여자는 사내의 손을 향해 손을 뻗고, 사내는 여자가
손을 잡도록 내버려둔다. 뭐하러 마다하겠는가?
무슨 해가 있다고?
그러라지. 사내의 마음은 정해졌다. 여자는 사내의
손가락에 키스를 퍼붓고, 여자의
눈물이 사내의 손목에 떨어진다.

사내는 담배를 빨아들이고는 구름, 나무, 혹은
노을 무렵 귀리 벌판을 바라보는 것과 다를 바 없는
시선으로 여자를 바라본다.
사내는 연기 때문에 눈을 가늘게 뜬다. 사내는
여자가 울음을 그치길 기다리면서
이따금씩 재떨이를 사용한다.

여전히 일번만을 생각하며

이제 당신이 닷새 동안 집을 비우게 됐으니,
담배를 피우고 싶은 만큼, 피우고 싶은 데서
피울 거야. 비스킷을 만들어서 잼과 기름진 베이컨과
함께 먹을 거야. 게으르게 뒹굴어야지. 내 마음
내키는 대로 할 거야. 그러고 싶어지면 바닷가를
걸어야지. 그리고 지금은 혼자서,
어린 시절의 일들을 생각하고 싶어졌어. 그때
아무 이유 없이 날 사랑하던 사람들.
나 역시 다른 모든 이들보다 그들을 더 사랑했지.
한 사람만 빼고. 내 말은, 당신이 없는 동안 여기서
내가 하고 싶은 대로 다 하겠다는 거야!
한 가지만 빼고.
난 당신 없이는 우리 침대에서 자지 않을 거야.
싫어. 그건 나를 즐겁게 하는 일이 아니야.
나는 마음 내키는 아무데서나 잘 거야—
당신이 없을 때 제일 달게 잘 수 있는 곳
내가 늘 하던 식으로 당신을 안을 수 없는 곳.
내 서재의 부서진 소파에서.

물이 다른 물과 합쳐지는 곳

나는 시냇물과 그것들이 만들어내는 음악을 사랑한다.
그리고 실개울들, 시냇물이 될 기회를 만나기 전,
빈터와 벌판을 흐르는.
어쩌면 그것들을 가장 사랑하는지도
모르겠다 그 비밀스러움 때문에. 그 원천에 대해
말하는 건 아예 잊을 뻔했네!
샘물보다 더 놀라운 것이 있을까?
하지만 큰 물줄기들에도 나는 마음을 빼앗긴다.
그리고 그것들이 강으로 흘러드는 곳.
강물이 바다를 만나 열리는 곳.
물이 다른 물과 합쳐지는 곳.
이곳들은 내 마음속에서는
성스러운 장소처럼 도드라진다.
그런데 연안의 이 강들!
나는 어떤 사내들이 말과 몸매가 빼어난 여자들을
사랑하듯이 이것들을 사랑한다. 나는
이 차갑고 빠른 물에 특별한 감정을 가지고 있다.
이것들은 보기만 해도 피가 솟고 피부가
간질거린다. 나는 한 자리에 앉은 채 이 강들을
몇 시간이고 지켜볼 수 있다.
이 강들은 어느 하나도 다른 강과 닮지 않았다.
나는 오늘 마흔다섯이 되었다.

나도 언젠가 서른다섯이었던 때가 있었다고 하면
믿을 사람이 있을까?
서른다섯 때 내 심장은 텅 비고 시들어 있었다!
그것이 다시 흐르기 위해서는
다섯 해가 더 지나야 했다.
이 강가의 내 자리를 떠나기 전, 나는 여기서
마음껏 오후 시간을 보낼 것이다.
강을 사랑하는 일은 내 마음을 기쁘게 한다.
강의 원천까지 거슬러올라가며
사랑하는 일.
나를 불어나게 하는 모든 걸 사랑하는 일.

2부

행복

너무 이른 시간이라 밖은 아직 어둠이 가시지 않았다.
나는 커피를 든 채 창가에 서 있고,
이른 아침에 늘 있는 일들이
생각을 일으키며 지나간다.
사내아이가 신문을 배달하러
친구와 함께 길을 걷는 걸
보고 있는 동안.
두 아이 모두 모자를 쓰고 스웨터를 입었고,
한 아이는 어깨에 가방을 둘러메고 있다.
두 아이 모두 무척이나 행복해서,
아무 말도 하지 않는다.
그래도 된다면, 서로 팔짱이라도
낄 것 같다.
아직 이른 아침인데,
두 아이는 이 일을 같이 하고 있다.
두 아이가 다가온다, 천천히.
아직 달이 물위에 창백하게 걸려 있지만,
하늘에 서서히 빛이 들고 있다.
너무나 아름다워서
죽음과 야망, 심지어 사랑조차
잠시 진입을 멈춘다.
행복. 그것은 예기치 않게

온다. 그리고 그것에 대한 이른 아침의 대화
너머로까지 이어진다, 정말로 그렇다.

옛날

네가 전화했을 때, 너는 아직
잠자리에 들지 않고 TV 앞에서
잠시 졸고 난 참이었다. 전화벨이 울렸을 때,
나는 잠들어 있었다, 혹은 거의 그러려는 순간이었다.
너는 네가 파티를 열었다는 이야기를 하고
싶어했다. 그리고 모두들 날 보고 싶어했다고.
마치 옛날 같았다고 너는
말했다, 그러고는 웃음을 터뜨렸다.
저녁식사는 대재앙이었어.
음식이 식탁에 올라올 때쯤에는
모두들 완전히 취해 있었어. 모두들
즐거웠지, 정말 재미있었어, 거의
최고의 시간을 보내고 있었어, 누군가가
누군가의 약혼자를 데리고 이층으로 올라가기 전까진
말이야. 그러자 그 누군가가 칼을 빼들었어.

하지만 너는 이층으로 올라가려는 그 사내의
앞을 막아서서 말로 달래었다.
일이 끔찍해지는 걸 가까스로 막았어,
너는 말했다, 그리고 다시 웃음을 터뜨렸다.
너는 그뒤에 무슨 일이 있었는지
잘 기억하지 못했다.

사람들은 외투를 찾아 입고 떠나기
시작했다. 너는 TV 앞에서 잠깐
잠이 들었을 것이다 깨어났을 때
TV가 네게 술을 가지고 오라고
소리를 지르고 있었으니까.
어쨌거나, 너는 피츠버그에 있고,
나는 나라 반대편의
여기 작은 타운에 있다. 대부분의 사람들은
이제 우리 인생에서 사라지고 없다.
네가 내게 전화를 한 건 내 안부를 묻고 싶어서였다.
내 생각을, 그리고 옛날 생각을
하고 있었다고 말하고 싶어서.
내가 보고 싶다는 말을 하고 싶어서.

그제야 나는 예전 기억을 떠올렸고
그 시절에는 벨이 울릴 때 전화기가
발작을 하곤 했다는 사실을 떠올렸다.
그리고 이른 새벽 시간에 찾아와
경계 태세를 갖추고
문을 두드리던 사람들.
문안 이쪽에서 느끼던 경계심은 말할 것도 없지.
그 사실이 기억났다, 그레이비를 곁들인 저녁식사도.

칼 여러 자루가 여기저기 놓여
있었지, 일이 터지길 기다리면서.
다시는 깨어나지 않기를 바라며
잠자리에 들던 일도.

사랑한다, 친구, 네가 말했다.
그러고는 울먹임이 우리 사이를
지나갔다. 나는 수화기가
친구의 팔뚝이라도 되는 것처럼
굳게 잡았다.
그리고, 우리 둘 모두를 위해
오랜 친구여,
네게 내 팔을 두르고 싶었다.
사랑한다, 친구.
내가 이렇게 말했고, 우리는 전화를 끊었다.

우리의 새크라멘토 첫 집

이제 이 정도는 내게 선명하다—이미 그때에도
우리가 살날은 얼마 남지 않았었다. 남들 소유의
가구가 갖춰진 그 집에 세를 들고
첫 주가 지난 뒤, 어느 날 밤 한 사내가
야구방망이를 들고 나타났다. 그리고 그걸 치켜들었다.
나는 그 사내가 생각한 그 남자가 아니었다.
결국엔 사내가 그 사실을 믿게 만들었다.
분노가 사라진 후, 사내는 좌절감으로 눈물을
흘렸다. 이 모든 일은 비틀스의 열성팬들과는 아무
관계도 없다. 그 다음주에는 바에서 만나
함께 마셨던 친구들이 그들의 친구들을
우리집으로 데리고 왔고
그리고 우리는 포커를 쳤다. 나는 처음 만난 이에게
장 볼 돈을 털렸다. 끊임없이 자기 아내와
다투던 그 사내에게. 그자는 좌절감을 못 이기고
주먹으로 부엌 벽을 쳐 구멍을 냈다.
그러고는, 그자 역시, 내 인생에서 영원히 사라졌다.
우리는 더이상 제대로 작동하는 게 하나도 없던 그 집을,
한밤중에 손전등 불빛에 의지해
렌털트럭으로 떠났다.
한밤중에 살던 집을 떠나는 가족을
바라보는 이웃들의 마음속에는

과연 어떤 생각들이 지나갔겠는가?
커튼 없는 창문 뒤에서 움직이던
손전등 불빛. 방에서 방으로 옮겨다니며
상자에 물건을 담던 그림자들,
나는 좌절감이 한 사내에게 어떤 영향을 미치는지
두 눈으로 목격했다. 그건
사내를 울게 하고, 주먹으로 벽에 구멍을 내게
만든다. 머나먼 길
그 끝에 있는 자신의 집을 꿈꾸게
만든다. 음악과, 느긋함과, 너그러움으로 채워진
집. 그가 한 번도 살아본 적이 없는 집.

내년

샌타바버라에서의 첫 주는 최악의 경우는
아니었다. 둘째 주에 사내는 강의를 시작하기 직전,
술을 마시다가 넘어져 머리를 다쳤다.
그 두번째 주에, 여자는 술집에서
가수의 마이크를 잡아채 자신의 사랑 노래를
웅얼거렸다. 그러고는 춤을 췄다. 그러고는 테이블 위에서
정신을 잃었다. 그것도 최악은 아니었다. 그 두번째 주에
두 사람은 유치장에 갇혔다. 사내는 운전을 한 건 아니어서
그들은 사내를 체포한 뒤, 잠옷을 입혀
중독자 치료소에 처넣었다. 사내에게 잠을 자라고 했다.
아내는 아침에 만날 수 있을 거라고 말했다.
하지만 방문을 닫지도 못하게 하는데 어떻게
사내가 잠을 잘 수 있겠는가?
복도의 녹색 불빛과 한 사내가 우는
소리가 들어왔다.
사내의 아내는 한밤중에, 갓길에 내려
알파벳을 외워보라는 요구를 받았다.
이것만으로도 충분히 해괴한 일이었다. 그런데 경찰은
여자에게 눈을 감고 한 다리로 서보라고 했다.
여자는 어느 것도 제대로 해내지 못했다.
여자는 체포에 불응한 죄로 유치장에 갇혔다.
사내는 중독자 치료소에서 나온 뒤 여자를 보석으로

꺼냈다. 두 사람은 피폐해져서 집으로 돌아왔다.
이것도 최악은 아니었다. 두 사람의 딸은 그날 밤
가방을 꾸려 집을 떠났다. 딸은 쪽지를 남겼다:
"둘 다 미쳤어. 날 좀 내버려둬줘, 제발.
날 찾지 마."
그것도 아직 최악은 아니었다. 두 사람은 여전히
자기들이 자기 자신이라고 생각했다.
그 이름들에 대답하면서.
그 이름들로 사람들과 섹스하면서.
시작도 없고 끝도 없는 밤들.
마치 정말로 있었던 일들인 것처럼
과거에 대해 이야기하면서.
내년 이맘때면, 내년
이맘때면 다를 거라고
스스로에게 말하면서.

내 딸에게

> 내가 보는 모든 것들이
> 나보다 오래 살아남을 것이다.
> ──안나 아흐마토바

네게 저주를 거는 것도 이제는 너무 늦었다─네가,
이를테면, 예이츠가 자기 딸에게 그랬듯이,
평범한 삶을 살기를 기원하는 것. 우리가
슬라이고에서 그 여자를 만났을 때 보니 그 기도는
실현되어 있었지─그 여자는 자신의 그림들을 팔면서,
아일랜드에서 가장 평범하고, 가장 늙은
여자가 되어 있었다.
하지만 여자는 안전했다.
아주 오랜 세월 나는 예이츠가 그렇게 생각한 이유를
알지 못했다. 어쨌든, 이미 말했듯이, 네게는
너무 늦었다. 너는 이제 어른이고, 사랑스럽다.
딸아, 너는 아름다운 주정뱅이다.
하지만 너는 주정뱅이다. 네가 내 마음을 아프게 한다고는
못하겠다. 술에 관한 한 나는 마음이라는 걸
가지고 있지 않다. 슬프지, 그래, 신만이 그걸 아신다.
네 남자, 사람들이 샤일로라고 부르는 그자가
돌아왔고, 다시 술이 넘쳐흐르기 시작했다.

너는 사흘 동안 취해 있었다, 술이란 게
우리 집안에서는 독약과 마찬가지라는 걸
잘 알고 있으면서도. 네 엄마와 내가 이미
충분히 보여주지 않았니? 사랑하던 두 사람이
서로를 때려눕히고, 우리가 느끼고 있던 사랑을
한 잔, 또 한 잔 마셔 없애버린 것, 그
욕설과 주먹질과 배신을?
미친 거 아니니! 그걸로 충분치 않았단 말이니?
죽고 싶은 거니? 어쩌면 그럴지도 모르겠다. 어쩌면
난 너를 안다고 생각하는데, 아닌가보다.
농담이 아냐, 이 녀석아. 말이 된다고 생각하니?
딸아, 넌 술을 마시면 안 돼.
지난 몇 번 널 볼 때마다, 넌 형편없는 몰골이었어.
쇄골에 깁스를 하고, 아니면
손가락에 부목을 대고, 아름답고 멍든 두 눈을 가리기 위해
짙은 색 안경을 쓰고 있었지. 남자가
터뜨리는 대신 키스를 해야 할 그 입술.
오, 제발, 제발, 제발 좀!
이제 그만둬야 해.
내 말 들리니? 정신차려! 다 때려치우고 정신
똑바로 차려야 돼. 행실을 좀 가다듬어. 너한테 요구하는
거야. 그래, 그냥 말한다고 하자. 물론, 우리 가족은

모으는 것보다는 써버리는 데 익숙하지. 하지만 이젠
되돌려야 돼. 넌 꼭 그래야 돼―그게 다야!
딸아, 넌 술을 마시면 안 돼.
그게 널 죽일 거야. 그게 네 엄마한테, 나한테
그랬던 것처럼. 그게 그랬던 것처럼.

끔찍한 일

온 집안이 고통을 받았다.
내 아내, 나, 두 아이, 그리고
새끼들을 사산한 개까지.
우리의 외도는, 그런 일들이 대개 그렇듯이,
사그라들었다. 아내는 그녀의 애인,
바깥세상과 마음세계라는 것과의 유일한 연결고리였던
외팔이 음악선생에게 차였다.
내 여자친구는 더이상 못 견디겠다면서,
남편에게로 돌아갔다.
물이 끊겼다.
여름 내내 집은 찜통이었다.
복숭아나무는 폭풍에 찢겨버렸다.
우리의 작은 화단은 짓밟혔다.
자동차 브레이크가 나갔고, 배터리는
죽었다. 이웃들은 더이상 우리와 말을 섞지
않았고, 우리 면전에서 문을 닫았다.
가게에 지불한 수표들은 되돌아왔고—
곧이어 우편물 배달이 아예
중단되었다. 보안관만 이따금
찾아왔다—집 말고
다른 아무데나 데려다달라고 애원하는
어떨 땐 큰애, 어떨 땐 작은애를 뒷좌석에 태우고.

그리고 생쥐들이 떼로 몰려들었다.
큰 구렁이가 그 뒤를 이었다. 그놈이
거실의 죽어버린 TV 옆에서 일광욕을 하고 있는 걸
아내가 발견했다. 아내가 그걸 어떻게 처리했는가
하는 건 또다른 이야깃거리다. 그 자리에서
그놈의 대가리를 잘라버린 것.
그리고 나서도 그놈이 꿈틀거리자 다시 두 토막을
내버린 것. 더이상은 버틸 수 없다는 걸
우린 알게 됐다. 우리는 패배했다.
우리는 무릎을 꿇고 우리의 죄를
용서해달라고, 우리의 인생을 용서해달라고
빌고 싶었다. 하지만 이미 늦은 뒤였다.
너무 늦었다. 주변의 누구도 듣지 않을 것이었다.
우리는 집이 무너지는 걸,
땅이 갈아엎어지는 걸 지켜봐야 했다. 그리고 나서
우리는 네 방향으로 흩어졌다.

에너지

어젯밤 블레인 인근, 내 딸의 집에서,
딸은 그애 엄마와 나 사이에
무엇이 잘못됐는지 설명하려 애썼다.
"에너지. 두 사람의 에너지가 완전히 안 맞았어요."
딸은 젊은 시절의 엄마와
닮았다. 자기 엄마처럼
웃는다.
앞이마에 흘러내린 머리카락도
자기 엄마처럼 치운다.
자기 엄마가 그랬듯이,
담배를 딱 세 번 빨아 필터까지
태울 수 있다. 이번 방문은
쉬울 줄 알았다. 천만에.
형제여, 이건 어려운 일이야. 잠을 자려 할 때면
그동안의 세월이 내 잠 속으로 흘러
들어온다. 잠에서 깨어나보면 온 집안의 불이
다 켜져 있고 재떨이에는 꽁초가 천 개쯤
꽂혀 있다. 난 이런 것 어떤 것도
이해하는 척할 수가 없다:
오늘 나는 삼천 마일을
멀어질 것이다 사랑으로 벌리고 있는
다른 여자의 팔을 향해서, 이애의 엄마가 아니라.

이애의 엄마는
주기적으로 다가오는 새로운 사랑에 빠져 있다.
나는 마지막 불을 끄고
문을 닫는다.
뭐가 됐든 그 오래된 것
우리를 사슬로 묶고 가차없이
잡아당기는 그것을 향해 다가가며.

등뒤로 문을 잠그고, 다시 들어가려 애쓰며

너는 밖으로 나온 뒤 아무 생각 없이 문을
닫아버린다. 그리고 네가 방금 한 짓을
돌아봤을 때에는
이미 늦었다. 이게 인생에 대한 이야기로
들린다면, 그럴 수도 있겠다.

비가 오고 있었다. 비상열쇠를 가지고 있는 이웃은
외출중이었다. 나는 낮은 쪽 창문을
밀어보고 또 밀어봤다. 안에 있는
소파, 화분들, 탁자와 의자들, 전축을
노려보았다.
내 커피잔과 재떨이는 유리가 덮인 테이블 위에서
날 기다리고 있었고, 내 마음 또한 그것들과
함께 있었다. 나는 안녕, **친구들,**
그런 말들을 속삭였다. 무엇보다,
상황이 그렇게 나쁜 건 아니었다.
전에는 이보다 고약한 일들도 있었으니까. 이건 심지어
좀 웃기기까지 한 일이었다. 나는 사다리를 찾아냈다.
그걸 집에 기대 세웠다.
그러고는 비가 오는 와중에 이층 데크로 올라가
난간을 뛰어넘어
문을 열어보려 했다. 물론,

문은 잠겨 있었다. 하지만 나는 어쨌거나
내 책상, 종이들, 그리고 내 의자를 들여다보았다.
이쪽은 내가 책상에 앉아 눈을 들어
내다보는 방향과
반대쪽의 창문이었다.
여긴 아래층과 다르군, 나는 생각했다.
이건 또다른 세상이야.

그리고 데크에서 이렇게, 몰래, 들여다보는 건
뭔가 색다른 일이었다. 저기, 안에, 있는 것,
그리고 있지 않은 것.
이것에 대해 제대로 이야기할 수 있을 것 같지는 않다.
나는 유리에 얼굴을 가까이 들이대고
저 안에, 내 책상에 앉아 있는 나를
상상했다. 일을 하다가 이따금
고개를 드는 모습.
다른 장소, 다른 시간을
상상했다.
그때 내가 사랑했던 사람들도.

나는 그 자리에서 비를 맞으며 잠깐 서 있었다.
내가 모든 사람 중에 가장 운이 좋은 자라고 생각하면서.

슬픔의 파도가 내 안을 지나갔지만 말이다.
그때 내가 다른 사람들을 다치게 한 것에 대해
맹렬한 수치심을 느꼈지만 말이다.
나는 그 아름다운 유리창을 부숴버렸다.
그리고 안으로 걸어들어갔다.

의학

내가 약에 대해서 알고 있는 것들은 죄다
엘패소에서 만난 술도 마시고 마약도 하는
의사 친구에게서 얻어들은 것이다. 우리는 가까운
친구였다, 내가 동부로 옮겨오기 전까지는. 사실
나는 평생 단 하루도 아파본 적이 없었다.
그런데 내 어깨에 뭐가 났고
계속 커지고 있다.
피지 낭종일 거야, 아마도, 그게
뭔지는 모르겠지만, 그냥 그 단어가
마음에 든다. 늦은 밤 이가 아프기 시작하고
전화벨이 울린다. 나는 아프고,
불행하고, 혼자다. 빌어먹을!
내게 너의 벌벌 떨리는 칼을 대다오,
의사 선생. 내게 네 손을 다오, 친구여.

웨나스 능선

계절이 바뀌고 있다. 기억이 마구 올라온다.
그 가을의 우리 셋. 어린 불량배들—
좀도둑, 바퀴 덮개 도둑놈들.
얼간이들. 딕 밀러, 지금은 죽었지만.
라일 루소, 포드 자동차 대리점집 아들.
그리고 나. 얼마 전 여자애를 임신시킨.
오후가 금빛으로 물드는 늦은 시간까지 뇌조 사냥을
나선 참이었다. 사슴이 다니는 길을 따라
관목 숲을 뚫고 나가고, 쓰러진 나무를 뛰어넘기도
하면서. 붙들 만한 걸 찾아 손을 뻗기도 하면서.

웨나스 능선의 정상에서 우리는
소나무숲을 빠져나와, 바람이 울부짖는 깊은
협곡, 그 너머 강까지 내려다볼 수 있었다.
나는 그때, 앞으로 올 어느 시절보다 더
살아 있다고 생각했다.
그러나 내 인생은, 급커브들을 품고, 내 앞에 놓여 있었다.

우리는 매, 사슴, 너구리를 봤지만 내버려두었다.
뇌조 여섯 마리를 잡았다 그때 그만뒀어야 했다.
그러지 않았다, 수량 제한이 있었는데도.

라일과 나는 딕 밀러보다 오십 피트 정도 앞에서
오르고 있었다. 누가 소리를 질렀던가—"야아아아!"
그러고는 욕을 하고 또 했다. 그걸 보는 순간
내 다리는 굳어버렸다.
살쪈, 짙은 색의 뱀이 일어서고 있었다.
노래를 부르기 시작하면서.
그리고 그 노래란! 내 팔뚝만큼이나 굵은 방울뱀이었다.
그놈은 밀러를 공격했지만, 놓쳤다. 달리 말할 방법이
없다—밀러는 그 자리에 얼어붙었다. 비명을 지르고,
욕을 할 수는 있었지만, 총을 쏠 수는 없었다. 그러자 뱀은
자세를 낮춰 우리의 시야에서 빠져나가더니
바위 밑으로 사라졌다. 이제 그만 내려가야 한다는 사실을
우리 모두 알았다. 올라오던 방법 그대로.
앞도 보지 않고 덤불숲을 기어, 쓰러진 나무들을 넘어,
관목 숲을 뚫고. 높은 나무에서 떨어진 그림자들이 이제
낮의 열기를 품고 있는 평평한 바위들을
덮치고 있었다. 그리고 뱀들.
내 심장은 멈췄고, 다시 뛰기 시작했다.
머리카락이 곤두섰다. 이것은 삶이 나를 위해 마련해둔
순간이었다. 그리고 나는 준비가 되어 있지 않았다.

어쨌거나 우리는 하산을 시작했다. 예수님, 제발

이 곤경을 벗어나게 도와주세요, 나는 기도했다. 다시
당신을 믿고 항상 영광을 돌리겠습니다. 하지만 예수님은
꼬리를 세우고 흔드는 뱀의 환영에 밀려 내 머릿속에서
사라졌다. 그 노래. 나를 계속 믿으라, 뱀이 말했다,
나는 돌아올 것이니. 그날 나는 정체를 알 수 없는,
죄악의 계약을 맺었다. 한 호흡으로는 예수에게 기도하며.
다른 호흡으로는 뱀에게 기도하며. 결국 내게 더
실재하는 건 뱀이었다. 그날의 기억은
지금 내게 종아리를 물린 것처럼 남아 있다.

나는 그 자리를 벗어났다, 그러지 않았나? 하지만
어떤 일이 일어났다.
나는 내가 사랑한 여자애와 결혼했다, 그러나
그녀의 인생에 독을 풀었다.
거짓말이 내 가슴속에 똬리를 틀기 시작했고, 그곳을
자기 집이라 불렀다.
어둠과, 어둠의 뒤틀린 길에 익숙해졌다.
그때 이후로 나는 언제나 방울뱀을 두려워했다.
예수에 대해서는 복잡한 마음을 갖게 되었다.
하지만 이건 누군가의, 무엇인가의 탓이다.
지금도, 그때와 마찬가지로.

독서

모든 사람의 삶이란 신비롭다,
당신의 삶, 내 삶도 마찬가지로. 상상해보라,
제네바호수를 향해 창문을 열어둔 성이
있다. 따뜻하고 맑은 날 그 창문 안에는 한 사내가
독서에 몰두한 나머지 고개를 들지도 않고
있다. 고개를 들 때면 읽던 자리를 손가락으로
짚은 채, 눈을 들어 호수 너머 몽블랑, 그리고 그 너머,
워싱턴주의 셀라를 바라본다,
사내가 여자와 같이 있는 곳 그리고
처음으로 술에 취한 곳.
사내가 정신을 잃기 전 마지막으로
남아 있는 기억은, 여자가 자기에게 침을 뱉은 것.
사내는 그후로 술 마시기를 멈추지 않았고,
오랜 세월 계속 침을 맞고 있다.
하지만 어떤 이들은 이렇게 말할 것이다,
고난을 겪는 건 인격 형성에 도움이 된다고.
무얼 믿든 그건 당신 자유다.
어쨌거나, 사내는
읽던 책으로 돌아갈 것이고 자신의 어머니가
슬픔의 배를 타고 떠다니는
일에 죄의식을 갖지 않을 것이고
아이들과 그 아이들에게 끊임없이 닥치는 문제들에

대해서도 생각하지 않을 것이다.
그리고 그가 한때 사랑했던 눈이 맑은 여자와,
그 여자가 동방의 종교에 투항한 것에 대해서도
생각할 마음이 없다.
그 여자의 슬픔에는 시작도 없고, 끝도 없다.
그림 속의 책 읽는 사내처럼
창문 안에 들어앉아 하루종일 읽고 있는 사내,
그 사내와 가까운 관계라고 주장하고 싶은 이들을
그 성 안의 사람이든, 셀라의 사람이든 앞으로 나서게 하라.
태양이 앞으로 나서게 하라.
그 사내 자신이 앞으로 나서게 하라.
도대체 그가 뭘 읽고 있을 수 있단 말인가?

비

아침에 눈을 뜰 때부터 오늘은
하루종일 침대에 누워 읽고 싶다는 생각밖에
없었다. 잠시 그 욕망에 맞서서 싸웠다.

그러고는 창밖에 내리는 비를 내다봤다.
그리고 포기했다. 이 비 오는 아침에 나를
온전히 내맡겼다.

나는 내 삶을 다시 한번 살고 싶은가?
용서하기 어려운 똑같은 실수들을 또다시 저지르면서?
그렇다, 절반의 기회가 있으니까. 그렇다.

돈

법을 어기지 않으며 살기 위해서.
항상 자기 이름과 전화번호를
사용하기 위해서. 친구를 보석으로
꺼내주고 그 친구가 도망쳐도
개의치 않기 위해서.
그러기를, 사실은, 바라고.
어머니에게 돈을 좀 주기
위해서. 그리고 아이들과
아이들의 엄마에게도.
저축은 하지 말 것. 사내는
그게 사라지기 전에 다 쓰기를 원한다.
그걸로 옷을 산다.
집세를 내고 이런저런 공과금을 낸다.
식료품을 사고, 조금 더 산다.
사내가 원할 때마다 외식을 나간다.
그리고 특별메뉴를 주문해도
괜찮다!
원할 때마다 마약을 산다.
차를 산다. 고장이 나면,
수리한다. 아니면
새 차를 산다. 저 배가
보이는가? 사내는 저거랑 똑같은

보트를 사게 될 수도 있다. 그러고는 곶을 돌아
동행할 만한 사람을 찾아가는 것이다. 사내는
포르투알레그리에, 돛을 완전히 올린 채 배를 몰고
자기를 찾아 항구로 들어오는 사내를 보고 싶어할
여자를 하나 알고 있다.
자기를 보러 이 먼길을
찾아올 능력이 있는
사내. 그저
여자의 웃음소리가, 그리고
여자가 머리칼을 휘날리는 모습이
좋아서.

사시나무

아무도 없이, 혼자 있는 젊은 사내를 상상해보라.
몇 방울의 비가 그의 창에 내리치기 시작하는 순간
그는 무언가를 끄적거리기 시작했다.
사내는 방을 한 칸 얻어 쥐와 더불어 살았다.
나는 사내의 용기를 사랑했다.

몇 칸 건넌 방에 사는 누군가는
하루종일 세고비아 음반을 틀었다.
사내는 자기 방을 떠나는 법이 없었고,
누구도 그걸 비난할 수는 없었다.
밤이면 사내는 다른 이들이 타이핑하는 소리를
들을 수 있었고, 위안을 얻었다.

문학과 음악.
누구나 스페인의 기사와
중정을 꿈꾼다.
행렬. 의식, 그리고
그 광휘.

사시나무.
며칠을 이어지는 비와 수위가 높아진 물.
잎들이 마침내 땅으로 내리꽂힌다.

내 가슴속, 폭풍우가 비춰주는
지상의 이 이야기.

3부

최소한

하루 아침 더, 해가 뜨기 전 일찍
일어나고 싶다. 새들도 깨어나기 전에.
하늘이 밝아지기 시작하고 다른 집들
굴뚝에서 연기가 올라오기 시작할 때
얼굴에 찬물을 끼얹고
내 책상에 앉아 있고 싶다.
밤새 잠결에 소리로만 들었던
파도가 이 바위 많은 해안을 때리고
부서지는 걸 보고 싶다.
항해를 떠나는 이 세계 모든 나라들에서 떠난 모든 배들—
간신히 물위에 떠 있는 낡고 더러운 짐배들,
그리고 가고 싶은 방향으로 물살을 가르며 나아가는
온갖 색으로 단장한 날랜 신형 화물선에 이르기까지
온갖 배들이 해협을 통과하는 걸 보고 싶다.
그것들을 지켜보고 싶다.
그리고 그 배들과 등대 근처 수로 안내인 대기소 사이를
비집고 돌아다니는 작은 배들.
그것들이 사람을 내려놓고
또 태우는 모습을 보고 싶다.
이런 모습을 지켜보면서 하루를 보낸 뒤
나만의 결론에 도달하고 싶다.
욕심 사납게 보이고 싶지는 않다—내게는 이미

감사해야 할 일이 넘친다.

하지만 나는 최소한, 하루 아침 더, 일찍 일어나고 싶다.

그리고 커피를 들고 내 자리로 가서 기다리고 싶다.

어떤 일들이 또 일어날지, 다만 기다리는 것이다.

보조금

지금 이 일 아니면 내 친구 모리스와 함께
보브캣 사냥을 나가려는 것이다.
아침 여섯시에 시를 쓰려고 해보거나, 아니면
두 손에 총을 들고
사냥개를 따라 뛰는 것이다.
갈비뼈 안에서 심장이 뛴다.
나는 마흔다섯 살. 직업은 없다.
이런 인생의 호사스러움을 상상해보라.
어디 한번 상상해보라.
내일 친구가 사냥을 나가면 따라나갈 수도
있다. 하지만 그러지 않을 수도 있다.

내 보트

내 보트의 제작을 주문했다. 보트는 이제 막 제조업체의
손을 떠나려는 참이다. 정박지에 특별한 장소를
마련해뒀다. 보트에는 내 친구들 모두가 탈 수 있는
공간이 있을 것이다. 리처드, 빌, 척, 토비, 짐, 헤이든,
게리, 조지, 해럴드, 돈, 딕, 스콧, 제프리, 잭,
폴, 제이, 모리스, 그리고 알프레도. 내 친구들 모두!
다들 자기가 내 친구라는 걸 알고 있다.
테스도 물론. 테스 없이는 어디에도 가지 않을 거야.
그리고 크리스티나, 메리, 캐서린, 다이앤, 샐리, 애닉,
팻, 주디스, 수지, 린, 애니, 제인, 모나.
덕과 에이미! 이 둘은 내 가족이야, 하지만 친구이기도
하고, 즐거운 시간을 보내는 걸 좋아하지. 내 보트에는
이 모든 사람을 위한 자리가 있어. 진심이야!
보트에는 이 모든 사람들이 꺼내놓는 이야기를 위한
자리도 있을 거야. 내 이야기, 하지만 내 친구들 것들도.
짧은 이야기들, 그리고 끝도 없이 이어지는 이야기들도.
실제로 있었던 이야기와 꾸며낸 것들. 이미 끝낸
이야기와 아직 쓰고 있는 것들.
시들도! 서정시, 그리고 그보다 길고 어두운 서사시들.
화가 친구들을 위해서, 물감과 캔버스도 실어둘 거야.
프라이드치킨, 햄, 치즈, 롤빵, 프랑스 빵을
먹을 거야. 내 친구들과 내가 좋아하는 모든 좋은 음식들.

그리고 과일을 원할 경우를 대비해 큰 과일 바구니도.
누군가 내 배에서 사과나 포도를 먹었다고 말하고 싶을
경우에 대비해서. 내 친구들이 원하는 거라면 뭐든지,
거기에 있을 거야. 온갖 종류의 소다도.
맥주와 와인도 물론이지. 그런 건 안 된다는 말은 누구도
듣지 않을 거야, 내 보트에서는.
우린 햇살이 내리쬐는 항구로 들어가 즐겁게 지낼 거야,
그게 내 계획이지.
항상 즐거운 시간을 보내는 거. 이런 거 저런 거,
앞서가거나 뒤떨어지는 것에 대해 생각하지 않고.
낚시하고 싶은 사람이 있으면 낚싯대도 있지.
물고기는 널렸어! 어쩌면 내 보트를 타고, 해안을 따라 조금
내려갈 수도 있을 거야.
하지만 위험할 정도로는 말고, 심각한 수준으로는 말고.
그저 즐기기만 하자는 거지, 겁먹을 필요 없이.
우린 먹고 마시고 많이 웃을 거야, 내 보트에서.
늘 적어도 한 번은 이런 짧은 여행을 떠나고 싶었어,
친구들과, 내 보트를 타고. 원한다면
CBC에서 흘러나오는 슈만을 들을 수도 있어.
하지만 그게 마음에 안 든다면, 좋아,
KRAB로 돌려서 더후, 롤링스톤스를 들으면 돼.
내 친구들을 즐겁게 만드는 거라면 뭐라도 좋아! 어쩌됐든

우린 근사한 시간을 보낼 거야. 모두들 즐겁게,
하고 싶은 걸 할 거야, 내 보트에서.

내가 쓰지 않은 시

여기 아까 내가 쓰려고 했으나 쓰지 않은
시가 있다, 왜냐하면
당신이 뒤척이는 걸 들었기 때문.
나는 또다시 취리히에서의 첫날 아침을
생각하고 있었다.
우리가 동트기 전 잠에서 깨어났던 일을.
어디에 와 있는지 잠깐 헷갈렸었지. 하지만
강물과, 구도심이 내려다보이는
발코니에 나갔던 일.
그리고 거기에서, 말을 잃고 그저 서 있던 일.
벌거벗은 채. 하늘이 밝아오는 걸 지켜보던 일.
너무나 벅차고 행복했던. 우리가 마치
바로 그 순간 그 자리에
들려다 놓여진 것처럼.

작업
—존 가드너에게, 1982년 9월 14일 사망

작업에 대한 애정. 그 안에서 노래하는
피. 작업 안으로 한없이
높이 솟구치는. 한 사내가 말한다,
작업중이야. 혹은, 오늘 작업했어.
아니면, 말이 되도록 만드는 중이야.
사내는 주 칠 일 매일 작업한다.
그리고 아침이면 젊은 아내가
깨운다, 타자기에 머리를 박고 자던 사내를.
작업을 시작하기 전의 충만함.
끝낸 뒤의 더 놀라워진 이해.
헬멧끈을 조인다.
오토바이에 올라
집에 대해 생각한다.
그리고 작업을. 그렇다, 작업. 오래 남을 것을
향해 가는 일.

2020년에

우리 중 누가 그때까지 살아남아—
늙고, 멍하고, 정신이 맑지 못한 채로—
그러나 기꺼이 우리의 죽은 친구들에 대해 말할 것인가?
물이 새는 낡은 수도꼭지처럼, 말하고 또 말할 것인가.
그래서 젊은 사람들,
존경심과, 애틋한 호기심을 품은 이들이
그 회고를 들으며
설레도록.
이 이름 혹은 저 이름이,
그리고 우리가 같이한 일들이 언급될 때.
(우리가 존경심을 품고, 그러나 동시에
호기심과 설렘을 가지고 우리보다 앞서
세상을 떠난 이들에 대한 생생한 이야기를
듣고 싶어하던 것처럼)
우리 중 한 사람이 한 이야기를 그들이
그들의 친구들에게 전할 것이다,
그 사람은 누구와 누구를 알고 지냈어! 그 사람은
_____랑 친구였고 같이 지냈대.
어떤 큰 파티에 갔었대.
거기에 모두 다 있었대. 다들 축하하면서
새벽까지 춤을 췄대. 서로서로 어깨를 두르고
아침해가 뜰 때까지

춤을 췄대.
지금은 다들 세상을 떠났지.
우리 중 누가 언급될까—
그 사람이 그 사람들을 알았대? 그 사람들과 악수를 하고
포옹을 하고, 그 사람들의 따뜻한 집에서
하룻밤을 보냈대. 그 사람들을 사랑했대!

친구들이여, 그대들을 사랑한다, 진심이야.
그리고 내가 운이 정말 좋아서, 특별한 혜택을 받아서,
오래 살아남아 증인이 되기를 희망한다.
믿어줘, 나는 그대들에 대해, 그리고 우리가
여기서 함께 지냈던 시절의
가장 빛나던 순간들에 대해서만 말할 거야!
살아남은 자가 기대할 만한 무언가가
있어야지. 늙어가고 있고,
모든 것들을 모든 이들을 잃고 있는데.

천국의 문 앞의 저글러
―마이클 치미노를 위해

크리스토퍼슨이 아침식사를 하고 있는 더러운
식탁 뒤켠, 거기에는 와이오밍주 스트리트워터의
19세기 거리를 내다보고 있는 창문이 하나 있다.
그 거리에서 갈대처럼 빈약하고 자그마한 저글러 하나가
프록코트에 높은 모자를 쓴 채 막대기 세 개를
허공에 놀리고 있다. 이걸 잠깐 생각해보라.
이 저글러. 이 놀라운 정신과 몸의 움직임.
생계를 위해 재주를 부리는 사내.
그가 살던 시대의 사람들은 누구나 스타를, 그러니까
총잡이 하나쯤은 알았다. 누군가를, 이를테면,
제멋대로 밀어붙이는 어떤 사람. 하지만 저글러라니!
이 남루한 카페 안에는 푸른 연기가 떠돌고, 그 더러운
식탁에서는 성인 남자 둘이 한 여자의 앞날에 대해
이야기한다. 그리고 무언가,
목축업자 조합에 대한 무언가도.
하지만 눈길은 끊임없이 그 저글러를 향한다.
그 사소한 구경거리. 이 순간, 엘라의 고난이라든가
이민자들의 운명 같은 건 이 저글러의 움직임에 비하면
하나도 중요하지 않다.
그런데 저 사내는 어떻게 저글링을 하게 됐을까?
어떤 사연이 있을까?
내가 알고 싶은 건 그 이야기다. 누구나

총을 차고 건들거릴 수는 있다. 아니면 다른 누군가를 사랑하는 누군가를 사랑하게 될 수도 있다. 하지만 **저글링**이라니, 세상에! 자기 인생을 거기에 바치다니. 그런 길을 가다니. 저글링.

딸과 사과파이

그애는 오븐에서 몇 분 전에 꺼낸 파이의
한 조각을 내 앞에 놓는다. 윗부분의 갈라진 틈에서
뜨거운 김이 가늘게 한 줄기 오른다. 설탕과
향신료—
계피—가 타서 가장자리에 달라붙어 있다.
하지만 그애는 아침 열시의 부엌—모든 게 아름다운—에서
내가 파이를 으깨,
입으로 가지고 가, 후후 부는 걸
짙은 선글라스를 끼고
지켜보고 있다. 겨울에,
그애의 부엌에서. 나는 파이에 포크를 찍으며
이 일에 관여하지 말라고 스스로에게 말한다.
그애는 그 사내를 사랑한다고 말한다. 이보다 더
나쁠 수는 없다.

상업

호화로운 저녁식사. 정말 훌륭하고
풍족한 음식. 내가 항상 꿈꾸던 것
그대로였다. 그리고 음식은 우리가
최종 결산에 대해 이야기하는 동안 끊임없이 나왔다.
심지어 우리가 그것에 대해 이야기하지 않을 때에도,
그건 거기에 있었다—굴, 양고기, 여러 가지 소스,
품질 좋은 천으로 만든 냅킨, 식기, 그리고
각종 유리잔들 속에. 그건 이렇게 말하고 있었다,
여기에 인생이 있다, 즐겨라. 이게 바로 내가 쓰면서
살고 싶었던 시다! 그리고 때마침 나온
술을 부어 불을 붙인 디저트—한 줄기의 불길이
치솟았다가, 사그라든다,
마치 지쳤다는 듯이.

차를 몰고 집에 돌아오는 길에, 내 머리는
과식으로 어질어질하다. 이런 돼지!
그자가 나에 대해 무슨 소리를 하든, 들어도 싸다.
바지를 입은 채 침대 커버 위에 쓰러져 잠이 든다.
그러나 그전에 늑대들,
더운 날 숲속의 늑대들을 떠올리고야 만다.
내 삶은 개활지에 고정되어 있다.
고개를 돌려 살찐 목을 드러내려 해보지만,

나는 움직일 수가 없다.
기운이 없다. 저 녀석들한테 내 배를
내어줘야지, 불타는 눈을 가진
저 늑대 형제들.
하룻밤 만에 여기까지 오다니!
그런데 따지고 보면 나는 멈춰야 할 때를 안 적이 없다.

익사한 사내의 낚싯대

처음에는 그걸 사용하고 싶지 않았다.
그러다가 생각했다, 아냐, 어쩌면
비밀을 포기하고 내게 행운을 가지고 올지도 몰라—
그땐 그게 필요했다.
게다가, 그건 그때 그 사람이 수영을 하러 가며
나더러 쓰라고 놔둔 거였다.
그후 얼마 지나지 않아, 나는 두 여자를 만났다.
한 사람은 오페라를 좋아했고 다른 이는
감옥에 다녀온 적이 있는
주정뱅이였다. 나는 그중 하나와 계속 만났고
술을 마시기 시작했고 많이 싸웠다.
이 여자가 노래를 부르고 노는 솜씨라니!
우리는 곧장 바닥으로 곤두박질쳤다.

산책

철길을 따라 산책을 나갔다.
길을 따라 한동안 걷다가
두 아내 사이에서 잠든
한 사내의 시골 묘지에서
빠져나갔다. 사랑받은 아내이자 어머니,
에밀리 반 데어 제이는 존 반 데어 제이의
오른편에 묻혀 있었다.
마찬가지로 사랑받은 아내,
두번째 반 데어 제이 여사인 메리는
그의 왼쪽에.
에밀리가 먼저, 그다음에 메리가 갔다.
몇 해 뒤에는 그 늙은 사내가 갔다.
이들의 결합으로 열한 명의 자식이 나왔다.
그들 또한, 지금쯤 모두 죽었을 것이다.
여긴 조용한 곳이다. 내가 산책을 멈추고, 앉아,
시시각각 다가오고 있는 나의 죽음을 예비하기에는
다른 어느 곳이나 마찬가지로 좋은 장소다.
하지만 나는 이해할 수 없고, 또 이해할 수 없다.
내가 이 아름다운, 땀이 나는 삶, 내 것이든
다른 누군가의 것이든, 삶에 대해 알고 있는 거라곤,
잠시 후면 죽은 자들에게 쉴 곳이 되어주고 있는
이 놀라운 장소에서 일어나

떠나야 한다는 사실이다. 이 묘지에서.

그리고 가는 것이다. 우선 하나의 레일을 걷다가

또다른 레일로.

아버지의 지갑

오래전 당신의 죽음에 대해 생각하면서,
아버지는 내게 당신의 부모님 가까이 묻히고 싶다고
말했다. 그분들이 떠나고 난 뒤 아버지는
그렇게 그분들을 그리워했다.
이 이야기를 하도 여러 번 해서 어머니가 기억하고 있었고,
나도 기억했다. 하지만 마지막 숨이 그의 폐를 떠나고
생명의 모든 신호들이 사그라져갈 때,
아버지는 당신이 가장 있고 싶은 곳에서
512마일 떨어진 마을에 있었다.

그런데, 나의 아버지. 아버지는 심지어 죽은 뒤에도
가만히 쉬지 못했다. 죽은 뒤에조차
아버지는 마지막 여행을 한번 더 떠나야 했다.
아버지는 평생 떠돌아다니길 좋아했는데,
이제 가야 할 곳이 한 군데 더 남은 것이었다.

장의사는 자기가 계획을 마련할 테니
걱정하지 말라고 했다. 빈약한 햇살이 창문으로 들어와
그날 오후 우리가 그 사내를 기다리고 있던 방의
먼지 낀 바닥에 떨어졌다.
사내는 뒷방에서 나와
끼고 있던 고무장갑을 벗었다.

사내는 포름알데히드 냄새를 묻혀서 왔다.

거구이시더군요, 장의사가 말했다.

그러더니 자기가 왜 이 작은 마을에서 사는 걸 좋아하는지
말하기 시작했다.

방금 내 아버지의 혈관을 열고 온 이 사내.

비용이 얼마나 들까요? 내가 말했다.

사내는 펜과 패드를 꺼내더니 쓰기
시작했다. 우선, 준비 비용.

그러고는 운구비로
마일당 22센트를 산정했다.

그런데 장의사에게 이 여정은 왕복이다,

그걸 잊지 말아야 한다. 거기에, 대략, 여섯 끼의 식사와
모텔에서의 이틀 밤. 사내는 몇 가지 항목을

덧붙였다. 거기에 자신의 시간과 수고에 관한
웃돈 210달러를 더하면,

이제야 총액이 나온다.

사내는 우리가 흥정하려 들 거라고 생각했던 것 같다.

사내가 그가 쓴 숫자에서 고개를 들 때

사내의 양뺨 한 부분에 색조가

떠올랐다. 아까와 같은 빈약한 햇살이

먼지투성이 바닥의 아까와 같은 빈약한 곳에
떨어져내렸다. 내 어머니는 마치 알아들었다는 듯이
고개를 끄덕였다. 하지만 어머니는
단 한마디도 이해하지 못했다. 어머니에게는
아버지와 함께 집을 떠난 시간부터 시작해
그 어느 것도 납득이 되는 게
없었다. 어머니가 아는 거라곤
무슨 일이 됐든 돈이 들 거라는 사실
하나뿐이었다.
어머니는 핸드백에 손을 넣어
아버지의 지갑을 꺼냈다. 우리 세 사람이
그 작은 방에 서 있던 그날 오후.
모두 말 없이 숨을 들이쉬고 내쉬었다.

우리는 잠시 그 지갑을 쳐다보았다.
누구도 아무 말도 하지 않았다.
그 지갑에는 아무런 생기도 남아 있지 않았다.
낡고 해지고 더러운 지갑이었다.
하지만 그건 내 아버지의 지갑이었다. 그리고 어머니는
그것을 열어 안을 들여다보았다. 한 움큼의 돈을
꺼냈다, 이 마지막 가장 경악스러운, 여행에
들어갈.

4부

그에게 물어보라

내키지 않는다는 듯이, 내 아들은
나와 함께 몽파르나스묘지의
철문을 들어선다.
"파리에서 이런 식으로 하루를 보내다니!"
그애는 그렇게 말하고 싶은 심정이다. 그렇게,
실제로, 말했다.
그애는 프랑스어를 한다. 비공식적인 안내인을 자처한
백발의 경비원과 대화를
시작했다. 그래서 우리 세 사람은, 천천히,
여러 줄로 늘어선 무덤들 사이를 걷는다.
다들, 그러고 보니, 여기에 와 있는 것 같다.

조용하고, 덥고, 파리 거리의 소음은
여기에 미치지 못한다. 경비원은 우리를
잠수함을 발명한 사내와 모리스 슈발리에의 무덤으로
안내하고 싶어한다. 그리고
붉은 장미가 쌓여 있는 스물여덟 살 난 가수,
노니의 무덤으로.

내가 원하는 건 작가들의 무덤을 보는 거다.
내 아들이 한숨을 쉰다. 그애는 그런 것들에 관심이 없다.
이미 충분히 본 것이다. 그애는 이제 지루함을 넘어서

체념의 차원에 접어들었다. 기 드 모파상; 사르트르;
생트뵈브; 고티에; 공쿠르 형제; 폴 발레리와 그의 오랜
동지인 샤를 보들레르. 우린 거기 오래 머무른다.

이들 중 어느 이름도, 혹은 무덤도, 내 아들과 그 경비원의
무탈한 인생과는 아무런 관계가 없다.
이 아침 밝은 햇살 아래서 프랑스어로 대화와
농담을 나눌 수 있는 이 두 사람하고는.
그런데 보들레르의 묘비에는 여러 이름이 각인되어 있고
나는 그걸 이해할 수 없다.
샤를 보들레르의 이름은 그의 모친과 양아버지
사이에 들어 있다. 보들레르의 모친은
그에게 돈을 빌려주었고, 평생 그의 건강을 걱정했다.
보들레르는 양아버지를 싫어했고, 양아버지 또한
그의 모든 것을 싫어한 완고한 사람이었다.
"네 친구한테 물어봐," 내가 말한다.
그래서 내 아들이 묻는다.
내 아들과 그 경비원은 오랜 친구나 된 것 같고,
나는 거기서 둘의 수작을 지켜본다.
그 경비원은 무언가를 말하더니 손을 펴고
그 위에 다른 손을 얹는다. 그렇게. 그걸 반복한다.
손 위에 다른 손. 미소를 지으며. 겸연쩍다는 듯이.

내 아들이 통역을 한다. 하지만 나는 이미 이해하고 있다.
"샌드위치 같은 거야, 아빠," 내 아들이 말한다.
"보들레르 샌드위치."

그 시점에서 우리 셋은 걸음을 옮긴다.
그 경비원은 본업보다 안내원 역할을 더 좋아하는 듯하다.
그는 파이프에 불을 붙인다. 시계를 본다.
점심 먹을 시간이 다 되어간다, 와인 한 잔도.
"저 사람한테 물어봐," 내가 말한다, "죽고 나서 여기
묻히고 싶냐고. 어디에 묻히고 싶은지 물어봐."
내 아들은 어떤 말이든지 할 줄 안다.
나는 아들의 입에서 'tombeau'와 'mort'라는 말이
나오는 걸 듣는다. 그 경비원이 발길을 멈춘다.
그의 생각은 다른 어딘가를 떠돌고 있었던 게 틀림없다.
수중에서의 전투. 버라이어티쇼, 영화.
먹을 것과 와인 한 잔.
부정부패는 아니고, 아니지, 배신도.
몰살도 아니고. 자신의 죽음도 아니다.

그 경비원은 우리 두 사람을 차례로 쳐다본다.
우리가 멍청한 소릴 한 건가? 고약한 농담을 한 건가?
그는 경례를 붙이고는 저쪽으로 멀어진다.

야외 카페의 테이블을 향해서.

모자를 벗고, 손가락으로 머리를 정리할 수 있는 곳.

웃음소리와 말소리를 들으러.

은식기들이 무겁게 부딪히는 소리. 유리잔이

맑게 울리는 소리. 창문 위로 비치는 햇빛.

인도와 잎사귀 위로 쏟아지는 햇빛.

그가 앉은 테이블로 찾아들어오는 햇빛.

그의 잔. 그의 두 손.

옆집

그 여자가 파이나 먹자고 우릴 불렀다. 자기 남편,
거기에 살던 사내에 대해 이야기하기
시작했다. 사내를 요양원으로 보내야만
했던 이야기. 남편은 참나무로 된 이 훌륭한 천장을
싸구려 단열재로 가리고 싶어했어요,
여자가 말했다. 그게 남편한테 문제가 있다는
첫번째 신호였어요. 그러고 나서 뇌졸중이
왔죠. 지금은 식물인간 상태예요. 그건 그렇고,
그다음에는, 수렵 감시관이 여자의 아들
귀에 총구를 쑤셔넣었다.
그러고는 노리쇠를 젖혔다. 하지만 아이는
그리 잘못한 게 없었고, 그 수렵 감시관은
그 아이의 삼촌이었다. 무슨 말인지 알겠는가?
이젠 남보다 못한 사이라는 거다. 다들
제정신이 아니고 이제는 아무도 서로에게
말을 건네지 않는다. 여기에 그 아들이
강어귀에서 발견한 커다란 뼈가 있다.
어쩌면 사람의 뼈일까? 팔뚝뼈 같은 게
아닐까? 여자는 그걸 다시 창틀의 화분
옆에 놓는다.
딸은 하루종일 자기 방에 들어앉아
자신의 자살 미수에 대한 시를 쓰고 있다.

그 딸애가 우리 눈에 보이지 않는 게 그래서다.
이젠 누구도 그애를 보지 못한다. 그애는 그렇게 쓴 시들을
찢어버리고는 처음부터 다시 써요. 하지만 언젠가는
마음에 드는 걸 쓰게 되겠죠. 차 엔진도 퍼졌어요—
믿어져요? 옆집 마당에
장의차처럼 가만히 서 있는
그 검은 차. 엔진을 윈치로 들어내서
나무에 흔들흔들 매달아놓은.

캅카스: 단편서사시

매일 저녁 독수리 한 마리가 눈 덮인 바위산에서 날아올라
캠프 위를 지나간다. 그놈은 러시아에서 사람들이 하는
소리가 사실인지 알고 싶은 것이다: 요즘 젊은 사내들한테
열려 있는 직업이란 군대밖에 없다는 것. 좋은 가문
출신의 젊은이들, 그리고 또다른 이들—나이가 조금 더
많고, 말수가 적은 사내들—이 지역에서 말하는,
서체 연습장에 잉크 깨나 뿌려본 이들. 결투에서
한쪽 귀를 잃어버린, 그 대령 같은 사내들.

소나무, 오리나무, 자작나무가 울창한 숲. 아찔한
낭떠러지에서 쏟아져내리는 급류들. 안개. 요란한
소리를 내며 흐르는 강들. 8월에 이르기까지
눈에 덮여 있는 산들. 눈이 가닿는 모든 곳의
풍성함. 양귀비의 바다. 더위 속에서 일렁이며,
지평선을 향해 파도치고 굽이치는 야생 메밀.
검은 표범들. 소년의 팔뚝만큼이나 커다란 벌들. 사람을
보고도 비키지 않고, 몸뚱아리를 갈기갈기 찢어놓고는
풍성한 관목들의 뿌리를 멧돼지처럼
파헤치고 헤집는 일로 되돌아갈 곰들. 구름처럼 떼지어
날아올라 라일락과 고사리로 뒤덮인 비탈에
내려앉았다가 다시 날아오르는 흰 나비떼.

이따금 벌어지는 적과의 실전.

그들 쪽에서 들려오는 엄청난 함성, 고함, 그리고 북소리

같은 말발굽소리, 머스킷 소총이 달그락거리는 소리,

체첸군의 철환이 사람의 가슴에 작렬하면서, 마치

진홍색의 꽃잎들이 열리듯이, 흰색 제복에

피어나 퍼지는, 얼룩. 그러고는 추격전이 시작된다;

황제의 젊은이들,

이 멋쟁이들이 웃고, 마음껏 고함을 지르며

평원을 달릴 때, 가슴은 마구 뛰고,

머리는 텅 비워진다. 그게 아니면,

이들은 권총을 장전한 채, 거품을 문 말을

숲속 길로 몰아 달린다. 그들은

체첸의 곡식들을 태우고, 체첸의 가축들을 죽이고,

허술하기 짝이 없는 마을들을 무너뜨린다. 어쨌거나,

이들은 병사들이고, 이런 게 그들의 주요 작전은 아니다.

그들이 가장 원하는 건 적들의 우두머리, 샤밀이다.

밤에, 서빙 접시처럼 넓고 깊은 달이

산꼭대기 너머에서 불쑥 솟아오른다. 하지만

그건 단지 겉모습일 뿐이다. 실제로는, 이 달은

여기에 있는 다른 모든 것들처럼, 완전무장 상태다.

잠자리에서, 대령은 응접실―어떤 특정한 응접실―

오, 깨끗하고 우아한, 가장 안락한 응접실에 대한
꿈을 꾼다! 친구들이 푹신한 의자나 장의자에 느긋하게
몸을 파묻고, 작은 유리잔에 차를 마시는 곳. 그 꿈에서
시간은 늘 목요일, 두시에서 네시 무렵이다. 그 방에는
넵스키 대로를 향한 창문 옆에
피아노가 한 대 있다. 한 젊은 여성이 연주를 마치고,
잠시 멈춰서서, 다정한 환호성을 향해 몸을
돌린다. 하지만 그 꿈에서, 그 여자는
얼굴에 칼자국이 있는 시르카시아인이다. 그의 친구들은
두려움에 떨며 뒤로 물러선다. 그들은 눈을 내리깔고,
절을 하며, 자리를 뜨기 시작한다. 안녕히 계십시오,
안녕히 계십시오, 그들은 중얼거린다. 페테르부르크
사람들은, **캅카스에서는** 노을이 전부라고 말했다.
하지만 그건 사실이 아니다; 노을로는 부족하다.
페테르부르크 사람들은, 캅카스는 전설이 만들어지는
곳이고, 날마다 영웅들이 태어나는 곳이라고 말했다.
오래전, 페테르부르크에서, 사람들은, 캅카스는
명성이 만들어지고, 사라지는 곳이라고 말했다. 캅카스는,
대령의 부하 중 한 사람이 말했듯, **장엄하고 아름다운** 곳이다.

대령의 휘하에 있던 장교들은 곧 고향으로
돌아갈 것이고, 더 많은 젊은이들이 그들의 자리로

올 것이다. 신참들이 말에서 내려

예를 표하고 나면, 대령은 그들을 잠시 기다리게

할 것이다. 그러고는 짧은 콧수염에 활기가 넘치는

이 날씬한 젊은이들에게 근엄하지만 아버지 같은 시선을

던질 것이다. 젊은이들은 대령을 보며 궁금해한다,

이 사람은 무엇으로부터 도망치고 있는 걸까. 하지만 그는

도망치고 있는 게 아니다. 그는 이곳 캅카스를,

좋아한다, 어느 정도는. 심지어

익숙해지기까지 했다. 알고 보면,

할 것도 많다. 앞으로 며칠 동안, 몇 달 동안 해야 할

암울한 일들이 얼마든지 있다. 샤밀은 저 산중 어딘가에—

그게 아니라면 저 초원 지대 어딘가에 있을 것이다. 한 가지

확실한 건 풍경은 아름답다는 것, 그리고 이건 실제의

대략적인 인상을 다룬

기록일 뿐이다.

대장간, 그리고 큰 낫

창문들을 잠시 열어두었는데
그새 해가 졌어. 따뜻한 미풍이
방안을 훑고 지나갔어.
(이 얘긴 편지에도 썼어.)
그러고 나서, 내가 지켜보고 있는 동안, 날이 어두워졌어.
물살이 거칠어지면서 흰 거품이 일기 시작하더군.
낚시를 나갔던 배들이 뱃머리를 돌려
들어오고 있었어, 작은 선단을 이뤄서.
포치에 매달아놓은 막대 풍경이
바람에 떨어졌어. 우리집 나무들 꼭대기가
흔들렸어. 난로 연통을 고정시켜둔 부분에서
삐그덕 덜그덕 소리가 났어.
"대장간, 그리고 큰 낫"이라고, 내가 말했어.
난 이런 식으로 혼잣말을 해.
사물들의 이름을 불러보는 거지—
캡스턴, 와이어로프, 양질토, 나뭇잎, 보일러.
당신의 얼굴, 당신의 입, 당신의 어깨
그것들은 지금 내게는 상상도 되지 않아!
그것들은 다 어디로 간 거지? 꿈에서만 본 것
같아. 바닷가에서 우리가 주워온 돌들은
창턱에 나란히 얼굴을 들고 누워서, 쉬고 있어.
집으로 와. 들려?

내 폐는 당신의 부재라는 연기로
가득차 있어.

파이프

내가 쓸 다음 시에는 한가운데에
장작이, 진액이 너무 많아서 내 친구가
자기 장갑을 남겨두며 "그걸 만질 때에는
이걸 껴"라고 말할 만한 장작이
등장할 것이다. 다음 시에는 밤도, 그리고
서반구의 모든 별들도 등장할 것이다; 그리고
새로 뜬 달 아래 몇 마일이고 빛나는 엄청난 규모의 물도.
다음 시에는 침실과 거실도 당연히
있을 것이고, 천창 몇 개, 소파 하나, 그리고
창가의 테이블 하나와 의자 몇 개,
점심 먹기 한 시간 전에 꺾어온 바이올렛을 꽂은
꽃병도 하나 있을 것이다.
다음 시에는 타오르는 램프도 있을 것이고;
진액에 절어서 서로를 불태우는,
전나무 더미를 넣은 벽난로도 있을 것이다.
오, 다음 시에서는 불꽃이 튈 것이다!
하지만 그 시에 담배는 하나도 없을 것이다.
파이프를 피울 거라서.

들으면서

다른 날들과 다를 바 없는 밤이었다. 기억 말고는
텅 빈. 그는 자신이 존재하는 것들의 이면으로
넘어갔다고 생각했다.
하지만 아니었다. 그는 무언가를 조금 읽었고
라디오를 들었다. 창밖을 잠시
내다봤다. 그러고는 위층으로 올라갔다. 침대에 누워서야
라디오를 켜놓고 왔다는 게 떠올랐다.
하지만 그대로 눈을 감았다. 깊은 밤의 안쪽에서,
집이 서쪽으로 항해할 때, 그는 깨어나
중얼거리는 목소리들을 들었다. 그리고 얼어붙었다.
그러고 나서야 그게 라디오일 뿐이라는 걸 깨달았다.
그는 자리에서 일어나 아래층으로 내려갔다. 어차피
소변을 봐야 했다. 바깥에는
아까는 내리지 않던 비가 조금씩 흩뿌리고
있었다. 라디오에서 나오던 목소리가
마치 멀리에서 들려오는 것처럼 잠시 사라졌다가
다시 들리기 시작했다. 아까와는 다른
방송국이었다. 어떤 사내가 보로딘과, 그의 오페라
〈이고르 왕자〉에 대해 무언가를
말했다. 사내의 말을 듣고 있던 여자가
그의 말에 동의했고, 웃었다.
줄거리를 조금 말하기 시작했다.

그는 스위치를 쥐고 있던 손을 거둬들였다.

다시 한번 그는 자기가 미스터리를 마주하고 있다는 걸 깨달았다. 비. 웃음. 역사.

예술. 죽음의 헤게모니.

그는 그 자리에 서 있었다, 들으면서.

스위스에서

취리히에서 제일 먼저 할일은
5번 '동물원' 전차를 타고
종점까지 가서 내리는
것이다. 사자에 대한 경고를
들었다. 그놈들의 포효 소리가
동물원 담장을 넘어
플루턴묘지까지 들려온다는 이야기.
무척이나 아름다운 그 오솔길을 걸어
내가 제임스 조이스의 무덤에
이르게 되는 곳.
늘 가족적이었던 사내, 조이스는,
물론, 그의 아내 노라와 함께 누워 있다.
그리고 몇 해 전에 죽은
그의 아들 조지오도.
그의 딸, 그의 슬픔, 루시아는
아직 살아서, 아직도
정신병원에 수용되어 있다.
아버지가 죽었다는 소식을 듣고,
그녀는 이렇게 말했다:
아빠는 땅속에서 뭘 할 거래요, 바보같이?
언제 다시 나올 거래요?
아빠는 우릴 항상 지켜보고 있어요.

나는 한동안 머물렀다. 내 생각에
조이스 씨에게 소리내어 무어라 말했던 거 같다.
분명히 그랬던 거 같다. 분명 그랬을 거라는 걸 알고 있다.
하지만 내용은 기억나지 않는다,
이제, 그런 채로 내버려두는 수밖에 없다.

그로부터 한 주 뒤에, 우리는 기차를 타고
취리히를 떠나 루체른으로 향한다.
하지만 그날 이른 아침에 나는
다시 한번 5번 전차를 타고
종점까지 간다.
전과 마찬가지로, 사자의 포효가
묘지로 쏟아져내린다.
잔디가 짧게 깎여 있다.
나는 그 위에 한동안 앉아 담배를 피운다.
거기 가 있는 게 좋다,
그 무덤 가까이에. 이번에는
아무 말도 하지 않아도 되었다.

그날 밤 우리는 루체른 호숫가에 있는
그랜드호텔 카지노
테이블에서 도박을 했다.

나중에는 스트립쇼를 봤다.
그런데, 그 쇼가 한창 진행되고 있는 동안,
어두운 핑크색 무대조명 아래서
내게 떠오른 그 무덤의 기억은
어떻게 처리해야 할까?
달리 어쩔 것이 없다.
나중에 파도처럼 덮쳐와,
나를 채우고 있던 다른 모든 것들을 몰아내버린
욕정에 대해서도 마찬가지.
그보다 더 나중에, 우리는 별빛 아래,
보리수나무 아래, 벤치에 앉았다.
사랑을 나누었다.
그러기 위해 서로의 옷 속을 더듬었다.
몇 걸음 앞에 호수가 있었다.
그런 뒤에, 우리 손을
차가운 물에 담갔다.
그러고는 우리 호텔로 걸어서 돌아왔다,
행복하고 피곤한 몸으로, 여덟 시간 동안
잘 준비가 된 채로.

우리 모두, 우리 모두, 우리 모두는
우리의 불멸의 영혼을 구원하려 애쓰는데,

어떤 길들은 다른 길들보다 더 빙글빙글 돌고
종잡을 수 없다. 우리는 이곳에서 즐거운 시간을
보내고 있다. 하지만 모든 것이 머지않아
본모습을 드러내기를.

5부

돌풍

오늘 오후 세시가 조금 지났을 때 돌풍이
해협의 잔잔한 물을 후려쳤다.
거센 바람이 불어 검은 구름이
빠르게 움직이며, 비를 몰고 왔다.

물이 솟구치면서 하얗게 뒤집혔다.
그러고는, 오 분 만에, 이전처럼—
놀랍게도, 순식간에 바람이 바뀌며 푸른색이
되었다. 내 생각에, 스페치아만灣에서,
그것만 아니었으면 아주 화창했을 어느 날,
셸리와 그의 친구 윌리엄스에게 나타난 돌풍이
바로 이런 것 아니었을까 싶다. 그들은
상쾌한 바람을 타면서, 돛을 올리고,
서로에게 고함을 질러가며, 충일한 기쁨 속에서
달리고 있었다, 그렇게 생각하고 싶다.
셸리의 재킷 주머니에는 키츠의 시집과,
소포클레스 작품집이 들어 있었다!
그때 물위에 연기 같은 게 나타난다.
거센 바람이 불어 검은 구름이
빠르게 움직이며, 비를 몰고 오는 것이다.

영국 시의 첫번째 낭만주의 시기의

종말을 재촉하는
검은 구름이.

나의 까마귀

내 창밖 나무로 까마귀가 한 마리 날아들었다.
그건 테드 휴스의 까마귀도 아니고, 골웨이의 까마귀도
아니었다. 프로스트, 파스테르나크, 혹은 로르카의
까마귀도 아니었다. 전투가 끝난 뒤, 피로 배를 채운
호메로스의 까마귀도 아니었다. 이놈은 그저
한 마리 까마귀였다.
사는 동안 어느 곳에도 적응하지 못했고,
언급할 만한 가치가 있는 어떤 일도 해본 적이
없는 놈이었다. 까마귀는 나뭇가지에
몇 분 동안 앉아 있었다.
그러더니 날갯짓을 하며 내 삶 밖으로
아름답게 날아갔다.

파티

어젯밤, 사랑하는 이로부터 삼천 마일 떨어진 곳에서 나는,
홀로, 재즈가 나오는 라디오를 틀고
소금을 잔뜩 친 팝콘을 큰 그릇으로 하나 가득
만들었다. 그 위에 버터를 부었다.
불을 끄고, 팝콘과 콜라 한 캔을 들고
창문 앞 의자에 앉았다.
팝콘을 먹으며 무거운 바다, 그리고
타운의 불빛들을 바라보는 동안
세상의 중요한 모든 일들을 잊었다.
버터가 흘러내리고, 소금으로 뒤덮인
팝콘. 나는 그걸 튀겨지지 않은 알갱이 몇 개만 남겨놓고
다 먹었다. 그러고는 손을 씻었다.
아직 흘러나오고 있는 음악을 들으며
담배를 두어 대 피웠다. 바다는 아직 거칠었지만,
사방은 한결 조용해졌다. 바람은
내가 일어나 세 걸음을 걷고, 돌아서서, 세 걸음을 더 걷고,
돌아설 때, 마지막으로 집을 한 번 흔들었다.
그리고 나서 나는 침대로 가, 항상 그렇듯이,
아주 잘 잤다. 완벽한 삶 아닌가!
하지만 거실이 지저분한 것과
어젯밤에 여기서 무슨 일이 벌어졌는지에 대해서는
어떤 식으로든 기록을 남기고, 설명을

해야 할 것 같았다. 혹시라도
나의 정신이 나가고, 쓰러질 경우에 대비해서.
그렇다, 어젯밤 여기에서는 파티가 있었다.
그리고 라디오는 아직도 켜져 있다. 그렇다.
오늘 내가 죽는다 해도, 나는 행복하게 죽는다—
내 사랑하는 이, 그리고 그 마지막 팝콘을 생각하면서.

비 오던 날들이 지나고

비 오던 날들이 지나고, 똑같이 심각한 의구심—
골프 코스를 걸어서 통과하는 건 이상한 일이다,
해가 중천에 떠 있고, 사람들이 퍼팅, 혹은 티샷,
아무튼 그 녹색의 경기장에서 하게 돼 있는 무언가를
하고 있다. 클럽하우스를 지나 흐르는 강을 향해 간다.
비싼 집들이 양쪽 강가에 늘어서 있고, 개 한 마리가
요란하게 오토바이의 회전수를 높이고 있는
아이를 보고 짖는다. 아이는 인도교 바로 아래 물속에서
커다란 연어와 씨름하고 있는
어떤 사내를 보러 가려는 것이다.
조깅을 하던 사람들이
인도교 위에 멈춰 서서 그 사내를 구경한다.
살면서 이런 광경은 한 번도 본 적이 없다!
그 사내한테 가자, 달리기 시작하며, 생각한다.
그러니까, 이봐, 잠깐만 기다리라고!

인터뷰

하루종일 나 자신에 대해 이야기하다보니
내가 깊이 생각했던 것, 그래서
하게 된 일이
떠올랐다. 내가 그 오랜 세월 동안
메리앤—지금 그녀는 자신을 애나라고
부른다—에 대해 품었던 마음들.

나는 물을 한 잔 받으러 갔다.
창가에 한참 서 있었다.
다시 돌아왔을 때 우리는
다음 주제로 쉽게 넘어갔다.
내가 살아온 이야기를 이어갔다. 하지만
대못처럼 파고드는 그 기억.

피

그 크랩스 테이블에는
딜러와 그의 조수를 제외하고
다섯이 앉아 있었다. 내 옆자리의 사내가
주사위를 잡고 손을
둥글게 말아쥐었다.
사내는 자기 손에 숨을 불어넣으며
말했다. 자, 한번 해보자! 그러고는
주사위를 던지기 위해 테이블 위로 몸을 숙였다.
그 순간, 선홍색 피가 그의 코에서
쏟아져나와, 녹색 펠트천에 흩뿌려졌다. 사내는
주사위를 떨어뜨렸다. 놀라서 뒤로 물러섰다.
피가 셔츠 위로 흘러내리는 걸 보고는
공포에 사로잡혔다. 아,
내가 왜 이러는 거지?
사내는 울었다. 내 팔을 잡았다.
나는 죽음의 엔진이 돌아가는 소리를 들었다.
하지만 그때 나는 젊었고,
술에 취해 있었고, 도박을 더 하고 싶었다.
그 사내의 말을 듣지 않아도 되었다.
그래서 다른 곳으로 갔다. 다시는 돌아보지 않았고,
머릿속에서 떠올린 적도 없다, 오늘 이전까지는.

내일

담배 연기가 거실에 떠돌고
있다. 저 바깥 바다에 뜬 배의
가뭇해지는, 불빛들. 별들은 하늘에서
불타며 구멍을 내고 있다. 재가 되고 있는 것, 그렇다.
하지만 괜찮다, 원래 그러도록 되어 있는 것이다.
우리가 별이라고 부르는 저 불빛들은.
한동안 타오르다가 죽는다.
나는 단호하다. 오늘이
이미 내일이었으면 좋겠다.
어머니가, 하나님이 그녀를 사랑해주시길, 이렇게
말씀하신 걸 기억한다, 내일을 바라지 마라.
그건 인생이 지나가기를 바라는 거야.
그럼에도 나는, 내일을
바란다. 그것이 가지고 있는 최상의 것들과 함께 오기를.
잠이, 부드럽게, 왔다가 가기를 원한다.
마치 차의 문을 열고 나와 다른 차로
들어가듯이. 그러고는 깨어나는 것이다!
내일을 내 침실에서 맞는 것이다.
나는 지금 말로 표현할 수 있는 것보다 더 피곤하다.
내 그릇은 비어 있다. 하지만, 그렇잖은가,
이게 내 그릇이고,
나는 이 그릇을 사랑한다.

슬픔

오늘 아침 일찍 침대에서 일어나
먼 곳을 내다봤다 작은 배 한 척이
전조등 한 개만 켜고 파도가 거센 해협을
가로지르고 있었다. 페루자 근처
언덕에 올라 세상을 떠난 아내의 이름을
소리쳐 부르던 내 친구가
떠올랐다. 아내가 떠나고 난 뒤로도 오래도록
검소한 식탁 아내의 자리에 접시를 올려놓던
사람. 그리고 창문을 열어 아내가 신선한 공기를
마시도록 했던. 나로서는 좀 민망한 광경이었다.
다른 친구들에게도 마찬가지였다.
나는 그 마음을 알 수 없었다.
오늘 아침이 되기 전까지는.

할리의 백조들

> 나는 다시 노력하고 있다. 늘 다시 시작해야 한다—
> 거리에 있는 집, 길모퉁이 잡화점에 있는 사내 같은,
> 아주 제한된 영역 안에서만 느끼고 생각하도록 노력해야 한다.
> —셔우드 앤더슨, 어떤 편지에서

앤더슨, 오늘 오후 잡화점 앞에서 어정거리고 있다가
당신 생각이 났습니다.
바람에 날려가지 않도록 모자를 잡고 거리를 보면서
내 어린 시절을 떠올렸습니다. 아빠가
이발소에 데려가주던 일—

낚싯바늘이 입에 걸린 채
물위로 뛰어오르고 있는 무지개송어의
사진이 실린 달력 옆에 수사슴의 뿔이
걸려 있었죠. 우리 엄마.
엄마가 날 데리고 등교할 때 입을 옷을
사주러 갔던 일. 좀 창피했죠
왜냐면 성인복 코너에 가서 성인 남자 사이즈의
바지와 셔츠를 사야 했거든요.
우리 부모님 말고는 어느 누가, 그 당시에는,
날 사랑할 수 있었겠어요, 동네에서 제일 뚱뚱한 아이를.

거리를 보다 말고 가게 안으로 들어갔습니다.
음료수 코너에 가서 콜라를 마시며
배신이란 것에 대해 잠깐 생각해보았습니다.
그게 얼마나 쉽게 왔는지.
그 쉬운 건 어려운 일 다음에 오는 것이었습니다.
더이상 앤더슨, 당신에 대해서는 생각하지 않았습니다.
당신은 순식간에 왔다가 갔습니다.
하지만, 거기 그 음료수 코너에서, 나는 할리의 백조들을
기억해냈습니다. 그놈들이 어떻게 거기에 오게 됐는지는
모릅니다. 어느 날 아침
할리는 스쿨버스를 타고 시골길을 달리다가
캐나다에서 막 내려온 그놈들 스물한 마리를
보게 됐죠. 어떤 농부의 벌판 안 연못에
떠 있었어요. 할리는 스쿨버스를 세워달라고 하고는
같은 학년 아이들과 함께 그놈들을
한참 내다봤죠, 근사했어요.

콜라를 다 마신 뒤 차를 몰고 집으로 돌아왔습니다.
거의 어두워져가고 있었죠. 집은
조용하고 비어 있었습니다. 늘
이랬으면 좋겠다고 생각하던 그런 상태였죠.

바람이 하루종일 세게 불었습니다.
모든 걸 다 날려버린, 혹은 거의 그렇게 한 바람이었죠.
하지만 부끄러움과 상실에 대한 이 느낌은
그대로 남아 있습니다.
이제 바람은 잦아들고 곧 달이 나오게 되겠지만 말이죠,
오늘이 여느 밤과 같다면 말입니다.
나는 여기 집안에 있습니다. 그리고 다시
노력해보고 싶어요.
당신, 모든 사람들 중에서, 앤더슨,
당신은 이해하시겠지요.

6부

엘크 캠프

내가 텐트의 입구로 나섰을 때는 다들
잠들어 있었다. 머리 위에는 별들이,
내가 살면서 봤던 어느 별들보다 밝게 빛나고
있었다. 그리고 멀리에 있었다.
11월의 달이 검은 구름 몇 점을
계곡 너머로 몰고 가고 있었다.
그 뒤쪽 올림픽산맥으로.

눈이 다가오는 냄새가 나는 것 같았다.
우리 말들은 우리가 밧줄로 쳐놓은 울타리
안에서 풀을 뜯고 있었다.
언덕 옆에서는 샘물 소리가
들려왔다. 우리의 샘물.
바람이 전나무 꼭대기를 지나간다.
그날 밤 전에는 숲의 냄새를 맡아본 적이
없었다. 헨리 허드슨과 그의 선원들이
육지에서 몇 마일이나 떨어진 바다에서
신세계의 숲의 냄새를 맡았다는 이야기를 읽은 게
떠올랐다. 그리고 그다음으로 떠오른 건—
두 번 다시는 책을 집어들지 않고도
남은 인생을 기꺼워하며 살 수 있겠다는 것.
나는 달빛 아래 내 두 손을 내려다봤고, 그날 밤

내가 도와줄 수 있는 사내, 여자, 혹은 아이는
하나도 없다는 사실을 깨달았다.
나는 뒤로 돌아 내 침낭 속에
다시 들어가 누웠다. 하지만
눈이 감기지 않았다.

다음날 나는 쿠거와 엘크의
배설물을 보았다. 말을 탄 채
구름을 뚫고 여러 개의 언덕을
오르내리고, 오래된 임도를 따라
그 지역 구석구석을 돌아다녔지만,
단 한 마리의 엘크도 보지 못했다. 아무래도
좋았다. 어쨌거나, 여전히 준비는 되어 있었다.
다른 이들로부터 떨어져서, 엽총을 어깨에
건 채로. 어쩌면 한 마리
잡았을 수도 있었겠다 싶다.
최소한, 한 놈을 향해 쏠 수는 있었을 것 같다.
겨누라고 한 곳—어깨 바로 뒤, 심장과 폐가
있는 곳—을 노리고. "아마 도망갈 거야, 하지만
멀리는 못 가지. 그렇게 생각하면 돼,"
내 친구가 말했다.
"심장에 납덩어리가 박혔는데

얼마나 뛸 수 있겠나?" 그야 상황에 따라 다르지,
친구야. 상황에 따라. 하지만 그날
나는 어떤 것에라도 방아쇠를 당길 수
있었다. 아니었을 수도 있고.
어두워지기 전에 캠프로 돌아가는 일
말고는 이제 아무래도
상관없었다. 아주 근사한 방식의
삶이다! 여기서는 어떤 것도 다른 것보다
더 중요하지 않다.
나는 나 자신을 들여다보고 또 들여다보았다.
그리고, 그 숲속에서 내 삶이 내게로 다시 날아왔을 때,
나 또한 무언가를 이해했다.

이후 우리는 짐을 꾸려 떠났다.
내가 제일 먼저 한 건 뜨거운 목욕이었다.
그러고 나서 이 책을 집어든다.
다시 한번 냉정하고 가차없어진다.
냉혈. 모든 신경이 곤두선다.
죽일 준비가 되어 있다, 아닐 수도 있지만.

여름 별장의 창문

그들은 빗속에서, 작은 배 안에 있는 우리를
조용히 내려다보면서, 심판을 유보하고 있었다—
우리는 어두운 물에 낚싯줄을 세 가닥 드리우고 연어를
낚고 있었다. 빗발이 누그러들려 하지 않던,
3월의 후드 운하에 대해 이야기하는 거다.
나야 아무래도 좋았다. 물가에 가서
새로운 장비를 시험해보는 것만으로도
행복했다. 내가 모르는 사내가
익사했다는 이야기를 들었다.
또다른 경우로 숲에서 고사목에 맞아 죽은
이야기도 들었다. 괜히 고사목을
과부 제조기라고 부르는 게 아니지.
곰, 엘크, 사슴, 쿠거를—계절에 따라
사냥한 이야기를
들었다. 그리고 또다른 사냥 이야기들.
여자들, 이번에는. 그리고 이번에는 나도
낄 수 있었다. 그땐 여자애들이었다.
열다섯, 열여섯, 열일곱, 열여덟 살 난 여자애들—
우리도 같은 나이였고. 이제는 여자들이었다. 그것도
결혼한 여자들. 더이상 여자애들이 아닌.
여자들. 누군가의 아내.
이 타운의 시장, 이를테면. 그의 아내.

임자가 있지. 보안관보의 아내, 마찬가지.
근데 그자는, 그렇잖아도, 개자식이야. 심지어
자기 형제의 아내도. 자랑스러울 거야 없지, 하지만
누군가는 가서 숙제를 대신 해줘야 했다니까. 우리는
작은 놈을 두 마리 잡고, 실컷 떠들고, 웃었다.
하지만 우리가 접안지로 돌아올 때
그 별장들 중 하나 아무도
있을 리 없는 집에 불이 들어와 있었다.
우리가 비어 있는 걸 본 그 집
굴뚝에서 연기가 피어올랐다.
그리고 갑자기, 느닷없이—메리앤을 떠올렸다.
우리 둘 다 어렸던 때.
그 상큼하던 시절의 아름다운 순간!
그 순간은 거기에 있다가 우리가 배를 트레일러에
묶을 때쯤 사라졌다.
하지만 그건 돌이켜볼 만한 것이었다.
어떤 형상이 그 창문에 다가서서 밖을
내다보는 모습을 내가 지켜보고 있는 동안 날은

어두워졌다. 그리고 그때 나는 알았다 아주 오래전
일어난 저 일들은 실제로 있었던 일이지만,
우리에게 일어난 건

아니었다는 사실을. 아니었다, 사람이 그런 걸 겪고 나서도
계속 살아갈 수는 없다. 그게 우리였을 수는
없다.

내가 지금 말하고 있는 그 사람들은—분명히
내가 어딘가에서 읽은 사람들일 것이다.
그 사람들은 내가 처음에, 그리고 그뒤로도 한참 동안
생각했던 것처럼, 주요 등장인물들은
아니었다. 그 사람들은 끌려가서 목매달리거나
감금되기 직전에 당신이 동정하고, 심지어 사랑하고,
울어주기까지 한—주변 인물들이었다.

우리는 그 집들을 돌아보지 않은 채
그 자리를 떠났다. 어젯밤 나는
부엌에서 그 고기들을 손질했다.

오늘 아침, 아직 어두울 때 나는
커피를 내렸다. 그리고 사기 재질의 싱크
옆면들에 피가 묻어 있는 걸 발견했다.
카운터 위에도 피가 더 있었다. 한 줄로 길게.
고기의 속을 들어낸 뒤 포장해서 넣어둔
냉장고 바닥에도 피가

몇 방울 떨어져 있었다.
모든 곳에 피가 묻어 있었다. 우리가—
사랑스럽던 어린 아내와 내가 함께 보냈던
시간에 대한 생각과 뒤엉켜서.

기억 1

1쿼트짜리 용기에 든 딸기의
꼭지를 따면서—올봄 들어 처음으로—
혼자 있게 될 오늘밤에(테스는 멀리 있다),
특별간식으로 먹게 될 걸 기대하면서,
아까 테스와 통화할 때 메시지 전하는 걸
잊어먹었다는 게 생각났다:
이름은 잊었는데, 누군가가 전화를 걸어와
수전 파월의 할머니가 세상을, 갑자기,
떠났다고 했던 것.
딸기 손질하는 일로 다시 돌아갔다.
하지만, 가게에서 돌아오던 길의 일이, 또,
떠올랐다. 롤러스케이트를 신은 어린 소녀가
순해 보이는 커다란 개가 자기를
끌고 가게 하고 있었다. 나는 그 아이에게 손을 흔들었다.
그 아이도 손을 흔들어 답했다. 그러고는,
길가의 풀냄새를 맡느라 분주한
개를 날카로운 소리로 불렀다.
　　　　이제 밖은 거의 어두워졌다.
딸기는 다 정리되어 서늘한 곳에 놓여 있다.
잠시 후, 내가 그걸 먹을 때,
나는 다시 한번—특별한 순서는
없이—테스, 그 어린 소녀, 개, 롤러스케이트,

기억, 죽음, 등등을 떠올리게
될 것이다.

멀리

아트와 메릴린이 사는 집 뒤쪽 너머
언덕바지에 살고 있는 메추라기에 대해 잊고
있었다. 나는 집을 온통 열어젖히고, 불을 피우고,
죽은 사람처럼 잠을 잤다.
다음날 아침 집 앞쪽 창문 밖 진입로와
관목 더미에 메추라기가 몇 마리 있었다.
당신과 통화를 했다.
농담을 시도했다. 내 걱정은
하지 마, 내가 말했다, 메추라기가 친구해주고
있어. 그런데 그놈들은 내가 창문을 여는 순간
다 날아가버렸다. 한 주가 지나도
돌아오지 않았다. 울리지 않는 전화기를 보면
메추라기를 생각하게 된다.
그 메추라기들과 그놈들이 날아가던 걸
생각할 때면, 그날 아침 당신과 통화하던 게,
또 내가 수화기를 어떤 모양으로 잡고 있었는지가
떠오른다. 내 심장─그때 뛰고 있던 그것
지금은 흐릿해진 움직임도.

음악

프란츠 리스트는 소설을 쓰던 마리 다굴 백작부인과
눈이 맞아 달아났다. 상류사회에서는 리스트와,
그의 소설가─백작부인─창녀와 연을 끊었다.
리스트는 그녀에게 세 아이와, 음악을 안겨주었다.
그러고는 비트겐슈타인 공주에게로 떠났다.
리스트의 딸 코지마는 지휘자
한스 폰 뷜로와 결혼했다.
하지만 리하르트 바그너가 그녀를 훔쳤다. 바이로이트로
데리고 갔다. 거기에 어느 날 아침 리스트가 나타났다.
기다란 백발을 노여움으로 출렁거리면서.
음악. 음악! 그의 주먹을 흔들면서.
이 모든 이들이 조금 더 유명해졌다.

게다가

"최근 들어 돼지고기를 많이 먹고 있어요.
게다가, 계란 같은 것도 너무 많이 먹고요."
의사의 진료실에서 이 사내가 내게 말했다.
"소금도 쏟아붓다시피 해요. 하루에 커피를
스무 잔은 마셔요. 담배도 피우고요.
숨쉬는 데 문제가 있어요."
그러더니 눈을 내리깔았다.
"게다가, 먹고 난 다음에 테이블을 치우지도
않아요. 잊어버리는 거죠.
그냥 일어나서 가버려요.
다음에 다시 가서 앉게 될 때까지 잊어버리는 거예요.
선생님, 제가 대체 왜 이러는 걸까요?"
내가 말했다. "왜 그러는 거 같아요?
정신이 나가고 있는 거죠. 그러다가
죽는 거겠죠. 그 역순일 수도 있고요.
단 거는요? 시나몬롤하고 아이스크림 좋아해요?"
"게다가, 그런 건 늘 당기죠." 그가 말했다.
이때쯤 우리는 프렌들리스라는 데 와 있었다.
저녁식사 시간에 걸맞은 음악이 주방 라디오에서
흘러나오고 있었다. 딱 우리 노래였다.
우리 테이블이었고.

그녀가 사는 내내

낮잠을 자려고 눕는다. 하지만 눈을 감을 때마다,
암탕나귀의 꼬리가 천천히 해협을 가로질러
캐나다 쪽으로 건너간다. 그리고 파도가 친다. 파도는
바닷가로 몰려왔다가 다시 빠져나간다. 당신도 알다시피
나는 꿈을 꾸지 않아. 그런데 어젯밤엔 바다에 누군가를
매장하는 걸 지켜보는 꿈을 꾸었어. 처음에는 깜짝 놀랐어.
그러고는 회한에 빠졌어. 하지만 당신이
내 팔을 만지면서 말했어, "아냐, 괜찮아.
그 여자는 아주 늙었고, 그 사람은 그녀가 살아 있는 내내
그녀를 사랑했어."

모자

멕시코시티에서의 첫날 거리를
돌아다니다가, 레포르마 거리를 향해 열려 있는
카페에 들른다 한 사내가 모자를 쓴 채
앉아 맥주를 마시고 있다.
얼핏 보기에, 모자를 쓰고 앉아 한낮에 맥주를
마시고 있는 사내는, 여느 사내들과 다를 바 없어
보인다. 하지만 이 사내의 옆 널찍한 인도에는
곰 한 마리가 앞발에 머리를 얹은 채
잠들어 있다. 그 곰의 두 눈은 감겨 있지만,
완전히 감겨 있지는 않다. 눈이 거기에 있는 것 같기도
하고, 아닌 것 같기도 하다. 사람들은

멀찌감치 돌아서 곰을 피해간다.
하지만, 한편으로, 사람들이 모여들어
인파가 찻길까지 밀려나간다. 사내는 허리에 쇠사슬을
두르고 있다. 그 사슬은
사내의 무릎을 거쳐 쇠로 만든 목띠에
연결되어 있다. 사내의 앞 테이블에는
가죽 손잡이가 달린 쇠막대기가
놓여 있다. 그것만으로는
충분치 않다는 듯이, 사내는 맥주를 모두 마시고는
쇠막대기를 집어든다.

의자에서 일어나 쇠사슬을
잡아당긴다. 곰이 몸을 흔들며, 입을
벌려—갈색에 가까운 누런 송곳니를 드러낸다.
어쨌거나 송곳니다. 사내는 쇠사슬을, 세게,
흔든다. 곰은 이제 네 다리로 딛고 일어나
으르렁거린다. 사내가 쇠막대기로 곰의
어깨를 때리자, 자그마한 덩어리의 먼지구름이
일어난다. 사내는 무어라 거칠게
웅얼거린다. 곰은 사내가 또다시 막대기를 휘두르는 동안
기다리고 서 있다. 천천히, 곰은 뒷다리로 일어서,
그 망할 놈의 쇠막대기를 따라
움직인다. 그러고는 사내가 다시 한번, 그렇다, 다시 한번,
후려치자, 발을 이리저리 움직이며, 입을 딱딱 다물었다
열었다 하며 발을 이리저리 움직이기

시작한다. 그 자리에는 탬버린이 하나 있다.
그걸 빠트릴 뻔했다. 사내는 쇠막대기로
곰을 때리는 동안 노래를 부르며 탬버린을
흔들고, 곰은 뒷다리로 일어서 흔들거린다. 으르렁거리고
입을 딱딱거리고 양옆으로 흔들흔들하면서,
애처로운 춤을 춘다.
이 장면은 영원히 사라지지 않는다. 곰이 춤을 마치고

다시 네 다리로 서기 전에, 엉덩이로 주저앉아
낮고 슬프게 으르렁거리기 전에,
계절들이 오고 또 지나간다.
사내는 탬버린을 테이블 위에 올려놓는다.
쇠막대기도 테이블 위에 올려놓는다.
그러고는 모자를 벗는다. 누구도 박수를
치지 않는다. 사람들은 다음 순서를 눈치채고
자리를 뜬다. 그러나 이미 모자는
가장자리에 서 있는 이의 손에 들어가
모여선 이들의 손에서 손으로 넘어가기
시작한다. 모자는
내게 와서 멈춘다. 나는 그 모자를 들고 있고,
난감할 따름이다.
모든 사람이 그 모자를 응시하고 있다.
너는 내 이름을 부르고는, 숨도 쉬지 않고 낮게
쏘아붙인다. "뭐하고 있어, 넘겨버려."
나는 수중에 있는 돈을 거기에 집어넣는다. 그러고
우리는 거기를 떠나 다음 장소로 간다.

몇 시간이 지난 뒤, 침대에서, 나는 너를 만지고,
기다리고, 그리고 다시 만진다.
그러자, 너는 말아쥐고 있던 손가락들을 편다.

나는 이제 네 온몸을 쓰다듬는다—
너의 팔과 다리, 긴 머리카락까지, 내가 만지고
내 얼굴을 덮어버린, 내 얼굴에서
슬픔을 쓸어가는 그 머리카락. 하지만 나중에,
내가 눈을 감을 때, 그 모자가
나타난다. 다음으로 그 탬버린. 쇠사슬.

안개와 말이 있던 늦은 밤

그들은 거실에 있었다. 작별인사를
주고받으면서. 상실이라는 단어가 귓속에서 울렸다.
두 사람은 많은 걸 함께 겪었다, 하지만 이제
두 사람은 한 걸음도 더 같이 갈 수 없다. 그것 말고도,
사내에겐 다른 사람이 있다. 눈물이 흐르는데
말 한 마리가 안개 속에서 걸어나와 앞마당으로
들어선다. 그러더니 또 한 마리, 그리고
또 한 마리. 여자는 밖으로 걸어나가 말했다,
"너흰 어디에서 온 거니, 사랑스러운 말들아?"
그러고는 말들 사이를 걸어다녔다, 울면서,
말들의 옆구리를 쓰다듬으며. 말들은
앞마당에서 풀을 뜯기 시작했다.
사내는 전화를 두 통 걸었다. 한 통은 곧장
보안관에게—"누군가의 말들이 풀려나와 있소."
하지만 한 통이 더 있었다.
사내는 그러고 나서 앞마당에 있는 아내에게로
갔다, 거기서 두 사람은 대화를 나누고 같이
말들에게 중얼거렸다. (지금 벌어지고 있는 일은
언젠가 다른 때 또 있었던 일이다.)
그날 밤 말들은 앞마당의 풀을 다 먹어버렸다.
빨간 비상등이 번쩍거리며
안개 속에서 차 한 대가 슬그머니 다가왔다.

안개를 뚫고 목소리들이 퍼져나왔다.

그 긴 밤이 끝나갈 무렵,

마침내 두 사람이 서로에게 팔을 둘렀을 때,

두 사람의 포옹은 열정과 기억을

가득 담고 있었다. 각자 상대방의

젊은 시절을 떠올렸다. 이제 무언가가 끝났다,

다른 무언가가 그 자리를 차지하려 달려들고 있다.

작별 그 자체의 순간이 왔다.

"안녕, 가" 여자가 말했다.

그러고는 차로 빠져나가는 일.

한참 후,

사내는 끔찍한 전화를 한 통 걸던 기억을 떠올렸다.

마음에 여태 걸리고 또 걸리던,

저주. 결국 그것으로 요약되는.

사내의 남은 인생.

저주.

베네치아

곤돌라 사공은 당신에게 장미를 한 송이 건넸다.
우리를 한 운하로 그리고 다음 운하로
태우고 갔다. 우리는 카사노바의 궁을
지났고, 로시 가문의 궁전과, 바글리오니,
피사니, 그리고 상갈로의 궁전들을
스쳐지났다. 물에 잠긴. 냄새를 풍기는. 남은 것은
쥐들에게 맡겨진. 암흑.
완전한, 혹은 그에 가까운, 정적.
사공이 내뱉는 숨이 내 귀의 뒷전으로
왔다가 지나간다. 일정한 간격으로 물에 떨어지는 노.
우리는 고요히 미끄러져나아가고, 또 나아간다.
내가 죽음에 대한 생각에 빠져든다 한들
누가 나를 비난하겠는가?
우리 머리 위에서 덧문이 열린다.
그 문이 다시 닫히기 전에
한 조각 빛이 그 안에서
새어나왔다. 그런 일이 있었고, 당신 손에는
장미가 있다. 그리고 역사.

전투 전야

내 소총을 청소하는 하인을 빼면, 우리 텐트에는
다섯 명이 있다. 내 형제 장교들
사이에서는 활발한 논쟁이 벌어지고
있다. 냄비에서는 소금에 절인 돼지고기가
마카로니와 함께 끓고 있다. 하지만 이 뛰어난 친구들은
배가 고프지 않다—그리고 그건 좋은 일이다!
이들이 원하는 건 후스니 헤겔이니, 아무튼
시간을 보내기에 좋은 이들에 대해 요란하게 떠드는 거다.
아무러면 어떤가? 내일 우리는 싸운다. 오늘밤 이들은
둘러앉은 채 아무것도 아닌 것, **철학**에 대해 수다를 떨고
싶은 것이다. 어쩌면 저 냄비는 이들을 위해 있는 게
아닌 건가? 어쩌면 저 난로도, 이들이 앉아 있는
접이의자들도. 어쩌면 내일 아침에 전투도
벌어지지 않을지 모르지 않는가?
그러면야 우리한테는 최선일 것이다. 어쩌면 그들에게는
나 또한 그곳에 존재하지 않을지도 모른다. 먹을 걸
접시에 담을 준비가 되었다.
한 사람의 타자Un est autre, 누군가 말했듯이.
나, 혹은 이 타자는, 중국에 가 있을 수도
있다. 식사시간이야, 형제들,
나는 이렇게 말하면서 접시들을 건넨다. 하지만 방금
누군가가 말을 타고 달려와 내렸다. 내 하인이

텐트의 문가에 갔다가, 접시를 떨어뜨리고는
물러선다. 죽음이, 연미복을 입고,
아무 말도 없이, 들어선다.
처음에 나는 그가 황제를 찾고 있는 줄로만 알았다,
어차피 늙고 쇠약하니까. 그걸로 이유는 충분하지
않은가. 죽음이 길을 잃은 것이었다.
그게 아니면 뭐겠는가?
그는 종이를 한 장 들고 있는데, 우리를 쓱
둘러보더니, 몇몇 이름들을 맞춰본다.
죽음이 눈을 든다. 나는 난로를 향해 돌아선다.
다시 돌아서서 보니, 모두들 사라지고 없다. 모두들,
죽음만 빼고. 그는 아직도 거기에, 움직이지 않고 있다.
나는 그에게 접시를 건넨다. 먼길을 온 것 아닌가.
배가 고프겠다고, 나는 생각한다, 아무거라도 먹을 거라고.

절멸

우리가 라운지의 바에 앉았을 때
배경에서는 아름답고 고상한 피아노 음악이
조용히 흘러나오고 있었다.

미국에 남은 마지막 카리부 무리의 운명에 대해 토론하
는 일.
아이다호의 북쪽 끄트머리의 작은 귀퉁이를 떠돌고 있는
서른 마리의 카리부. 보너스페리의 바로 북쪽에

서른 마리가 있지, 그가 말했다. 그러더니
한 잔씩 더 하자고 했다. 하지만 나는
일어나야 했다. 우리는 다시는 만나지 못했다.

남은 생애 동안, 한마디라도 대화를 나누거나
무언가 신이 날 만한 것 단 하나도
같이 해본 적이 없다.

잡은 것

이 고기들이 있어서 행복하다!
비가 왔는데도 불구하고, 이놈들은
수면으로 올라와
14호 검은모기를 물었다.
평소와는 달리 사내는
집중해야 했고, 다른 모든 것들을
차단해야 했다. 배낭처럼
늘 몸에 달고 다니던
예전의 삶. 그리고 새로운 삶,
그것마저. 사내는 그가 인간의 움직임의
핵심에 가장 가깝다고 느끼는 움직임을
되풀이하고 또 되풀이했다.
빗방울과 송어의 움직임을
제멋대로 혼동하지 않도록
마음을 가라앉혔다. 나중에,
사내는 젖은 벌판을 가로질러
차로 돌아간다. 바람이
사시나무의 모습을 바꾸는 걸 보면서.
그는 자신이 한때 사랑했던
모든 걸 버렸다.

나의 죽음

만약 내가 운이 좋다면, 온갖 줄을 다 꽂은 채 병원 침대에
누워 있겠지. 튜브가 내 코로도
기어들어가고. 하지만, 친구들, 겁먹지 마!
지금 얘기해두지만, 그거 다 괜찮아.
마지막 순간에 그 정도는 요구할 수 있지.
누군가가, 그랬으면 좋겠는데, 모두에게 전화를 돌려서
이렇게 말하겠지, "빨리 와, 얼마 못 갈 것 같아!"
그러면 다들 오겠지. 그러면 나로서는 작별인사를 할
시간이 생길 거야, 내가 사랑하던 이들 한 사람 한 사람에게.
만약 내가 운이 좋다면, 모두들 한 걸음씩 앞으로 나설
것이고 나는 모두를 마지막으로 한번 더 볼 수 있겠지
그리고 그 기억을 가지고 가게 되겠지.
물론, 다들 나를 보고 나면 밖으로 뛰쳐나가 고함을 지르고
싶을 거야. 하지만 그 대신, 모두들 나를 사랑하니까,
내 손을 잡아올리고는 "용기를 내"
혹은 "다 괜찮아질 거야"라고 말할 거야.
그리고 그 말이 맞아. 다 괜찮아.
정말 다 좋아. 당신들 때문에 내가 얼마나
행복했는지 알아줬으면!
운이 좋은 게 조금 더 오래 지속돼서, 내가
다 알아듣고 있다는 신호를 보낼 수 있었으면.
"응, 듣고 있어. 무슨 말인지 알겠어"라고

말하기라도 하는 것처럼 눈을 깜빡거릴 수 있었으면.
어쩌면 이 정도까지는 표현할 수 있을지 몰라:
"나도 당신들을 사랑해. 행복하게 살아."
그랬으면 좋겠다! 하지만 너무 많이 바라지는 않을게.
내가 운이 나쁘다면, 나야 그래 마땅한 사람이지만, 글쎄,
작별인사를 하거나, 누군가의 손을 잡아볼 겨를도 없이
그냥 숨이 끊어져버리겠지.
지난 세월 동안 내가 당신들을 얼마나 마음에 두고 있었고
당신들하고 함께인 걸 얼마나 좋아했는지 말할 틈도 없이.
어떤 경우가 됐든, 날 위해 너무 슬퍼하진 말아줘.
여기 머무는 동안 행복했다는 것만 알아줬으면 좋겠어.
그리고 꽤 오래전—1984년 4월에
이 얘길 했다는 걸 기억해줘.
내가 친구들과 가족이 있는 데서 죽을 수 있다면
그걸로 기뻐해줘. 그럴 수만 있다면, 진짜야,
나한테 남는 장사인 거야. 이 일에선 실패하지 않은 거지.

일단은

그는 한 항구 도시에서 술리에만 A라는 이의 집에
방을 하나 얻었다. 술리에만과, 보니라고만 알려진
그의 미국인 아내가 사는 집이었다.
그 집에 머물던 시절에 대해 그가 기억하는 것 중 하나는
매일 저녁 술리에만이 집에 들어오기 전
자기 집 앞문을 톡톡 두들기곤 했다는 것이다.
"자, 여보시오. 술리에만이 왔소이다"라고 말하면서.
그러고 나서, 술리에만은 신발을 벗는 것이었다.
그러고는 말이 없는 아내와 함께 앉아
피타브레드에 후무스를 얹어 입에 집어넣곤 했다.
때로 닭고기 한쪽과, 거기에
오이와 토마토를 곁들이기도 했다.
그러고 나서는 그 나라의 TV에 나오는
것들을 다같이 지켜봤다. 보니는 의자에 따로 앉아
유대인들에 대해 욕을 퍼부었다.
열한시가 되면 보니는 이렇게 말했다,
"이제 자야 돼요."

그런데 한번은 두 사람이 그들의 침실 문을 열어두었다.
그는 술리에만이 보니가 누워 있는 커다란 침대 옆
바닥에 자리를 깔고 있는 걸 봤다. 보니는 그 침대 위에서
남편을 내려다보고 있었다.

두 사람은 외국어로 무언가 대화를 나누었다.
술리에만은 머리맡에 신발을 가지런히 두었다.
보니가 불을 껐고, 두 사람은 잠들었다.
하지만, 집 뒤켠 방에 사는 그 사내는
전혀 잠을 잘 수가 없었다. 마치
더이상 잠이라는 걸 믿지 못하게 된 것 같았다.
잠을 잘 자던 시절이, 한때는, 있었다.
하지만 이제는 달라졌다.

밤에 눈을 뜬 채, 팔을 옆에 붙이고 거기 그렇게 누워,
그의 생각은 그가 떠나는 걸 받아들여야 했던
그의 아내와 아이들, 그리고 다른 모든 것들로
뻗어나갔다. 심지어는 그가 집을 떠날 때 신고 있던
신발에 이르기까지. 그 한 켤레의 신발이야말로
진짜 배신자들이지, 그는 결론지었다.
그 한 켤레의 신발이야말로 그를 멈춰세워보려는
시도도 한번 하지 않고 여기까지 데리고 온 것이다.
그의 생각은, 마침내, 그가 누워 있는 방과 그 집에까지
미치게 되었다. 그들이 지금 속해 있는 곳.
그가 지금 집으로 여기는 곳.
한 사내가 자기 침실의 바닥에서 잠들고,
한 사내가 자기 집의 문을 두들기면서

자신의 별 의미 없는 도착을 알리는 곳. 술리에만.
노크를 하고 나서야 자기 집에 들어가는,
그러고는 쌀쌀맞은 아내와 함께 피타브레드에
토마토를 먹는 사내. 하지만 이런 긴 밤을 여러 날 보내면서
사내는 술리에만을 조금 부러워하기 시작했다.
많이는 아니고, 조금. 그리고 그런들 어떤가!
술리에만은 침실 바닥에서 자는데.
하지만 술리에만은, 최소한, 그의 아내와
같은 방에서 잔다.

그 아내가 코를 골고 맹목적인 편견을 가지고 있다 해도
견딜 만했을 것이다. 그녀는, 최소한 이 정도는 사실인데,
그렇게 못나진 않았고, 술리에만은 잠에서 깨어났을 때
최소한 누운 자리에서 아내의 목소리를 들을 수 있었다.
아내가 거기에 있다는 것 정도는
아는 것이다. 아내를 깨우지 않고도
이불 위로 그녀를 만져볼 수 있는 날들도 있을 것이다.
보니. 그의 아내를.

어쩌면 아내와 잘 지내기 위해, 이번 생에는
개인 척하고 개처럼 바닥에 누워서 자는 게
필요했던 것일 수도 있겠다. 어떤 때는 이런 것도

필요할 수 있는 법이다. 요즘 세상에
안 되는 게 어디 있는가?
최소한, 그는 생각한다. 그건 새로운 시도이긴 한 것이고,
이해하려고 노력해볼 필요가 있겠다고.
밖에서는 달이 수면까지 내려왔고,
마침내 사라졌다. 발소리들이

거리를 천천히 걸어내려오다가 그의 창문
아래서 멈췄다. 가로등불이 꺼졌고,
발걸음들은 계속해서 가던 길을 갔다.
그 집은, 적어도 어떤 면에서는,
다른 집들과 마찬가지로 정적에 빠졌고—
완전히 어두워졌다.
그는 이불을 꼭 쥐고 천장을 쏘아봤다.
그는 처음부터 다시 시작해야 했다. 일단은—
기름냄새 나는 바다와, 썩어가는 토마토들과.

두루미떼

두루미떼가 습지에서 날아오르고 있다……
내 형제는 손가락을 자기 관자놀이에
갖다댔다가 떨어뜨린다.

그렇게, 그는 죽었다.
비단결 같은 가을날.
오 나의 형제여! 너를 그리워한다, 너를 되찾고 싶다.

너를 부둥켜안는다
세상에 있는 것들의 가치를 아는 어른처럼.
이런저런 일들의 안개는 가뭇없이 흩어진다.

이번 생에서는 글렀다고, 언젠가 네게 말한 적이 있다.
나는 서로 다른 방향으로 갈 것을 지시하는
모순된 명령을 받고 있었다.
나는 당나귀에 짐을 싣고 지협地峽을 건너갈 생각이었다.

하지만, 다 꺼지라고 해라, 이게 네가 그리던 것들이라면!
하지만 우리가 어렸을 적 보던 그 별들을 보게 될 때
나는 네 생각을 할 것이다.

두루미들이 날개를 거세게 휘젓는다.

그놈들은, 순식간에, 진북방을 찾아낼 것이다.
그러고는 그 반대 방향으로 머리를 돌릴 것이다.

7부

이발

사는 동안 너무나 많은 불가능한 일들이
이미 일어났다. 그녀가 준비하라고 말할 때
그는 두 번 생각하지 않는다:
그는 이제 이발을 하려는 참이다.

두 사람이 때때로 농담삼아 서재라고 부르는
위층 방에 올라가 의자에 앉는다. 그 방에는
볕이 잘 드는 창문이 있다. 그의 발밑에
신문지가 깔리는 동안 밖에서는
눈이 내린다. 그녀는 그의 어깨에
커다란 타월을 두른다. 그러고는
가위, 빗, 그리고 술을 꺼낸다.

둘이서만 이렇게 같이 지내게 된 건
실로 오랜만이다—둘 중 누구도
아무데도 가지 않고, 아무것도 할 필요가
없는 상태. 같이 침대로 가는 건
빼놓고 말이다. 그 친밀함.
함께 아침을 먹는 일도 빼고. 또다른
친밀함. 그녀가 그의 머리를 자르고,
빗질을 하고, 다시 조금 더 자르는 동안,
두 사람은 점점 더 조용해지고

더 깊이 생각에 빠진다.
곧, 창에서 빛이 사라지기
시작한다. 그는 고개를 숙인 채,
생각에 빠져 있다가, 신문에서
무언가를 읽으려 한다. 그녀가 말한다,
"머리 들어." 그리고 그는 그렇게 한다.
그러자 그녀가 말한다, "어떤지 봐봐."
그는 거울로 가서 들여다본다,
마음에 든다. 자기가 좋아하는
딱 그대로고, 그렇게 그녀에게 말한다.

나중에 그가 현관 등을 켜고,
타월을 털면서 길고 짧은 검은 머리와
흰 머리가 눈밭으로 날려가
거기에 달라붙어 있는 걸 보면서,
그는 무언가를 이해하게 된다: 그는
이제 어른이다, 진짜로, 다 큰,
중년의 사내. 그가 소년이었을 적,
그의 아버지와 함께 이발소에 가던 시절,
심지어 그보다 나중에, 십대가 되었을 때조차,
언젠가 어떤 아름다운 여인이
그와 함께 여행하고, 같이 자고,

아침을 같이 먹게 되는 그런
놀라운 일이 일어나리라고
어떻게 상상이나 할 수 있었겠나?
뿐만 아니라―그 여인이
그가 태어난 곳에서 삼천 마일이나 떨어진 곳
눈에 덮인 어느 어두운 도시의 오후에
조용히 그의 머리를 잘라주게 되리라는 걸.
그 여인이 테이블 저쪽에 마주앉아
그를 보면서.
"당신을 이발 의자에 앉힐 때가
되어가네. 누군가가 당신 머리를 잘라줘야 할
때야." 이렇게 말하게 되리라는 걸.

콘월에서의 행복

그의 아내가 죽었고, 그는 무덤과
자신의 집 앞문 사이를 왔다갔다하면서
늙어갔다. 그만의 걸음새로 걸었다.
어깨를 굽히고. 차림새에도 전혀 신경을 쓰지
않았고, 그의 긴 머리는 백발이 되었다.
그의 자식들이 그에게 누군가를 소개해줬다.
진중한 성격의 체격이 큰 중년 여인이었다.
걸레질을 하고, 왁스를 칠하고, 먼지를 떨고,
필요한 걸 사들이고, 장작을 들여오는 일을
모두 할 줄 알았다. 여자는 집의 뒷방에서
살면 될 것이었다.
식사를 준비했다. 그리고 서서히,
서서히 그 나이든 사내가 가까이 오게 했고,
저녁 때마다 벽난로 앞에서 그 나이든 사내에게
시를 읽어주었다. 테니슨, 브라우닝,
셰익스피어, 드링크워터.
중요한 위치를 차지하는 이름들.
그녀는 집사였고, 요리사였고, 청소부였다.
그리고 시간이 지나자, 오, 언제부터였는지는
아무도 모르고 또 관심도 없지만,
두 사람은 일요일이면 옷을 차려입고
마을을 산책했다.

그녀는 그의 팔에 자기 팔을 얹었다.
미소를 지으며. 그는 자랑스럽고 행복하게
그녀의 손에 자기 손을 얹었다.
누구도 그들을 거부하지 않았고
어떤 식으로든 이 둘의 일을 폄훼하려 들지
않았다. 행복이란 드문
사건인 것이다! 저녁마다 그는
벽난로 앞에 앉아 시를 들었다. 시를, 시를.
이보다 더 좋은 인생은 없었다.

아프가니스탄

낙엽송이 늘어선 거리에 슬픈 음악이 흐른다.
멀리 보이는 숲은 눈에 덮여 있다.

카이베르 고개. 알렉산드로스대왕.
역사, 그리고 청금석.

어떤 책도, 그림도, 장신구도 나를 즐겁게 하지 못한다.
그러나 그녀는 나를 즐겁게 한다. 그리고 청금석.

그녀가 그 사랑스러운 손가락에 끼우고 있는 그 푸른 돌.
그게 나를 몹시 즐겁게 한다.

물통이 우물 속에서 덜그럭거린다.
그리고 달콤한 물을 길어올린다.

강을 따라 이어진 예선로曳船路. 아몬드 과수원
사이로 난 좁은 길. 내 사랑은

샌들만 신고도 어디든 간다.
그리고 손가락에는 청금석을 끼고 있다.

워싱턴주 세킴 근처의 등대 안에서

녹색의 평원이 시작되고 있었다. 그리고 조수가
빠져나가고 난 뒤의 그 높고 하얀 농가와, 우리가 바위를
쳐들면 그 밑에 살고 있다가 도망칠 준비를 하거나
돌아서서 싸워보겠다고 나서는 작은 모래게들. 가라앉은
오후의 나른함. 시골길을 운전하는 일의 아름다움.
파리, 우리의 파리에 대해 이야기하는 일.
그리고 당신은 책에서 한 부분을 찾아 안나 아흐마토바가
모딜리아니와 함께 파리에 머물던 시절에 대해 읽어주지.
룩셈부르크 정원의 벤치에서 모딜리아니의 커다랗고
낡은 검정 우산 아래 앉아 서로에게 베를렌의
시를 읽어주는 두 사람. 그 두 사람 모두
"아직 자신들의 미래에 의해 영향받지 않던 시절."
그때 저쪽 벌판에서
옛날의 노꾼처럼 웃통을 벗은 젊은 사내가
바짓단을 걷어붙이고 있는 모습을 봤지. 그 사내는
아무런 호기심도 없이 우리를 쳐다봤지.
그 자리에 서서 무관심한 눈으로.
그러고는 우리한테서 등을 돌리고 하던 일로 돌아갔지.
우리가 그 완벽한 풍경을 아름다운 검은색 낫처럼
가로질러가던 그 순간에.

독수리

배글리크릭 협곡의 꼭대기,
푸른 숲의 끄트머리 위를 날던
독수리가 우리 발 앞에 떨어뜨린 건
사십 센티미터짜리 수염대구였다.
독수리가 발톱으로 그러쥐었던
물고기의 양쪽 옆구리에는 구멍이 나 있었다!
그리고 물고기의 등에도 살이 한 점 뜯겨나가 있었다.
오래된 그림이 소환되듯이,
혹은 아주 오래된 기억이 돌아오는 것처럼,
독수리는 후안데푸카 해협에서 낚아챈 물고기를 가지고
숲이 시작되는 곳으로 날아가고 있었고,
우린 그 모습을 지켜보고 있었다.
그놈은 우리 머리 위에서 그 물고기를 놓쳤고,
떨어뜨렸고, 잃어버렸고, 그대로
하루종일 바람이 불던 협곡 너머로
솟구쳤다.
우리는 그놈이 계속 날아 작은 점이 되었다가,
사라질 때까지 지켜봤다. 나는 그 물고기를
집어들었다. 그 기적의 수염대구를.
산보에서 돌아왔고 그리고—
그러지 않을 이유가 뭐가 있겠는가?—그놈을
기름에 살짝 익힌 뒤 삶은 감자와 콩, 그리고

비스킷과 함께 먹었다.
저녁식사를 하는 동안, 독수리와
세상의 오래된, 가차없는 질서에 대해 이야기하면서.

어제, 눈

어제, 눈이 내렸고 모든 게 엉망진창이었다.
나는 꿈을 꾸지 않는다, 하지만 어젯밤에는
어떤 사내가 내게 자기 위스키를 건네주는 꿈을
꾸었다. 나는 병의 주둥이를 훔치고
그걸 내 입술까지 들어올렸다.
추락하는 꿈을 꿀 때, 바닥에 닿기 전에 깨지 않으면
실제로 죽게 된다는 이야기가 있다.
그런 꿈이었다. 나는 깨어났다! 땀을 흘리면서.
밖에서는, 눈이 멈췄다.
하지만, 혹독하게 추워 보였다. 무섭도록.
손을 대보니 창문들은
얼음장 같았다. 나는 침대로 돌아가
누운 채로 남은 밤을 보냈다,
다시 잠이 들까 두려워하면서. 그 꿈으로
다시 돌아갈까 두려워하면서……
내 입술까지 올라오던 그 술병.
내가 그걸 마시고 다시 넘겨주기를 기다리고 있던
익명의 사내.
비스듬하게 떠 있던 달이 아침까지 걸려 있고,
찬란한 해가 뜬다. 오늘 전까지는,
나는 '침대에서 튀어오른다'는 말이
무슨 뜻인지 전혀 모르고 있었다.

하루종일 눈이 지붕에서 떨어져내린다.
자동차 바퀴와 사람들 발이 눈을 밟는 소리.
옆집에서는, 한 노인이 나와 눈을 치우고 있다.
사내는 수시로 삽질을 멈추고
삽에 기대어 쉬면서, 생각이
아무데로나 돌아다니도록 내버려둔다.
억지로 가라앉히려 하지 않는다.
그러다가 그는 고개를 끄덕이면서 삽을 잡는다.
계속, 그렇다, 계속하는 것이다.

식당에서 무언가를 읽고 있는

오늘 아침 한 젊은 사내를 떠올렸다.
어젯밤 식당 창가 테이블에 앉아 책을
읽고 있던. 접시들과 목소리들이
돌아다니는 와중에 앉아
읽고 있던. 사내는 이따금 고개를 들고,
입술에 손가락을 갖다대곤 했다. 무언가를
골똘히 생각하는 듯, 아니면 마음속에
일어나는 생각들, 그의 마음에 들락날락하는
생각들을 가라앉히려는 듯. 그러고는
다시 고개를 숙이고 읽기로 돌아가는
것이었다. 그 기억은 오늘 아침,
한 여자에 대한 기억과 함께 내 머릿속에 들어온다.
오래전 비슷한 시간에 식당에 들어와
머리를 흔들며 서 있던 여자.
그러고는 외투도 벗지 않은 채
내 맞은편에 앉았지.
나는 무슨 책이었는지 읽고 있던 걸
내려놨고, 여자는 앉자마자
우리한테는 지옥에서 눈사람을 만들 정도의
가능성도 없다고 말했다.
그녀는 알고 있었다. 나도 알게
되었다. 하지만 받아들이기는

어려웠다. 오늘 아침, 내 사랑,
당신은 내게 세계에 어떤 새로운 일이 있는지
묻고 있지. 하지만 나는 지금 집중력을
잃었어. 우리 옆 테이블에서는
한 사내가 다른 사내가 하는 말 때문에
머리를 흔들며 웃고 또 웃고 있어.
그런데 그 젊은 사내는 뭘 읽고 있었을까?
그 여자는 어디로 갔을까?
당신이 무슨 말을 하고 있었는지 잊어버렸어.
다시 말해줘 뭘 알고 싶었던 건지.

노래하는 새들에 반대하는 건 아닌 시

노래하는 새들아, 대충 좀 해. 좀 봐줘.
이렇게까지 할 건 없잖아,
암만 아침이라도 그렇지. 난 좀더 자야 해.

내가 서른 살 때는 너희들 다 어디 있었니?
누군가 죽기라도 한 것처럼 집안이 하루종일
어둡고 조용하던 때?

그리고 바로 그 누군가, 혹은 또다른 누군가가,
살아남은 이들을 위해 어마어마한 양의,
우울한 음식을 만들었다. 그후로 십 년을 지탱한 음식.

가봐, 사랑스러운 것들아. 한 시간 뒤에 돌아와,
내 친구들아. 그때면 나도 완전히 잠이 깨 있을 테니.
두고 봐. 이번엔 약속할 수 있어.

1984년 4월 8일, 늦은 오후

작은 낚싯배 한 척이
해협의 거친 수면에서
　　　출렁이고 있다.
나는 그에게 안경을 씌워준다.
심각한 표정에, 천으로 만든 모자를
쓰고 있는 나이든 사내. 그는 지금 당연히도,
걱정에 가득차 있다.
다른 배들은 이미 오래전에
돌아와, 자신들의 행운을
되새겨보고 있다.
이 어부는 큰 넙치들이 모이는
그린포인트 깊이까지 나가야 했다.
바람이 몰아치던 때에!
나무를 휘게 하고 물이
일어서게 만드는
무시무시한 힘.
지금 그렇게 물이 일어서고 있다.

하지만 그는 해낼 것이다!
바람이 불어오는 곳을 향해
뱃머리를 유지하고, 운이 좋기만 하다면.
그렇긴 하지만 나는

해안경비대의 비상번호를 찾아본다.
하지만 그 번호를 누르지는 않는다.
나는 계속해서 지켜본다―한 시간, 혹은 그보다는 짧게―
그 시간 동안 그의 마음속에, 그리고 내 마음속에
무슨 생각들이 지나가는지
누가 알겠는가?
그는 그 순간 잠잠해지기 시작한
부두 쪽으로 방향을 돌린다.
모자를 벗고는 빙글빙글 돌린다
미친 사람처럼―옛날 카우보이처럼!
그가 영영 잊지 못할 어떤 일.
장담할 수 있다.

　　　나 역시 그럴 것이다.

내 일

고개를 들어 그들이 바닷가로 내려가는 걸
본다. 젊은 사내는
아기를 업는 배낭을 메고 있다.
그렇게 해서 남는 두 손으로
한 손은 아내의 손을 잡고, 한 손은
흔들 수 있다. 누가 봐도 그들이 얼마나 행복한지
알 수 있다. 그리고 얼마나 친밀한지. 얼마나 안정된
관계인지. 두 사람은 다른 누구보다 행복하고, 스스로도
그걸 알고 있다. 그 때문에 기뻐지고, 겸손해진다.
두 사람은 해변의 끝까지 걸어가 내 시야에서
사라진다. 갔구나, 나는 생각한다,
그리고 내 삶을 이끌고 나가는 이 일로
돌아온다. 하지만 몇 분 만에

그들은 해변을 걸어서 돌아온다.
한 가지 달라진 거라곤
두 사람이 서 있는 위치를 바꿨다는 것뿐.
이제 사내는 여자의 다른 편, 바다 쪽에
서 있다. 여자는 이쪽 편에 서 있고.
하지만 두 사람은 여전히 손을 잡고 있다. 심지어,
그게 가능한지 모르겠지만, 조금 전보다 더
사랑에 빠져 있다. 그리고 그건 가능하다.

나도 저 자리에 오래 가 있었다.
저 사람들의 산책은 그리 길지 않았다, 저쪽으로
가는 데 십오 분, 돌아오는 데 십오 분.
저 둘은 바위를 넘고, 파도가 거셀 때 밀려올라온
커다란 통나무들을 돌아서 가는 길을
택해야 했을 것이다.

두 사람은 조용히, 천천히, 손을 잡고 걷고 있다.
저 둘은 멀지 않은 곳에 물이 있다는 걸 알고 있다
하지만 너무나 행복하기 때문에 그 사실을 무시한다.
사랑이 두 사람의 젊은 얼굴에 들어 있다. 그 주변을
감싸고 있다. 어쩌면 그게 영원이 **이어질지도** 모른다.
두 사람이 운이 좋다면, 최선을 다한다면, 잘 참아낸다면.
그리고 주의깊게 처신한다면. 두 사람이
아낌없이 서로를 계속해서 사랑한다면.
서로에게 진실하다면—바로 이것, 무엇보다도.
그러겠지만, 물론, 저 둘은 그러겠지만,
그러리라는 걸 저 두 사람은 알고 있겠지만.
나는 내 일로 돌아간다. 내 일이 내게로 돌아온다.
저기 물위에서 바람이 거세지기 시작한다.

다리

아침에 시간을 낭비했다, 몹시 부끄럽다.
어젯밤엔 아버지를 생각하며 잠자리에 들었다.
알마너호수 근처, 우리가 낚시를 하러 가곤 하던
작은 강—뷰트강—에 대해서도. 물은
내 마음을 가라앉혀 잠으로 이끌었다.
꿈에서 내가 할 수 있는 거라고는, 일어나 돌아다니지 않고
가만히 있는 것밖에 없었다. 하지만 오늘 아침
일찍 일어났을 때는 대신 전화기로 향했다. 비록 그 강물은
그 계곡에서, 벌판에서, 습지의 클로버들
사이로 흘러가버리고 있었지만.
전나무들이 벌판 양쪽에 서 있었다. 그리고 내가 거기에 있
었다.
나무로 지은 다리 위에 앉아, 아래를 내려다보는 아이.
아버지가 손을 모아 물을 떠 마시는 걸 지켜보고 있었다.
아버지가 말했다, "이 물 정말 좋다. 어머니한테
이 물을 좀 떠다드렸으면 좋겠네."
할머니는 오래전에 세상을 떠났고, 벌써 오래
할머니를 떠나서 살았지만, 아버지는 여전히
할머니를 사랑했다.
할머니 곁에 가려면 아버지는 아직
몇 년을 더 기다려야 했다. 하지만 아버지는
자기 자신을 발견한 이 시골 동네를 좋아했다. 서부.

서부는 삼십 년 동안 아버지의 심장 근처에 머물렀고,
그뒤에는 아버지를 놓아줘야 했다. 아버지는
북부 캘리포니아의 어느 마을에서 잠자리에 들었고
깨어나지 않았다. 이보다 단순한 일이 어디 있겠는가?

내 삶도, 죽음도, 이렇게 단순했으면 좋겠다.
그래서, 내가 있고 싶은 곳, 중요한 곳에서 밤을 보낸 뒤,
오늘처럼 기분좋은 아침에 깨어나,
생각할 것도 없이,
가장 자연스럽게 내 책상으로 걸어갈 수 있다면.

내가 묘사한 단순한 방식 그대로, 그렇게 했다고 치자.
침대에서 책상으로, 책상에서 어린 시절로.
거기에서 그 나무다리까지는 그리 멀지 않다.
그리고 나는 그 다리 위에서, 내가 보고 싶을 때마다
아버지를 내려다볼 수 있다.
그 차가운 물을 마시는 아버지. 내 다정한 아버지.
그 강, 그 초원, 그리고 전나무들, 그리고 그 다리.
그것. 내가 한 때 서 있었던.

그럴 수 있었으면 좋겠다
그렇게 하고 싶다고 간절히 원하지 않고도.

사소한 것들에 얽매여
괴로워하지 않고도.
이제 내 삶을 바꿔야 할 때가 됐다는 걸 안다.
이 삶―복잡다단한 것들과
전화통화들로 가득찬―은 내게 맞지 않고,
시간 낭비다.
내 두 손을 맑은 물에 담그고 싶다. 아버지가
그랬던 것처럼. 몇 번이라도.

테스에게

해협의 물은, 뱃사람들 쓰는 말로, 흰 모자를
뒤집어쓰고 있어. 거칠어서, 거기 나가 있지 않은 게
다행이라고 여기고 있어. 모스강에 가서 하루종일 붉은색
루어 미끼를 가지고 낚시하길
잘했지. 아무것도 잡진 않았어. 입질도 없었어,
단 한 번도. 하지만 괜찮았어. 즐거웠어!
당신 아버지가 쓰던 주머니칼을 가지고 다녔는데
한동안 개 한 마리가 날 따라다녔어. 그놈 주인은
딕시라고 부르더군. 때때로 너무나 행복해서
낚시를 멈춰야 했어. 한번은
둑 위에 눈을 감고 누워,
물이 만들어내는 소리와,
나무 꼭대기로 지나가는 바람소리를 들었어.
해협으로 불어가는 것과 같은 바람이지, 하지만
다른 바람이기도 하고. 한참 동안, 내가 죽었다는 상상을
하기도 했어—그리고 그것도 괜찮았어, 최소한 몇 분
동안은, 그것이 정말 깊이 들어오기 전까지는: **죽음**이.
이러다가 정말 내가 다시는 일어나지 못하게 되면
어떨까 상상하자마자, 당신 생각이 났어.
눈을 뜨고 바로 일어나서
다시 행복한 상태로 돌아갔어.
그러니까, 당신한테 고마워. 이걸 말하고 싶었어.

울트라마린

        ……유배생활에 지쳐,
그들은 이제 집으로 돌아가길 갈망한다, 그들의 눈은
군청색, 첫번째 별빛이 뚫고 지나간 어둠이
어둠에 비친, 밀려들어오는 파도의
그 색에 맞춰져 있다……

─데릭 마혼, 「가브리엘산山」, 『남극Antartica』(1985)

1부

오늘 아침

오늘 아침은 조금 특별했다. 바닥에는
눈이 조금 쌓여 있었다. 맑고 푸른 하늘에 해가
떠 있었다. 바다는 눈이 가닿는 데까지
파랑과 청록빛으로 펼쳐져 있었다.
약간의 잔물결. 고요. 옷을 입고 산보를
나섰다—자연에서 무언가를 얻기 전까지는
돌아오지 않을 거라고 다짐하면서.
늙고 굽은 나무 근처를 지나갔다.
눈이 흩뿌려진 바위들이 점점이 박힌
벌판을 지났다. 낭떠러지에 도달할 때까지
계속 나아갔다.
그 위에서 나는 바다와, 하늘과, 저 아래
하얀 모래사장 위를 날아다니는
갈매기들을 보았다. 모든 게 사랑스러웠다. 모든 게
순수하고 차가운 빛 아래서 빛나고 있었다. 하지만,
늘 그렇듯이, 내 생각은 다른 곳을 떠돌기 시작했다.
다른 것들 말고 지금 보이는 것들만 보도록
하기 위해서는 스스로를 강제해야만 했다.
다른 게 아니라 이것이 중요한 거라고
스스로에게 말해야 했다. (그리고 나는
일이 분가량 보이는 것들을 봤다!) 일이 분 동안은
눈에 보이는 것들이 이런저런 상념들을

몰아냈다, 무엇이 옳고 무엇이 그른지—의무,
다정한 기억들, 죽음에 대한 생각, 내 전처를 어떻게
대해야 하는지, 따위의 늘 하는 생각들. 오늘 아침에는
이 모든 상념들이 사라져줬으면 했다.
매일 끌어안고 사는 것들. 살아남기 위해
내가 짓밟은 것들. 그 일이 분 동안 나는
나 자신과 그 모든 것을 다 잊었다. 그랬다는 걸
나는 안다. 왜냐하면, 발길을 돌렸을 때
내가 어디에 있는지 알 수 없었기 때문이다. 뒤틀린 나무들
사이에서 새 몇 마리가 튀어오르기 전까지는. 그리고
내가 가야 할 방향으로 날아가기 전까지는.

그림을 그리기 위해 필요한 것들
—르누아르의 편지에서

팔레트

플레이크화이트	로즈매더
크롬옐로	코발트블루
나폴리옐로	울트라마린블루
옐로오커	에메랄드그린
로엄버	아이보리블랙
베니션레드	로시에나
프렌치버밀리언	비리디언그린
매더레이크	화이트레드

잊지 말 것

팔레트나이프
스크레이핑나이프
테레빈유

붓?

뽀족한 담비털 붓 여러 개
납작한 돼지털 붓 여러 개

작업중인 캔버스 외 모든 것에 대한 무관심.
기관차처럼 일할 수 있는 능력.
강철 같은 의지.

어느 오후

바다에 눈길을 주지 않은 채 글을 쓰고 있는데,
그는 쥐고 있는 펜촉이 흔들리는 걸 느낀다.
파도가 자갈밭을 가로질러 빠져나가고 있다.
하지만 그래서는 아니다. 아니,
그건 그녀가 바로 그 순간, 아무것도 걸치지 않은 채
방에 들어오기로 마음먹었기 때문이다.
잠이 덜 깨서, 잠시 자신이 어디 있는지도
모르는 상태로. 그녀는 앞이마에 흘러내린 머리카락을
쓸어넘긴다. 눈을 감고 고개를 숙인 채, 변기에
앉는다. 두 다리를 벌린 채. 그는 열린 문을 통해
그녀를 본다. 아마도 그녀는
그날 아침에 벌어진 일을 떠올리는 중일 것이다.
잠시 후, 그녀는 한쪽 눈을 떠 그를 바라본다.
그리고 달콤한 웃음.

순환

오랜 시간이 지난 뒤 모든 것이 거둬들여진다.
—루이즈 보건

통증을 느끼며 잠에서 깨어났을 때,
달빛이 방안에 넘실거리고 있었어. 내 한쪽 팔이
당신 등 밑에 오래된 닻처럼 깔려서
마비된 상태였지. 그때 당신은 무도회에
일찍 도착해버린 꿈을 꾸고 있었다고,
나중에 말해주었지. 하지만 불안감은
잠시 후에 사라졌어 왜냐하면
당신이 간 곳은 사실은 거리 세일이었고,
거기라면 당신이 신고 있던 신발로도,
심지어 신발을 신지 않았다 해도 상관없었거든.

"도와줘," 내가 말했어. 그러고는
팔을 들어올리려고 했지. 하지만 내 팔은
그 자리에 놓인 채로 아프기만 하고,
꼼짝도 할 수 없었어. 당신이 "왜 그래?
어디 아파?"라고 말한 뒤에도, 두려움이나
놀라움을 표현하는 말을 하고 나서도,
그냥 그 자리에 굳어서, 움직이지 않았어.

그게 아무 반응을 보이지 않으니까
우린 소리를 질렀고, 점점 더 두려워졌지.
"팔이 기절해버렸네"라고 내가 말했는데
말하고 보니까 정말 이상한 말이더군. 하지만
난 웃을 수도 없었어. 어쨌든,
우리 둘이 어찌어찌해서, 들어올리기는
했지. 이게 내 팔 맞아?
우리가 그걸 두들기고, 꾹꾹 누르고,
찌르고 해서 되살려내는 동안, 나는
계속 그 생각뿐이었어. 그리고
저림 증세가 사라질 때까지 계속
팔을 흔들었어.

우린 몇 마디 대화를 나눴지.
내용은 기억 안 나. 그때 그 시간과
괴이한 상황 속에서 서로 사랑하는 사람들이
서로를 안심시키기 위해
해줄 수 있는 그런
말이었겠지. 당신이 내 눈 밑의
다크서클이 보일 정도로
방이 밝다고 한 건 기억나.
당신이 나더러 좀더 규칙적으로 자야 한다고 했고,

내가 동의했지. 우린 각자 화장실에 다녀왔고
침대로 돌아와 각자 늘 눕는 자리에 누웠어.
이불을 끌어올리고, "잘 자," 당신이
말했지, 그날 밤 두번째로.
그러고는 잠이 들었어. 어쩌면
같은 꿈속으로, 다른 꿈일 수도 있겠지만.
나는 날이 밝을 때까지, 두 팔을 가슴 위에
잘 포갠 채, 가만히 누워 있었어.
수시로 손가락을 움직여보면서.
그동안 생각은 계속 돌고 돌았는데,
결국엔 항상
시작한 곳으로 되돌아갔지.
우리가 도저히 벗어날 수 없는 사실로: 우리가
이번 여행을 잘 마치더라도, 또다른,
훨씬 더 기이한, 그러나 여전히 끝내야 하는
또다른 여행이 남아 있으리라는 것.

거미줄

몇 분 전에, 집의 데크로 나섰다.
거기에서 나는 바다와, 지난 세월
내게 일어난 모든 일을 보고 들을 수 있었다.
무덥고 고요했다. 썰물이었다.
새들은 노래하지 않았다. 난간에 기댔을 때
이마에 거미줄이 걸렸다.
거미줄은 머리카락에도 걸렸다. 내가
집안으로 다시 들어왔다고 해서 비난할 사람은
없으리라. 바람 한 점 없었다. 바다는
죽은듯이 고요했다. 나는 그 거미줄을 전등갓에 매달았다.
내 숨이 닿을 때마다 떨리는 모습을
지켜봤다. 가느다란 실. 복잡하게 얽힌.
머지않아, 누구도 실감하기 전에,
나는 이곳에서 사라질 것이다.

발사나무

아빠는 후라이팬에 계란과 돼지 뇌를 익히며
스토브 앞에 서 있다. 하지만 오늘 같은 아침
누가 입맛이 있을까? 내가 발사나무처럼
엉성하게 느껴진다. 조금 전에 어떤 말이 던져졌다.
엄마가 던진 말. 뭐였더라? 뭐가 됐든
돈과 관련된 것이다, 틀림없이. 내가 이 아침을 안 먹으면
나도 내 몫을 하는 셈. 아빠는 스토브 쪽으로 등을 돌린다.
"그렇잖아도 구덩이에 빠져 있어. 더 깊이 파묻지 말아줘."
창문에서 빛이 새어들어온다. 누군가가 울고 있다.
기억 속에 살아 있는 마지막 한 가지는 타버린 계란과
돼지 뇌의 냄새. 그날 아침 전체가 쓰레기통에 처박혀서
다른 것들과 뒤섞였다. 나중에
아빠와 난 차를 몰고 쓰레기장으로 갔다. 십 마일
떨어진 곳. 우린 아무 말도 없다. 쓰레기봉투와 상자들을
시커먼 무더기 위로 던져버린다. 쥐들이 찍찍거린다.
그놈들은 휘파람소리를 낸다 다 썩어가는 쓰레기봉투에서
배를 질질 끌고 기어나오면서. 우린 차로 돌아와
연기와 불꽃을 지켜본다. 엔진이 돌아가고 있다.
손가락에서 비행기 모형을 붙이던 풀냄새가 난다.
손가락을 코에 갖다대는 모습을 그가 지켜본다.
아빠가 다시 고개를 돌린다, 동네 쪽으로.
아빠는 무언가 말하려 하지만 하지 못한다.

아빠는 백만 마일 밖에 나가 있다. 우리 둘 다 그곳에서
멀리 떨어져 있다, 그러나 아직도 누군가는 울고 있다.
그 와중에도 나는 조금씩 깨달아가고
있었다, 어떻게 어느 한 지점에
존재할 수 있는지. 그리고 동시에 다른 곳에도.

발사체
—무라카미 하루키에게

우리는 차를 마셨습니다. 당신네 나라에서
내 책들이 성공을 거둔 이유들에 대해
예의바르게 이런저런 생각을 나누면서 말이죠.
이야기는 당신이 내 작품들 속에서 찾아낸
반복되고 또 반복되는 고통과 굴욕에 대한 것으로
빠졌죠. 그리고 우연이라는 요소. 그리고
이 모든 것이 어떻게 책의 판매로
이어지는지에 대해서 말이죠.
나는 방의 한쪽 구석을 봤습니다.
그리고 잠시 동안, 다시 열여섯 살로
돌아갔습니다. 대여섯 명의 멍청이들과 함께
오십년형 닷지를 타고 눈 내리는 거리를 달리고
있었죠. 거리에 있는 다른 멍청이들에게
손가락 욕을 하면서 말이죠. 그놈들도
차를 향해 고함을 지르고, 뭉친 눈, 자갈,
부러진 나뭇가지 따위를 집어던졌죠. 우린
소리를 지르면서 내뺐어요. 그냥 그 정도로 하고
떠날 생각이었죠. 그런데
내 창문이 삼 인치쯤 내려져 있었어요.
겨우 삼 인치. 내가 마지막으로 한번 더
외설스러운 고함을 질렀어요. 그러고는
한 녀석이 무언가를 던지려고 와인드업 하는 걸

보았죠. 지금의 시점에서 나는,
그 무엇인가가 날아오는 걸 보고 있다고 상상합니다.
내가 지켜보고 있는 동안 그 무엇인가가
공기를 가르며 빠르게 다가오는 걸 보는 거죠.
지난 세기 초, 병사들이 화학무기 같은 걸 담고 있는
통들이 자기들 쪽으로 날아오고 있는 걸 보면서도,
그것들이 풍기는 무시무시한 매력 때문에
꼼짝도 못했던 거랑 비슷한 걸 겁니다.
하지만 난 못 봤어요. 이미 친구들을 향해
고개를 돌리고 웃고 있었거든요.
무언가가 내 옆머리를 강타해 고막을 터뜨린 뒤
원래 모양 그대로 내 무릎 위에 떨어졌던 그때
말이죠. 얼음과 눈을 공 모양으로 뭉쳐서 만든
놈이었어요. 그 고통은 정말 엄청났어요.
그리고 그 창피함이란.
두려움도 고통도 모른다고 자부하는 놈들이
재수 더럽게 없다, 황당하다,
백만 분의 일도 안 되는 확률이야!
따위의 고함을 지르고 있는 앞에서
눈물을 흘리기 시작한 건 정말 끔찍한 일이었습니다.
그걸 던진 놈은, 주변에서 환호성을 지르고
등을 두들겨주고 하는 동안 무척이나 놀란 한편

자랑스러웠을 겁니다.
젖은 두 손을 바지에 문질러 닦았겠죠.
그러고는 저녁을 먹으러 집으로 돌아가기 전에
조금 더 놀았을 겁니다. 크는 동안
자기 마음대로 되지 않는 게 있었을 것이고, 내가 그랬듯이,
헤맨 시절이 있었을 겁니다.
그날 오후의 일에 대해서는 두 번 다시
돌아보지 않았겠죠. 그래야 할 이유가 뭐가 있겠습니까?
그것 말고도
생각할 거리는 늘 넘쳐나는데.
무엇하러 멍청이들이 탄 차가 도로를 달려
내려왔다가 코너를 돌아 사라져버린 일 따위를
기억하겠어요?
우리는 그 방에서 공손하게 우리의 찻잔을 들어올렸습니다.
잠시 다른 무언가가 들어왔던 방에서.

편지

책상 위에, 프랑스 남부에 있는 아들이 보내온
그림엽서가 한 장 놓여 있다. 그 아이는 그곳을
미디*라고 부른다. 푸른 하늘. 베고니아로
잔뜩 치장한 아름다운 집들. 그러거나 말거나,
내 아들은 파산 직전이고, 급히 돈이 필요하다.

그 엽서 옆에는, 딸이 보내온 편지가 한 통
놓여 있다. 스피드광인 그애의 남자가
거실에서 오토바이를 분해하고 있단다.
내 딸과 그애의 아이들은 오트밀로 연명하고
있다. 망할. 그애도
도움이 필요하다.

그리고 어머니에게서 온 편지
어머니는 아프고 정신이 흐려지고 있다.
어머니는 그리 오래 살 수 있을 것 같지 않다고
말한다. 내가 당신의 마지막 이사를 도와줄 수
있겠느냐고 묻는다. 당신이 거주할 집을 사줄 수
있겠느냐고.

* The Midi. 프랑스 고어의 mi(중간)와 di(낮)가 더해져 생긴 말. 프랑스
남부를 일컫는다.

나는 밖으로 나간다. 마음을 가라앉히기 위해
공동묘지까지 걸어볼까 하는 생각이다.
하지만 하늘이 불안정해 보인다.
거대하고 검게 부풀어오른 구름은
이제 막 쏟아붓기 일보 직전이다.
바로 그때 우편배달부가 진입로로
들어선다. 그의 얼굴은, 파충류의 그것처럼,
번들거리고 바지런히 움직인다.
그의 손이 뒤로 넘어간다—마치 때리려는 것처럼!
편지가 왔다.

부검실

그때 나는 젊었고 절정의 힘을 가지고 있었다.
무슨 일이 됐든, 나는 생각했다. 그런데 내 일 중 하나는
검시관이 작업을 끝낸 후 밤에
부검실을 청소하는 것이었다. 그들은 어떨 때는
일을 일찍 끝냈고, 어떨 때는 너무 늦게 끝냈다.
그럴 때면, 미치겠네, 그 사람들은 특별하게 제작된
테이블 위에 이런저런 걸 남겨두곤 했다. 돌처럼 고요하고
눈처럼 차가운 작은 아기. 또 언젠가는,
백발의 거대한 흑인이 누워 있었다, 가슴이
열린 채로. 주요 장기들이 그의 머리 옆
용기에 담겨 있었다. 호스에서 물이
흘러나오고, 테이블 위로는 전등빛이 쏟아져내렸다.
그리고 한번은 거기에 다리가 한 짝 있었다. 여자의 다리,
그 테이블 위에. 창백하고 잘빠진 다리.
나는 그게 뭔지 알고 있었다. 전에도 많이 본 거니까.
그래도, 숨이 멎는 것 같았다.

밤에 집에 가면 아내는 말했다.
"자기야, 다 괜찮아질 거야. 우린 지금의 인생을 주고
다른 인생을 사게 될 거야." 하지만 그건 그렇게 쉬운 일이
아니었다. 아내는 내 손 하나를 가져다가 자신의
두 손으로 꼭 쥐어주곤 했다, 내가 소파에 기대어 눈을

감고 무언가를…… 무언가를 생각하는 동안.

그게 뭐였는지는 모르겠다. 하지만 나는 아내가 내 손을
자기 가슴으로 가지고 가도록 두었다. 그때쯤 되면
나는 눈을 뜨고 천장이나 바닥을 응시하곤 했다. 그러다
내 손가락은 아내의 다리를 더듬었다.

따뜻하고 잘빠진, 슬쩍만 건드려도 부드럽게 떨리면서
살짝 들어올려질 준비를 하고 있는 다리.

하지만 내 정신은 맑지 못했고 흔들리고 있었다. 아무 일도
일어나지 않았고, 모든 일이 벌어지고 있었다. 삶은
무언가를 갈아버리고 날카롭게 만들고 있는 돌덩이었다.

그들이 살았던 곳

그날 그가 갔던 모든 곳에서 그는
자신의 과거 속을 걸었다. 쌓여 있는 기억들을
걷어차면서. 더이상 그의 것이 아닌
창문들을 들여다보았다.
노동과 가난, 돌아오는 것이 적었던 시절.
그 시절 그들은 자신들의 의지에 기대 살았다,
절대로 꺾이지 않으리라 다짐하면서.
그 어느 것도 그들을 막아설 수 없었다.
그 시절은 그리 오래가지 않았다.

            그날 밤,
이른 새벽의 그 모텔방에서,
그는 커튼을 젖혔다. 구름이
달을 둘러싸고 있는 걸 봤다. 그는
유리창에 다가가 기댔다. 차가운 공기가
유리를 통해 그의 가슴에 닿았다.
난 당신을 사랑했어, 그가 생각했다.
완전히 사랑했어.
더이상 사랑하지 않게 되기 전까지는.

기억 2

계산대에서 여자는 사내의 어깨에
손을 올린다. 하지만 사내는
여자의 의사를 따를 생각이 없고, 고개를 젓는다.

여자는 고집을 부린다! 사내가 돈을 낸다. 여자는
사내와 함께 사내의 큰 차가 있는 데로 걸어가,
그걸 한번 보고는, 비웃는다. 사내의 뺨을 만진다.

사내를 식료품들과 함께 주차장에 두고
떠난다. 사내는 바보 같다고 느낀다.
초라하다고 느낀다. 그래도 돈은 냈다.

차

앞유리가 깨진

그 차. 구동축이 부러진

그 차. 브레이크가 없는

그 차. U-조인트가 망가진

그 차. 라디에이터에 구멍이 난

그 차. 그걸 사기 위해 복숭아를 땄던

그 차. 엔진 블록에 금이 간

그 차. 후진기어가 없는

그 차. 자전거와 바꾼

그 차. 운전대가 잘 안 돌아가던

그 차. 발전장치에 문제가 있던

그 차. 뒷좌석이 없는

그 차. 앞좌석이 찢어진

그 차. 오일이 타버린

그 차. 호스가 삭은

그 차. 식당에서 돈을 안 내고 도망친

그 차. 타이어가 다 닳아버린

그 차. 히터와 서리제거장치가 망가진

그 차. 앞바퀴 정렬에 문제가 있는

그 차. 아이가 그 안에 토한

그 차. 내가 그 안에 토한

그 차. 냉각펌프가 고장난

그 차. 타이밍기어가 고장난
그 차. 헤드개스킷이 달아난
그 차. 내가 도로 옆에 버리고 온
그 차. 일산화탄소가 새어나온
그 차. 기화기가 끈적거리던
그 차. 개를 치고 계속 달리던
그 차. 머플러에 구멍이 난
그 차. 머플러가 없는
그 차. 내 딸이 박살을 낸
그 차. 엔진을 두 번 만들어 넣은
그 차. 배터리케이블이 부식된
그 차. 부도 날 수표로 산
그 차. 내가 잠 못 이루던 밤들의
차. 온도조절장치가 안 움직이던
그 차. 엔진에 불이 붙었던
그 차. 헤드라이트가 없던
그 차. 팬벨트가 끊어진
그 차. 와이퍼가 움직이지 않던
그 차. 내가 남한테 줘버린
그 차. 트랜스미션에 문제가 있던
그 차. 내가 두 손 다 든
그 차. 내가 망치로 두들겨 팬

그 차. 할부금을 낼 수 없었던
그 차. 소유권을 빼앗긴
차. 클러치 핀이 부러진
그 차. 저 뒤 주차장에서 기다리고 있는
내가 꿈꾸던 차.
내 차.

멍청이

요즘 아이들이 떨이라고 부르는 것. 그게
사내의 입술에서 구름처럼 떠오르고 있다. 사내는
오늘밤에는 아무도 오지 않기를, 누구도
도움을 청해오지 말기를 바라고 있다. 도움은
오늘밤 그에게 가장 부족한 어떤 것이다.
밖에선 폭풍우가 몰아치고 있다. 서쪽에서 불어오는
바람으로 바다가 날뛰고 있다. 사내가 앉은 테이블은,
어림하자면, 너비가 일 미터에 깊이는 그 절반쯤 된다.
방안을 채우는 어둠은 깊은 생각과 함께 온다.
사내는 모험소설을 쓸 수 있을 것이었다. 아니면
아이들을 위한 이야기를. 두 여자가 등장하는,
그중 하나는 맹인인 희곡도. 강으로 송어들이
올라오고 있을 것이다. 사내는 플라이낚시용
깃털 묶는 법 하나는 꼭 배워볼 생각이다. 어쩌면
살아 있는 가족들에게 돈을 조금씩 더 보내는 게
마땅할지도 모른다. 이미 매달 초면
우편으로 무언가 올 거라고 기대하고 있는 가족들.
사내에게 편지를 쓸 때마다 생활비가 달린다고
말한다. 사내는 손가락으로 가족들의 머릿수를 세어보고
그들이 모두 살아 있다는 걸 확인한다. 만약
사내가, 차라리, 모르는 이들에게나 기억되기를 바란다면?
사내는 눈을 들어 폭우가 두들겨대고 있는 천창을

올려다본다. 한참 뒤에—

얼마나 지났는지 누가 알겠는가?—사내의 두 눈이

피곤해진다. 사내는 눈을 감는다.

비는 계속해서 쏟아진다. 집중호우인 건가?

뭐라도 해야 하는 걸까? 집을 지키기 위해,

뭐라도? 보 아저씨는 루비 아주머니와 사십칠 년 동안이나

결혼생활을 했다. 그러고는 목을 매달았다.

사내는 다시 눈을 뜬다. 말이 되는 게 하나도 없다.

다 말이 된다. 이 폭풍우는 얼마나 계속될 것인가?

유니언 스트리트: 1975년 여름, 샌프란시스코

그 시절 우린 모두 바빴다. 하지만 그 일요일
오후에는 다들 차분해져 있었다. 테이블에 둘러앉아
술을 마시며 서로 이야기를 들려주고 있었다. 한 해 전
금요일에 시작돼 띄엄띄엄, 이어져오던 파티였다.
그때 가이의 아내가 남자친구 차를 타고 아파트 앞에 내려
우리가 있는 곳으로 올라왔다.
가이의 생일이었다. 그전날이거나 다음날이었을지도
모른다. 두 사람은 한 주가량 서로 못 보고 지내던
터였다. 그녀는 잘 차려입고 있었다. 가이가 엉거주춤
그녀를 안았고, 마실 걸 만들어줬다. 테이블에
앉을 자리를 마련해줬다. 그녀가 어떻게 지내는지, 등등,
모두들 안부를 물었다. 하지만 그녀는 모두를 무시한다.
알코올중독자들. 그녀가 화가 나 있다는 게 잘 보인다.
늘 그랬듯이, 그녀는 이 그룹이 마음에 들지 않는다.
가이는 그동안 도대체 어디에서 지낸 거야?
그녀가 묻는다. 그녀는 술을 조금 마시고,
가이가 마치 뇌를 다쳐 바보가 되기라도 한 것처럼
쳐다본다. 그녀는 가이의 턱에 여드름이 난 걸
발견한다. 그건 털이 안에 뭉쳐서 그런 거지만
피지로 꽉 차 있고, 끔찍해 보인다. 모두가 있는 자리에서
그 여드름을 노려보며 그녀가 말한다,
"도대체 요즘 누굴 빨고 다닌 거야?"

나도 취해 있었기 때문에, 가이가 뭐라고 대답했는지는
기억나지 않는다. 아마도
"누군지 기억 안 나. 이름을 안 물어봤거든."
따위 농담으로 받아넘겼을 것이다.
그건 그렇고, 아마도 감기 때문이었겠지만,
그녀는 입가에 물집이 잡히고 빨갛게 부풀어올라 있었으니,
그런 말을 하지 않는 게 좋았을 것이다. 오래지 않아,
항상 그래왔듯이, 두 사람은 손을 맞잡은 채
다른 사람들처럼 별것 아닌 얘기에도
웃음을 터뜨리고 있었다.

　　　　　　나중에, 모두가
햄버거를 먹으러 나갔다고 생각하고,
그녀는 거실 TV 앞에서 가이를 빨아줬다.
그러고는 말했다, "생일 축하해, 이 개자식아!"
그리고 따귀를 때려서 가이의 안경을 떨어뜨렸다.
그녀가 가이를 덮칠 때부터 쓰고 있던 안경을. 나는
그 방에 들어가 이렇게 말했다. "친구들,
이러지 말아." 그녀는 꿈쩍도 안 했고,
내가 도대체 어느 돌 밑에 숨어 있다가 나왔는지
궁금해하지도 않았다. 다만 그녀는
"누가 너한테 물어봤는데, 노숙자 오줌아?"라고 말했을

뿐이다. 가이는 안경을 주워 다시 썼다. 바지를 추켜올렸다.
우리는 같이 부엌으로 나가 술을 한 잔 했다. 그러고는
또 한 잔. 그런 식으로, 세상은 오후에서 밤으로 건너갔다.

보나르의 누드화

그의 아내. 그는 아내를 사십 년 동안 그렸다.
그리고 또 그리고. 마지막으로 그린 누드도
처음 그렸던 젊은 누드와 다르지 않았다. 그의 아내.

그가 기억하는 그녀의 젊은 모습. 그녀가 젊었을 때.
목욕을 하는 아내. 화장대 거울 앞에
서 있는 모습. 벌거벗고.

가슴 밑에 손을 대고 정원을 내다보는
그의 아내.
풍성한 온기와 색채를 쏟아내는 태양.

거기에 살아 피어나 있는 모든 것들.
젊고 탱탱하고 누구나 탐낼 그녀.
그녀가 죽고, 그는 한동안 더 그렸다.

풍경화 여러 점. 그러고는 죽었다.
그리고 아내 곁에 묻혔다.
그의 젊은 아내.

진의 TV

요즘의 내 인생은 균형이 잘
잡혀 있다. 하지만 다시는 요동치지
않으리라고 누가 장담할 수 있겠는가?
오늘 아침 나는
내 결혼이 깨지고 난 직후에 만났던
여자친구를 떠올렸다.
진이라는 이름의 다정한 여자.
처음에는, 상황이 얼마나 나쁜지
그 여자는 짐작도 못했다. 알게 될 때까지 시간이
좀 걸렸다. 하지만 어쨌든
나를 많이 사랑한다고, 그 여자는 말했다.

그리고 그게 사실인 건 내가 안다.
진은 내가 자기 집에 얹혀살게 해줬다.
나는 그 집에서 그녀의 전화로
내 너절한 인생사를 관리했다.
진은 내가 마실 술을
사줬지만, 다른 이들이 말하듯
내가 주정뱅이는 아니라고
말해줬다. 그녀는 내가 쓸 수 있게
수표 몇 장에 서명을 해서
자기 베개 위에 두고 출근했다.

그해 크리스마스에는, 내가 아직도 입는
펜들턴 재킷을 선물했다.

내 쪽에서는, 그녀에게 술 마시는 걸 가르쳐줬다.
그리고 옷을 입은 채
잠이 드는 법도.
한밤중에 울면서
잠에서 깨어나는 법도.
내가 떠날 때 진은
두 달 치 월세를 내줬다.
그리고 자기 흑백 TV를
내게 주었다.

몇 달 뒤에, 우리는 전화로
대화를 나눴다. 그녀는 취해 있었다.
그리고, 물론, 나도 취해 있었다.
마지막으로 그녀가 한 말은 이거였다,
내 TV를 다시 볼 수 있을까?
나는 그 TV가 원래 있던 자리인
부엌 의자 위에 갑자기
나타나기라도 할 것처럼
방안을 둘러봤다. 아니면

찬장에서 갑자기 튀어나오기라도
할 것처럼. 하지만 그 TV는
이미 몇 주 전에 어디론가
사라졌다. 진이 준 그 TV.

진에게 그 사실을 말하진 않았다.
물론, 거짓말을 했다. 곧, 나는 말했다,
이제 곧.
그리고 전화기를 내려놨다,
그녀가 전화를 끊은 뒤, 혹은 그전에.
하지만 나의 그 몽롱한 말들은
내가 어떤 이야기의 끝에 도달했음을
느끼게 해준다.
그리고 이제 나는, 이 마지막 한 가지
거짓말을 뒤로하고,

　　　　　　　　　　　쉴 수 있겠다.

메소포타미아

내 집이 아닌 곳에서, 해가 뜨기 전에 깨어나,
부엌에 틀어놓은 라디오 소리를 듣는다.
여자의 목소리가 뉴스를, 이어서 날씨를 전하는
동안, 창밖에서는 안개가 흩날린다.
나는 그 소리를 듣고, 또 고기가 팬 위에서
뜨거운 기름에 닿아 내는 소리를 듣는다.
반쯤 잠든 채로, 조금 더 듣는다. 그건 어린 시절
침대에 누워, 어둠 속에서, 라디오 소리를 배경으로
화가 나서, 혹은 절망 때문에 높아진 한 사내의
목소리와 한 여자의 울음소리를
듣던 일과 같았다, 하지만 달랐다. 그 대신,
오늘 아침 내가 듣는 건 이 집의 남자가
"나한테 여름이 몇 번이나 더 남아 있겠어?
그 대답을 좀 해봐"라고 말하는 소리다. 여자는
그 질문에 대답하지 않는다. 하지만
그런 질문에 무어라 **대답할 수 있겠는가**?
잠시 후, 이미 오래전에 죽은 게 틀림없는
누군가에 대해 말하는 사내의 목소리가 들린다. "그 사람은
　　　'오, 메소포타미아!'
라는 한마디만으로 관객을 울릴 수 있었지."
나는 마침내 침대에서 빠져나와 바지를 꿴다.
마침내, 내가 어디에 있는지 볼 수 있을 정도의 빛이

방안에 들어온다. 무엇보다, 나는 이제 어른이고,
이 사람들은 내 친구들이다. 이 친구들은 지금
형편이 그리 좋지 않다. 어쩌면 그게 아니라,
어느 때보다 더 좋은 건지도 모른다. 사태가 몰고 올
결과에 대해, 이렇게 이른 시간에
죽음과 메소포타미아 같은 중요한 것들에 대해
이야기 나눌 수 있는 걸 보면. 어쩌됐든,
나는 부엌으로 이끌리고 있는 걸 느낀다.
너무나도 신비롭고 중요한 일들이
오늘 아침 거기에서 벌어지고 있다.

정글

"제 손이 두 개밖에 없어서요,"
아름다운 승무원이
말한다. 그녀는 쟁반을 든 채
복도를 걸어 사내의 인생에서
영원히 빠져나간다, 라고
사내는 생각한다. 사내의 왼쪽,
저 아래, 정글 속의 언덕
높이 있는 마을에서
불빛이 반짝인다.

가능하지 않을 것 같던 많은
일들이 일어났고, 그래서
그 승무원이 돌아와
사내의 맞은편 빈자리에 앉을 때도
사내는 놀라지 않는다.
"리우에서 내리시나요, 아니면
부에노스아이레스까지 가시나요?"

다시 한번 그녀는 아름다운
두 손을 내보인다.
그녀의 손가락들을 붙들고 있는
무거운 은반지들과, 손목을

감싸고 있는 금팔찌.

그들은 지금 무더위가 한창인
마투그로수 상공의 어디엔가 있다.
아주 늦은 시간이다.
사내는 계속해서 그녀의 손에 대해 생각한다.
계속해서 그녀의 깍지 낀 손가락들을 본다.
몇 달이 지났고, 이제
그에 대해 말하기가 쉽지 않다.

희망

"내 아내는," 피니거가 말했다,
"그녀가 나를 떠난 뒤 내가
개판이 되는 걸 보고 싶어했어요.
그게 그 여자의 마지막 희망이었죠."
—D. H. 로런스, 「지미와 절박한 여자」

그녀는 내게 차와 이백 달러를
주었다. 안녕, 이라고 말했다.
잘 지내, 알았지? 이십 년의 결혼생활이
그걸로 끝이었다.
그녀는 알고 있다, 혹은 알고 있다고 생각한다,
내가 하루이틀이면 그 돈을 다 써버리고,
결국엔 차를—내 이름으로 된 차고,
어차피 손을 봐야 할 물건이었다—어디엔가
처박고 말리라는 걸.
내가 차를 몰고 떠날 때,
그녀와 그녀의 남자친구는
현관문의 자물쇠를 바꾸고 있었다.
두 사람은 손을 흔들었다.
나도 손을 마주 흔들어서
나 역시 그들을 존중하고 있다는 사실을

보여줬다. 그러고는 주 경계선을 향해
달렸다. 나는 망할 운명이었다.
그녀가 그렇게 생각해 마땅했다.

나는 개판으로 갔다, 그리고
그곳의 개들과 좋은 친구가 됐다.
하지만 나는 앞으로 나아갔다. 멈추지 않고
멀리까지 갔다.
나의 벗들이여, 그 개들을 뒤에 버려두고 떠났다.
그 모든 일들이 있고 몇 달, 몇 년이 지나,
내가 다른 차를 타고 그 집 문앞에
다시 나타났을 때, 그녀는
그 문앞에서 나를 보고 울었다.
술을 끊고, 깨끗한 셔츠, 바지,
그리고 신발을 신은 나. 그녀의
마지막 희망이 무너졌다.
그녀에게는 더이상 바랄
아무것도 남아 있지 않았다.

이 집의 뒷집

그날 오후는 이미 어두웠고 어딘가 이상했다.
어떤 늙은 여인이, 빗속에, 굴레를 들고
들판에 나타났다.
노파는 그 집으로 가는 길을 올라왔다.
이 집의 뒷집. 어떻게 알았는지
노파는 안토니오 리오스가
마지막 싸움의 시간에 든 것을
알고 있었다.
어떻게 알았는지, 나는 알 도리가 없지만,
알고 있었다.

의사와 다른 몇몇 사람들이 안토니오와 함께 있었다.
하지만 할 수 있는 일은 아무것도 없었다. 노파는
굴레를 방으로 가지고 들어와,
그의 침대 발치 맞은편에 걸었다.
그가 누워 온몸을 비틀며 죽어가고 있는 침대.
노파는 아무 말 없이 사라졌다.
한때는 젊고 아름다웠던 이 여자.
안토니오가 젊고 아름다웠던 시절에.

허용량

그날 하루종일 우리는
절벽 꼭대기의 위장막에 숨어서
기러기를 쐈다. 총열이 달궈져
만질 수 없게 될 때까지, 한 무리를 흩어버리고
또 다음 무리를 쏘았다. 기러기들이
차가운 회색의 대기를 채웠다. 하지만 우리는
아직 우리의 허용량을 채우지 않은 상태였다.
바람이 우리가 쏜 총알을 아무데로나
흩어버리고 있었다. 늦은 오후가 될 때까지,
우린 네 마리를 잡았다. 허용량에서
두 마리가 빠졌다. 우리는 목이 말라
절벽에서 내려와 강을 따라 난
흙길을 따라 걸었다.

버려진 보리밭으로 둘러싸인
끔찍한 몰골의 농장으로.
거의 저녁 무렵이었는데, 거기서,
양손의 피부가 여기저기 떨어져나간 사내가
포치에 놓인 양동이에서
물을 떠가게 해주었다.
그러고는 재미있는 걸 보겠냐고
물었다—헛간 옆에 있는 나무통 안에

캐나다기러기를 산 채로 가둬놓고 있다는
거였다. 나무통에는 철망이 덮여 있어서,
나무통 안은 작은 감방 같았다. 사내는
대충 쐈다가 새의 날개를 부러뜨렸고,
그놈을 쫓아가서 붙잡아
나무통 안에 집어넣었다고 했다.
사내한테 영감이 떠올랐다!
사내는 그 기러기를 살아 있는 미끼로 쓰기로 했다.

시간이 지나자 그놈은 아닌 게 아니라
사내가 본 중 최고의 미끼가 되었다.
그놈은 다른 기러기들을
사내의 머리 바로 위까지 불러들였다.
너무나 가까워서, 쏘기 전에
거의 손으로 만질 수 있을 정도였다.
이 사내는, 기러기가 부족한 줄 모르게 됐다.
그 대가로 사내는 그놈에게 그놈이
먹고 싶은 만큼의 보리를 주고, 그 안에서
지내기도 하고, 똥도 눌 나무통도 주었다.

나는 그놈을 찬찬히 오래 살펴봤고,
그놈은 꼼짝도 하지 않은 채 나를 마주봤다.

그놈이 살아 있다는 증거는
놈의 두 눈밖에 없었다. 그리고
우리는 떠났다, 내 친구와 나. 여전히
우리 눈 앞에서 움직이는 것, 날아오르는 건
무엇이든 기꺼이 쏘아죽일 준비를 하고서.
그날 무얼 더 잡았는지는 기억나지
않는다. 아마도 못 잡았을 것이다.
어차피 거의 어두워진 참이었다.
그건 더이상 중요하지 않다. 하지만
그후로 긴 세월
쓰라린 인생을 사는 동안, 나는
그놈을 잊어본 적이 없다.
나는 그 기러기를 다른 모든 것들,
살아 있는 것들과 죽은 것들로부터
떼어놓았다. 우리가 어떤 것에든 익숙해질 수 있고,
아무것도 알지 못하는 존재가 될 수도 있다는 사실을
이해하게 되었다.
배신이 상실과 굶주림의 또다른 표현에
불과하다는 사실을 알게 되었다.

섬세한 여자

여기에 온 지 나흘째다.
그런데, 농담이 아니라, 여기 유리창에
그보다 오래 거미가 한 마리
붙어 있다. 그놈은 꼼짝도 하지 않지만,
살아 있다는 걸 나는 안다.

골짜기 마을에 불이 켜지는 걸
보는 게 좋다. 이 동네는 예쁘고,
조용하다. 소떼가 돌아오고 있다.
귀를 기울여보면, 워낭소리와
목동이 **찰싹찰싹** 휘두르는 막대기 소리를
들을 수 있다. 굴곡이 심한 스위스의 이 고지대를
안개가 덮고 있다. 집 아래로는
오리나무들 사이로 물이 급하게 흐른다.
빠른 물줄기들이 튀어오른다,
달콤하고 희망차다.

사랑 때문에 죽을 수 있는
시절이 있었다.
이제는 아니다. 그 중심은 버티지 못했다.
무너졌다. 거기선 더이상 불이
켜지지 않는다. 그 주변의 궤도는

피로의 궤도다. 하지만 나는
그 시절을 걱정하고, 그 이유를 알 수 없다.
가난과 수치가 문을 밀고 들어오던 시절,
그 뒤로 경찰이 끔찍한 권위를 가지고
현장을 조사하기 위해 따라오던 시절을
어느 누가 기억하고 싶어하겠는가?
걸쇠를 걸어놔도, 그 시절에는
그걸로는 어느 누구도 막아낼 수 없었다.
아는가, 그 시절에는 어느 누구도 숨을 쉬지 않았다.
날 못 믿겠거든, 그녀에게 물어보라!
그녀를 찾아내고 입을 열게 할 수 있다면
말이다. 꿈을 꾸고 노래를 부르던 여자. 섬세한 여자.
부서져버린 여자.

나는 이제 어른이고, 그러고도 나이를 좀더 먹었다.
자, 이제 내게 살날이 얼마나 더 남았는가?
저 거미에게는 얼마나 더 남았는가?
가을로 접어든 지 이틀이 되었고, 낙엽은 떨어진다,
그는 어디로 가려 하는가?

소떼는 우리에 들어갔다.
막대기를 든 사내가 팔을 들어올린다.

그러고는 문을 걸어잠근다.

나는, 마침내, 완벽한 정적에 든다.
남은 날이 얼마 없다는 걸 알면서.
그걸 사랑해야 한다는 걸 알면서.
그걸 사랑할 수 있길 바라면서. 우리 둘 모두를 위해.

2부

미뉴에트

밝은 아침.
많은 걸 원하는 나날들에 나는 아무것도 원치 않는다.
지금 이 인생, 이거면 됐다. 그리고 여전히,
누구도 날 따라오지 않기를 바란다.
하지만 누군가가 따라온다면, 그게 그녀이길 바란다.
신발코에 작은 다이아몬드 별들을
장식한 사람.
미뉴에트에 맞춰 춤추던 여인.
그 옛날 춤.
미뉴에트. 그녀는 격식에 맞게 그 춤을
췄다. 그러면서 자신이 원하는 대로.

떠남

그 시절에는 무슨 생각을 하고 살았나 보려고
오래된 스프링노트를 들춰봤다. 내 것 같지 않지만
내 것인 손글씨로, 단 한 줄이 적혀 있었다.
그 시절에 내가 낭비한 그 많은 종이들!

커비츠 선생 때문에 문짝을 떼어냄.

이게 오늘날 나에게, 아니면 누구에게든
무슨 의미가 있단 말인가? 그러면서 나는 그 시절로
되돌아갔다. 결혼 직후의 시절로. 약사인 앨 커비츠를 위해
배달을 하면서 생계를 꾸리던 일. 그 양반의 형인
켄―내게는 커비츠 선생님이었다, 이비인후과를 하는―이
어느 날 저녁에, 사업 이야기를 마친 뒤,
저녁식사를 하고 나서 쓰러져 죽었다.
목욕탕에서 죽었는데, 몸이 문짝과 변기 사이에 끼었다.
입구를 막은 채. 처음에는 몸이 바닥에 쓰러지면서
쿵 하는 소리가 났고, 그다음 커비츠 씨와 그의 멋쟁이
제수가 "켄! 켄!" 하고 부르며 목욕탕 문을 밀었다.

커비츠 씨는 스크루드라이버로
문틀에서 문짝을 떼어내야 했다. 그걸로
구급요원들의 시간을 약간은 벌 수 있었을 것이다.

커비츠 씨는, 자기 형은 뭐에 부딪혔는지
알지 못했을 거라고 했다. 바닥에 닿기 전에
죽었기 때문에.

그때 이후로, 스크루드라이버의 도움을 받아서든 아니든,
문틀에서 뜯어져나온 문짝을 여러 개 보았다.
하지만 커비츠 선생과, 그 시절의 많은 일들은
모두 잊고 있었다. 오늘에 이르기까지,
그 일과 죽음을 연결시켜본 적은, 단연코, 없었다.

　　　　　　　　그 시절에는, 죽음이란,
일어나더라도, 남에게만 일어나는 일이었다. 부모 세대에
속하는 나이든 사람들. 아니면 그럴 만한 짓을
저지른 사람들. 그들의 죽음과 그들을 치우는 일은
나와는, 그리고 내 가족과는 아무 관계가 없는,
나와는 소득 수준이 다른 타인들의 일이었다.

우리는 코글런 선생의 사무실 지하에 살고 있었고,
나는 태어나 처음으로 사랑에 빠져
있었다. 내 아내는 임신중이었다. 우리는
우리의 형편없는 처지 속에서도 더할 나위 없이,
설명하기 어려울 정도로 기뻤다. 내가

커비츠 선생과 그의 동생 앨, 죽은 사람을 위해
경첩에서 떼어낸 문짝 같은 것에 대해
한 번도 쓰지 않은 건, 어쩌면, 그래서였을 것이다.

아무러면 어떤가! 죽음과 공책 따위가 무슨 소용이었겠나?
우린 젊었고 행복했는데. 물론 죽음은 다가오고 있었다.
하지만 노인들과 쇠약해진 이들한테였다. 아니면
책 속의 인물들한테나. 그리고, 아주 가끔,
내가 그 앞에서 긴장한 채 "예, 선생님"이라고 대답하던
부유한 전문직 종사자들에게나.

주문

오늘 저녁 다섯시에서 일곱시 사이에,
나는 잠의 해협에 누워 있었다. 이 세상과는
오로지 희망으로만 연결된 채, 나는
어두운 꿈의 물결 속에서 뒤척였다.
날씨가 완전히 변신을 한 건
바로 이즈음이었다.
그전까지는 거칠고 지저분했다면,
그러나 납득은 가는 상태였다면,
이제는 있는 대로 부풀어올라 알아볼 수가
없게 되었다. 끔찍하게 포악한 어떤 것이 되었다.

그렇잖아도 절망적인 분위기에 빠져 있는데, 엎친 데
덮친 격이었다. 나로서는 최악의
변화였다. 그래서 나는 내가 끌어모을 수 있는 모든
힘을 끌어모아, 이놈을 꽁꽁 싸버렸다. 싸서
내가 아는 연안의 큰 강으로 보내버렸다. 이런
고약한 날씨를 다룰 줄 아는
강. 그런데 강이 높은 곳으로 도망가야만 하는 상황이라면
어떻게 될까? 며칠만 시간을 주어라.
강은 자기가 가야 할 길을 찾을 것이다.

그다음엔 모든 게 전과 같아질 것이다. 장담컨대,

이 모든 일은, 단순히 하나의 나쁜 기억으로만
남게 될 것이다, 나쁘다고 하고 싶다면.
한 주가 지난 뒤 이 시간쯤에는, 이걸 쓰고 있는
시점에 가지고 있던 느낌은 기억도 못할 것이다.
오늘 저녁에 잠을 제대로 못 잤고 한동안
꿈을 꾸었다는 사실…… 일곱시에 깨어나
밖에서 몰아치는 폭풍을 보고, 충격을
받은 뒤 곧 마음을 가라앉혔다는 사실도
모두 잊을 것이다. 내가 원하는 것,
내가 잊어버릴 수 있는 것, 혹은 멀리
보내버릴 수 있는 것들에 대해 오래, 깊이
생각해보라. 그리고 그렇게 하라!
그렇게. 말과 기호들을 가지고.

동방에서, 빛이

집은 밤새도록 뒤흔들리고 고함을 질러댔다.
아침이 가까워져서야, 조용해졌다. 아이들은,
뭐라도 먹을 걸 찾아, 개판인 거실을 지나
개판인 부엌으로 간다.
아버지가, 소파에서 잠들어 있다.
물론 아이들은 그 꼴을 보려고 걸음을 멈춘다.
누군들 그러지 않겠는가?
아이들은 그 엄청난 코골이를 들으며
예전의 생활 방식이 다시 돌아왔다는 걸
알게 된다. 하긴 새로울 것도 없잖은가?
그런데 정말 놀라운 것, 아이들이 눈을 부릅뜨게 만든 일은,
아이들의 크리스마스트리가 넘어져 있었던 것.
크리스마스트리는 벽난로 앞에 모로 쓰러져 있다.
아이들이 장식한 트리.
그 트리가 쓰러져 있다. 눈가루와 막대사탕이
양탄자 위에 흩뿌려져 있다. 도대체 왜 이렇게 된 걸까?
그제야 아이들은 아버지가 엄마가 준 선물을 열어놓은 걸
본다. 예쁜 상자에서 기다란 밧줄이
반쯤 빠져나와 있다.
둘 다 나가서 목이나
매달라지, 그게 아이들이 하고 싶은 말이다.
지긋지긋해, 둘 다,

그게 아이들이 하고 있는 생각이다. 어쨌거나,
찬장에 시리얼이 있고, 우유는
냉장고에 있다. 아이들은 TV가 있는 방으로
그릇을 들고 가, 볼 만한 프로그램을 찾아,
이 난장판을 잊으려 한다.
볼륨이 높아진다. 더 크게, 그리고 더 크게.
아버지가 뒤척이며 신음소리를 낸다. 아이들은 웃는다.
아이들은 볼륨을 좀더 높인다 아버지가
자신이 살아 있다는 걸 알 수 있도록. 아버지는
머리를 들어올린다. 아침이 시작된다.

터무니없는 주문

그들을 위해 집안 관리를 해온 이 나이든 여자,
이 여자는 참으로 놀라운 것들을 보고 들어왔다.
접시와 병이 날아다니는 장면 같은 것들.
재떨이가 미사일처럼 날아
개의 머리를 맞히던 장면.
한번은 문을 따고 들어왔다가
식탁 한가운데에 샐러드를 담은 커다란 그릇이
올라와 있는 걸 본 적이 있다.
샐러드에는 곰팡이가 핀 크루통이 얹혀 있었다.
식탁은 여섯 명이 앉을 수 있게 세팅되어 있었지만
아무도 먹지 않았다. 식기와 컵들에는 먼지가 내려앉아
있었다. 위층에서는 어떤 사내가 제발 머리카락을
잡아당기지 말아달라고 애원하고 있었다.
제발, 제발, 제발, 그는 울부짖었다.

여자의 일은 그 집을 잘 유지하는 것이었다.
최소한 지난번에 떠날 때와 같은 수준으로.
그게 다였다. 누구도 여자의 의견을 묻지 않았고,
여자도 아무 말도 하지 않았다. 그녀는 앞치마를 둘렀다.
뜨거운 물을 제일 세게 틀어, 다른 소리들을
떠내려보냈다. 여자의 팔꿈치까지
비누거품에 잠겼다. 여자는 싱크대에 기댔다.

그러고는 그들이 녹슨 그네와 정글짐을 가져다둔
뒷마당을 바라보았다.
계속 지켜봤다면 이 집에서 매주 월요일 이 시간마다
늘 그래왔듯이, 코끼리 한 마리가 나무들 사이에서
걸어나와 포효하는 걸 틀림없이 볼 수 있었을 것이다.

그녀가 처한 불운의 저자著者

세상은 세상이기 때문에……
사랑으로 끝나는
역사는 쓰이지 않는다.
—스티븐 스펜더

나는 그녀가 주장하는 그 사람이 아니다. 하지만
이 정도는 사실이다: 과거는
멀리 있는, 희미해져가는 해안선이고,
뱃길에는 비가 장막처럼 쏟아지고 있고,
우리는 같은 배에 타고 있다.
그렇긴 하지만, 그녀가 나에 대해 하고 있는
그 모든 말들은 제발 멈춰줬으면 좋겠다!
오랜 세월을 살아오는 과정에서,
희망을 제외한 모든 것이 널 버리고, 나중엔
그것마저 느슨해진다.
우리가 살아 있는 한,
어느 것도 충분치 않다. 하지만 사이사이
다정함이 모습을 보이고, 기회가 주어질 때면,
다른 것들을 압도한다.
내가 지금 행복한 건 사실이다.
그녀가 말을 멈춰주면

좋겠다. 내가 행복하다는 이유로 나를 미워하는 걸
멈춰줬으면. 자기 인생을 망쳤다고 나를
비난하는 일도. 그녀는 아무래도 마음속에서
나를 다른 누군가와 혼동하고 있는 것 같다.
별다른 특징이 없는 젊은 사내, 꿈만 가지고 사는,
그녀를 영원히 사랑하겠노라 맹세했던.
그녀에게 반지를 주고, 또 팔찌를 줬던 사내.
나와 함께 가, 나를 믿어도 돼, 라고 말했던 사내.
그런 맥락의 말들. 나는 그 사람이 아니다.
말했듯이, 그녀는 나를 다른 누군가와
혼동하고 있다.

화약 운반수

목수였던 내 친구 존 듀건이 이 세상을 떠나
다음 세상으로 건너갈 때, 그는 무척이나
서두르는 것 같았다. 물론, 사실은 그렇지 않았다.
그런 사람은 거의 없다. 하지만 그는
작별인사를 할 시간도 제대로 내지 않았다.
"이 도구들 좀 치워놔야겠어요," 그러고는
말했다, "또 봅시다." 그리고 언덕 아래에 세워둔
자신의 픽업트럭으로 서둘러 내려갔다. 그는 손을
흔들었고, 나도 손을 흔들었다. 하지만 이곳과
그가 살던 던지니스 사이에서, 그는
중앙선을 넘어 죽음 쪽으로 갔다.
그리고 목재 트럭에 깔렸다.

　　　　　　　　그는 뙤약볕 아래
웃통을 벗고, 땀이 눈으로 흘러드는 걸 막기 위해
이마에 손수건을 동인 채 일을 하고 있다.
못을 박고 있다. 목재에 구멍을 뚫고 대패질을 하고 있다.
목재와 목재를 이어붙이고 있다.
이 집 구석구석의 수치를 재고 있다.
이따금 일손을 멈추고, 화약 운반수로 일하던
애송이 시절에 대해 이야기한다. 도화선을 놓았다가
사고를 일으킬 뻔한 이야기들. 그가 웃을 때면

하얀 이빨들이 반짝인다. 생각에 잠길 때마다
잡아당기곤 하던 그의 금빛 팔자수염.
"또 봅시다," 그는 말했다.

그가 다치지 않은 몸으로 죽음을 향해 가는 걸
상상하고 싶다. 도화선이 타오르고 있더라도.
그의 픽업트럭 운전석에서는 리키 스캑스를 듣고,
콧수염을 매만지고, 토요일 밤의 계획을 세우는 것
말고는 달리 할일이 없다.
죽음만을 앞에 둔 이 사내.
다치지 않고, 온전한 채로 죽음을 향해
차를 몰고 가는.

집게벌레
—모너 심슨에게

당신이 만든, 아몬드 조각으로 덮은
럼케이크가 오늘 아침 집 문 앞까지
배달돼 왔습니다. 운전기사는 언덕
아래에 주차를 해두고, 가파른 길을 걸어올라왔습니다.
얼어붙은 풍경 속에서 다른 아무것도 움직이지 않았습니다.
안팎이 다 추웠어요. 서명을 하고, 고맙다고
인사를 하고, 안으로 다시 들어왔습니다.
두꺼운 테이프를 벗기고, 봉투에 스테이플을 박아놓은 걸
떼어내고 나니, 그 안에 당신이 럼케이크를 담은
깡통이 있었습니다.
뚜껑에 붙어 있는 접착제를 긁어냈습니다.
뚜껑을 비틀어서 열었습니다. 알루미늄포일 뚜껑을
젖혀서 접었습니다. 그러고는 그 달콤한 첫 내음을 맡았죠!

안쪽의 축축한 곳에서 집게벌레가 기어나온 게
그때였습니다. 당신의 케이크를 실컷 먹은
집게벌레. 케이크에 취한.
그놈은 깡통 옆으로 기어갔습니다.
종종걸음으로 정신없이 식탁을 가로질러
과일바구니에 숨으려고 한 거죠. 죽이지 않았습니다.
그때까지는요. 나는 그때 상반된 감정으로 가득차
있었습니다. 혐오스러웠죠, 물론. 하지만

놀랍기도 했습니다. 존경스러울 정도였어요. 밤새
케이크와 얇게 썬 아몬드에 둘러싸여, 모든 걸
압도하는 럼주의 냄새를 맡으며 삼천 마일을 날아온 놈.
그러고 나서는 이 추운 날씨에 트럭에 실려 산길을 넘고
언덕길을 올라 태평양을 바라다보는 집까지
온 겁니다. 한 마리 집게벌레가.
살려줘야겠다, 생각했습니다. 이 세상에 한 마리가 더 있든
덜 있든 무슨 상관이 있겠어요? 이놈은 어쩌면 특별한
놈일 수도 있어요. 그 괴상하게 생긴 대가리에 축복을.

은박 포장에서 케이크를 들어올렸더니 집게벌레
세 마리가 더 들어 있다가 깡통의 옆면으로
달아나더군요! 나는 너무나 당황해서 그놈들을
죽여야 하는지 아닌지 알 수가 없었습니다.
그러다가 분노가 차오르기 시작해 그놈들을
납작하게 눌러버렸습니다. 한 놈이라도 도망가기 전에
목숨을 으깨버린 거죠. 대학살이었습니다.
기왕 그렇게 된 거, 처음 그놈도 찾아내서
끝을 내버렸습니다.
일이 다 끝났을 때, 이제 시동이 걸린 것
같았습니다. 그놈들을 얼마든지 더
찢어발길 수 있을 것 같았단 애깁니다. 인간이

다른 인간에게 늑대가 될 수 있다는 말이 사실이라면,
이런 살해 충동 앞에서 집게벌레 따위가
뭘 기대할 수 있겠습니까?

자리에 앉아, 벌렁거리는 심장을 가라앉히려 애썼습니다.
코로 숨이 쏟아져나오더군요. 천천히,
식탁 주변을 둘러봤습니다. 무슨 짓이든 할 준비가
된 상태로요. 모녀, 이런 말을 전하게 되어 유감이지만,
당신의 케이크는 먹을 수 없었어요.
어쩌면 나중에는 먹을 수도 있을 것 같아 치워뒀습니다.
아무튼, 고마워요. 다정하게도 이 겨울에 나홀로
이 외진 곳에 있는 걸 기억해주다니.
혼자서 살고 있는 걸.
짐승처럼, 내 생각엔.

나이퀼

철의 규율이라 불러다오. 몇 달 동안
밤 열한시 전에는 첫 잔을 넘긴 적이
없었다. 이 정도면 나쁘지 않다고
생각하면서. 이게 일련의 과정의
시작이었다. 리스테린만 마시던 사내를
알고 지낸 적이 있다.
스카치위스키에서 내려오는 중이었다.
그는 리스테린을 상자로 사서,
상자째 마셨다. 그의 차 뒷좌석에는
전사한 병사들이 높이 쌓여 있었다.
델 정도로 뜨거운 뒷좌석에서 빛나던
빈 리스테린 병들!
그걸 보고 있자면 나도 내 안을 들여다볼 수밖에 없었다.
한두 번 그렇게 했다. 다들 그랬다.
저 안 깊이까지 들어가 사방을 둘러보는 것이다.
그렇게 몇 시간을 보냈지만, 거기서는
아무도 만나지 못했고, 흥미로운 어떤 것도
보지 못했다. 나는 지금, 여기로 다시 돌아와,
슬리퍼를 신었다. 나이퀼을 한 잔 가득 따랐다.
의자를 끌고 창가로 갔다.
그 자리에서 창백한 달이 캘리포니아 쿠퍼티노
위로 떠오르려 애쓰는 걸 봤다.

나이퀼을 마시며 어둠 속에서 몇 시간을 기다렸다.
그리고 마침내! 첫번째 조각의

빛.

가능한 일

나는 대학에서, 들고 나며, 여러 해를 보냈다.
학생으로서는 근처에 가보지도 못할
여러 곳에서 가르쳤다. 하지만 그 시절에 대해서는
단 한 줄도 쓰지 않았다. 전혀. 그 시절 일들은
남아 있는 게 하나도 없다. 나는 이방인이었고,
다른 사람인 척하고 살았다, 심지어 나 자신에게도.
한 학교에서만은 예외였다. 중서부의 명문 학교. 거기서
내 유일한 친구이자 동료였던 초서 전문가는 자기 아내를
구타한 혐의로 체포되었다. 그리고 전화로 그녀의 목숨을
위협했다. 이건 경범죄. 그는 그녀의 눈알을 파버리겠다고
했다. 불륜의 대가로 몸에 불을 붙여버리겠다고 했다.
그녀가 만나고 있던 사내, 그자는 내 친구를 말뚝처럼
땅에 박아버리려 들었다.

내 친구는 아내가 새로운 삶을 찾아 멀리 떠나 있던 동안,
제정신이 아니었다. 그 사건 후로 내 친구는
울보 주정뱅이가 되어 수업을 했다.
앞섶에 점심을 뒤집어쓰고 나타난 게 한두 번이 아니었다.
나는 도움이 되지 못했다. 나 또한 빠르게
사그라들고 있었으니까. 하지만,
이를테면, 그가 사는 걸 보면서, 나 역시
그 모든 사태들 이후에도 집에서

그리 멀리 떠나오지 못했다는 걸 깨달았다.
내 학자 친구. 내 옛친구.
오랜 시간이 흘러 마침내, 나는 그 모두에게서
벗어났다. 그리고 당신으로부터도. 이제는
당신의 손이 떨리지 않기를, 그리고
오늘밤 당신이 행복하기를, 기도한다. 어떤 여인이
방금 당신의 깨끗한 셔츠깃 아래 손을 얹고,
당신을 사랑한다고 말했기를. 할 수 있다면
그 여인을 믿기를. 왜냐면 그녀가
진심을 말했을 가능성도 있으니까. 당신에게
진실되고 친절한 사람이 될 수도 있으니까.
당신에게 남은 모든 날 동안.

일하지 않는

우리보다 형편이 나은 사람들은 쾌적했다.
그들은 칠이 된 집에서 수세식 변기를 쓰며 살았다.
연식과 제조사가 분명한 차를 몰고 다녔다.
우리보다 형편이 나쁜 이들은 안쓰러웠고, 일을
하지 않았다. 그들의 이상한 차는 동네 먼지 낀
공터에 서 있었다. 세월이 흐르고, 이 모든 것들과
사람들이 바뀌었다. 하지만 이런 건 여전히 사실이다—
내가 일하는 걸 좋아한 적이 없다는 것. 내 목표는 늘
일하지 않고 사는 것이었다. 내가 보기에
그렇게 사는 건 장점이 많았다. 집 앞에 의자를 내어놓고
모자를 쓰고 앉아 콜라를 마시는 것 외엔 아무 일도
하지 않고 몇 시간이고 보내면 좋을 것 같았다.
그래서 안 될 게 뭐가 있나?
이따금 담배를 빨면서. 침을
뱉으면서. 칼로 나무를 깎아 이것저것 만들면서.
그렇게 해서 해가 될 게 뭐가 있나? 생각날 때마다
개를 불러 토끼 사냥이나 다니고. 언제 한번 해보라.
이따금 나처럼 뚱뚱하고 머리카락이 노란 아이를
불러세워. "너 나 알지 않니?" 수작이나 걸고.
"이다음에 커서 뭐가 될 거니?" 같은 소리는 말고.

멕시코시티의 어린 차력사들

그 아이들은 입에 알코올을 머금고 있다가
신호등이 바뀔 때 촛불을 향해
내뿜는다. 정말 아무데서나,
차들이 늘어서고, 울화가 치밀고 짜증이 오른
운전수들이 한눈을 팔 필요가 있을 때—
그때 불을 뿜는 어린 차력사들이 나타나는 것이다.
단 몇 페소를 벌기 위해. 그것도 운이 좋을 때 얘기지만.
하지만 일 년 안에 그들의 입술은 그을리고
목구멍은 벗겨진다.
일 년 안에 그들은 목소리를 잃는다.
말을 할 수도, 소리를 지를 수도 없다—
아무 소리도 내지 못하는 이 아이들은 촛불과
알코올을 채운 맥주 깡통을 들고
거리를 돌아다닌다.
사람들은 이들을 밀루소스라고 부른다.
'천 가지 쓸모'라는 뜻이다.

식료품들이 간 곳

그의 모친은 그날 두번째로 전화를 걸어와서는
이렇게 말했다:
"기운이 하나도 없구나. 하루종일
누워 있고만 싶어."

"철분 드셨어요?" 그는 그걸 알고 싶었다.
진심으로 알고 싶었다. 매일, 가망은 없지만,
철분이 효과가 있기를 기도했다.
"응, 근데 그걸 먹으면 허기가 져. 먹을 게
하나도 없는데 말이다."

그는 그날 아침 몇 시간이나 식료품 쇼핑을 한 걸
상기시켰다. 팔십 달러어치의 식료품을 사서
그녀의 집으로 가지고 가 찬장과 냉장고에
쟁여둔 사실을.
"이 망할 놈의 집구석에는 볼로냐소시지하고
치즈 말고는 먹을 게 하나도 없어," 그녀가 말했다.
그녀의 목소리는 분노로 떨렸다. "하나도 없다고!"
"고양이는 어때요? 키티는 뭐하고 있어요?"
그의 목소리도 떨렸다. 어서
음식이라는 주제에서 벗어나야 했다: 이 주제는
그에게 슬픔만 가져올 뿐이었다.

"키티." 그의 어머니가 말했다. "키티, 이리 와,
키티, 키티. 애야, 걔가 대답을 안 하는구나.
확실치는 않은데, 빨래를 막 돌리려고 할 때
걔가 세탁기에 뛰어든 거 같아. 잊어먹기 전에 말하는데,
세탁기에서 쿵쿵거리는 소리가 나는구나. 키티!
애가 대답을 안 하네. 애야, 무섭구나.
모든 게 다 무서워. 날 좀 도와줘.
그러고 나서 너 하던 거 다시 하면
되잖니. 그게 무슨 일인지는 모르겠다만
그걸 하라고 내가 널 이 세상에 내놓느라
그 고생을 해야 했던 그 중요한 일 말이다."

내가 할 수 있는 것

오늘 내가 원하는 거라곤 내 창 밖에 있는
저 새들을 지켜보는 것뿐이다. 전화선을
뽑아놨기 때문에 내 사랑하는 이들은
내게 연락을 하거나 내 몸에 팔을 얹을 수도 없다. 그들은
그러거나 말거나 여전히 시도를 하지만.
지금은 차의 또다른 개스킷이 터져버렸다는
소식 같은 건 도저히 들어줄 수가 없다. 아니면,
오래전에 내가 돈을 내준 걸로 알고 있는 트레일러가
차압당했다는 얘기도. 아니면, 이탈리아에 있는 아들이
내가 청구서들을 지불해주지 않으면 거기서
죽어버리겠다고 협박하는 소리도. 어머니도 나와
얘기하고 싶어하신다. 내 어린 시절의 일을
다시 상기시키고 싶어하신다. 당신의 팔에 안겨
내가 마신 그 많은 우유.
그걸 지금 돈으로 따지면 꽤 되겠지. 어머니는
새로 할 이사 비용을 내가 대줬으면 하신다. 어머니는
새크라멘토로, 스무번째 다시 돌아가고 싶어하신다.
모두들 운이 지지리도 없다. 내가 원하는 거라곤
조금 더 오래 앉아 있는 것뿐이다.
셀티종 개 키퍼가 어젯밤 내게 물어다준
간식을 만지작거리면서.
그리고 이 새들을 지켜보면서. 해가 나는 날씨

말고는 다른 아무것도 요구하지 않는 존재들.
잠시 후면 나는 전화선을 다시 꽂고 양심의 소리에
귀를 기울여야 할 것이다. 그때까지는
창밖 나뭇가지에 앉아 있는, 찻잔보다 크지 않은
열 마리 남짓한 작은 새들에게.
갑자기 새들이 노래하던 걸 멈추고, 고개를 돌린다.
무언가를 느꼈음에 틀림없다.
다들 허공으로 몸을 던진다.

작은 방

거기에서 엄청난 심판이 있었다.
단어들이 돌멩이처럼 창문 밖으로 날아갔다.
여자는, 심판의 천사처럼, 소리를 지르고 또 질렀다.

그다음 해가 떠올랐고, 그 아침 하늘에
비행운이 나타났다.
사내가 여자의 눈물을 닦아줄 때, 갑작스러운
침묵 속에서, 그 작은 방은 이상하게
외로워졌다. 이 세상의 모든 작은 방들처럼
빛이 뚫고 지나가기 어려운 곳이 되었다.

사람들이 소리를 지르고 서로에게 상처를 주는
방들. 그리고 그후에 아픔과 외로움을 느끼는.
불확실함. 위안을 필요로 하는.

달콤한 빛

우울하고 따분하던 겨울이 지나고,
나는 여기서 봄 내내 꽃피었다. 달콤한 빛이

내 가슴을 채우기 시작했다. 의자를
바짝 끌어당겼다. 바다 앞에 몇 시간을 앉아 있었다.

부표가 내는 소리를 들었고, 종과
종소리가 어떻게 다른지

구분하는 법을 배웠다. 모든 걸 떨쳐버리고
싶었다. 심지어 나는 무자비해지길

원했다. 그리고 그걸 해냈다.
정말로 해냈다. (그녀가 보증해줄 것이다.)

기억의 뚜껑을 닫고 손잡이를 돌려버린
그 아침을 기억한다.

잠가서 영원히 멀리 치워버린 일.
누구도, 여기, 바다에서, 내게 무슨 일이 있었는지

모른다. 오직 당신과 나만 알 뿐.

밤이면, 달 앞에 구름이 몰려든다.

아침이 되면 그것들은 사라지고 없다. 그리고
내가 말한 그 달콤한 빛? 그 또한 사라지고 없다.

정원

정원에서, 몇 해 전의 작은 웃음소리.
버드나무들 사이에서 타오르는 등불.
이 네 단어의 힘, "나는 한 여자를 사랑했다."
돌판에 사내의 이름과 함께 이 말을 새겨놓아라.
신께서 당신을 받아들이고 함께할 것이니.

직선 코스로 달려들어오는 루이도소의 말들!
새벽에 초원에서 피어오르는 안개.
베란다에서 보이는, 산맥의 푸른 윤곽.
전에는 손을 뻗으면 잡히던 것들이, 이제는 잡히지 않는다.
그리고 어떤 사소한 것들에 관해서는, 진실이 정반대이다.

당신이 원하는 건 뭐든지 주문해! 그리고 지나가는
다리 저는 사내를 찾아봐. 그 사람이 돈을 낼 거야.
키드론 골짜기에서, 갈라진 벽 사이로 나는
작은 집들에 매달린 외등을 내려다볼 수 있었다.
낯선 지붕 아래서는 푹 자기 어렵다. 그의 삶은 멀리 있다.

아버지와 체커 게임을 하던 일. 아버지는 일어나
면도용 비누와 솔, 그릇, 기다란 면도칼 따위를 챙겨
공립병원으로 간다. 나는 아버지가 할아버지의 얼굴에
비누거품을 칠하는 걸 지켜본다. 그리고 면도를 하는 것도.

죽어가는 몸은 서투른 파트너다.

머리 위에 떨어지는 물 몇 방울.
싯누런 벌판, 검고 푸른 강물.
산보를 나간다는 건 돌아올 생각이 있다는 뜻이겠지?
결국엔.
불길이 활활 일어난다. 근사하다.

괴테와 베토벤은 1812년에 라이프치히에서
만났다. 두 사람은 바이런 경과 나폴레옹에 대해
밤이 깊도록 대화를 나눴다.
그 여자는 가던 길에서 벗어났고, 그때부터는
끝까지 오로지 맨땅이었다.

여자는 막대기를 하나 들고 땅 위에 그들이 살면서
아이들을 키울 집을 그렸다.
그 집에는 오리가 놀 연못과 말을 키울 장소도 있었다.
이 일에 대해 쓰려면, 심장이 멈추고 머리카락이
곤두설 만한 방식으로 써야 할 것이다.

세르반테스는 레판토 해전에서 한쪽 손을 잃었다.
이 전투는 1571년, 노예들이 노를 젓는 배를 이용해 싸운 마지막 대규모 해전이었다.
케치컨의 타운을 가로지르는 우눅강에서는
강을 거슬러오르는 연어들의 등이 가로등 불빛에 빛난다.

톨스토이의 관이 아스타포보의 역장 관사 마당을
가로질러 화물차로 옮겨지는 동안
학생들과 젊은이들은 장송곡을 불렀다.
그 노랫소리에 맞춰
화물차는 천천히 출발했다.

어딜 가든 똑같은 별자리가 있다.
하지만 정원은 내 창문 바로 바깥에 있다.
나 때문에 상심할 필요는 없어, 내 사랑.
우리는 우리에게 주어진 실로 무언가를 직조한다.
그리고 봄은 나와 함께 있다.

아들

오늘 아침 어린 시절의 목소리에 눈을 떴다,
일어날 시간이야라고 말하는 소리. 나는 일어났다.
간밤 내내, 꿈속에서, 엄마가 살 만한 곳
행복해할 만한 곳을 찾으려
애를 썼다. 내가 미쳐버리는 걸 보고 싶다면,
그 목소리가 말한다, 괜찮아. 하지만 그게 아니라면,
날 여기서 내보내줘! 엄마가 싫어하는 이 동네로
이사오게 한 건 내 잘못이다. 엄마가 싫어하는
그 집에 세들게 한 것도.
엄마가 싫어하는 그 이웃들과 그렇게 가까이 살게 한 것도.
엄마가 싫어하는 가구들을 사준 것도.

그냥 돈으로 주지 그랬니, 내가 알아서 쓰게?
난 캘리포니아로 돌아가고 싶어, 그 목소리가 말한다.
여기 계속 살다간 죽을 거 같아. 내가 죽었으면 좋겠니?
이 질문에는 대답할 수 없다, 이것뿐 아니라
그 어떤 것에도 대답할 수 없다, 오늘 아침에는. 전화가
울리고 또 울린다. 난 내 이름이 다시 한번 불리울까봐
그 근처에도 갈 수가 없다. 아버지가
오십삼 년 동안 대답했던 것과 같은 이름.
아버지에게 주어진 보상을 받기 전에.
아버지는 "이것 좀 부엌에 갖다놓으렴, 아들아."

라고 말한 직후에 세상을 떠났다.
아버지의 입술에서 나온 아들이라는 단어.
모두가 들을 수 있게 공기 중에서 진동하던.

카프카의 시계
—어떤 편지에서

난 겨우 팔십 크라운이라는 적은 월급을 받으며
여덟시부터 아홉시까지 끝도 없이 일합니다.
나는 사무실 밖에서의 시간을 야수처럼 탐합니다.
언젠가는 외국에 나가 의자에 앉아, 창밖으로
사탕수수밭이나 무슬림들의 공동묘지를
내다보고 싶습니다.
괴로운 건 일 자체보다 느릿느릿 기어가는
늪 같은 시간입니다. 직장에서의 시간은
쪼개지질 않아요! 하루의 마지막 삼십 분에도
여덟 시간이나 아홉 시간 전체의 압력을 느껴요.
마치 밤낮으로 달리는 기차에 타고 있는 것 같아요.
마지막에 가서는 완전히
무너지는. 더이상 엔진의 힘에 대해서도, 구릉이나
들판에 대해서도 생각할 수 없고,
주변에서 벌어지는 모든 일을 오로지
시계에만 의존해 판단하게 됩니다. 늘 손안에 쥐고 있는
그 시계. 그러고는 흔들어댑니다. 그리고 믿을 수 없어하며
그걸 천천히 귓가로 가져가는 겁니다.

3부

빛의 속도로 흐르는 과거

사내는 고통 속에 죽어간 아내를
묻었다. 고통 속에서, 사내는
해가 지고 달이 뜨는 걸 지켜보던
포치로 나갔다.
날들은, 오로지 다시 돌아오기 위해 지나가는 것
같았다. 이미 한번 꾸었던 꿈이라는 걸 아는 꿈처럼.

당도한 어떤 것도, 그대로 머물지 않을 것이다.
사내는 칼로 사과 껍질을
벗긴다. 흰 섬유질, 사과의
과육은, 사내의 눈앞에서 점점 짙어지다가
갈색으로, 그리고 검은색으로
변했다. 완전히 탈진해버린 죽음의 얼굴!
빛의 속도로 흐르는 과거.

함께 깨어 있기

두 사람은 해가 나오길 하루종일 기다렸다. 이윽고,
늦은 오후 무렵, 착한 왕자처럼,
해는 몇 분간 모습을 드러냈다.
두 사람이 세 들어 있는 집 뒷산의 봉우리들 아래
계단 모양의 능선 위로 타오르면서.
그러고는 다시 구름에 가려졌다.

두 사람은 그것만으로도 행복했다. 저녁 내내
커튼은 열린 창문 앞에서 흔들리며
감상적으로 움직였다. 저녁식사를 마친 후
두 사람은 발코니로 나섰다. 거기서
두 사람은 강물이 계곡을 타고 쏟아지는 소리를 들었고,
그보다 더 가까이에서, 나무가 갈라지는 소리, 가지들이
내는 한숨소리를 들었다.

키 큰 풀들은 영원히 바스락거리겠노라 약속했다. 여자는
사내의 목에 팔을 둘렀다. 사내는 여자의 볼을 만졌다.
그때 박쥐들이 사방에서 달려들어 두 사람을 다시 안으로
몰아넣었다. 안에서, 두 사람은 창문을 닫았다. 거리를
유지했다. 별들이 움직이는 걸 지켜봤다. 그리고, 이따금,
달의 앞으로 몸을 내던지며 날아드는 것도.

델마요호텔 로비에서

여자애가 로비에서 가죽 장정 책을 읽고 있다.
사내가 로비에서 빗자루질을 하고 있다.
사내애가 로비에서 화분들에 물을 주고 있다.
접수원은 손톱을 들여다보고 있다.
여자가 로비에서 편지를 쓰고 있다.
늙은 사내가 로비의 의자에서 잠들어 있다.
로비에 매달린 선풍기가 머리 위에서 천천히 돌아가고 있다.
여느 날과 같은 무더운 일요일 오후다.

갑자기, 여자애가 읽고 있던 책장 사이에 손가락을 끼운다.
사내가 빗자루에 기댄 채 쳐다본다.
사내애가 움직임을 멈춘다.
접수원이 눈을 들어 응시한다.
여자가 쓰던 걸 멈춘다.
늙은 사내가 몸을 뒤척이더니 깨어난다.
무슨 일인가?

누군가가 부두에서 뛰어올라오고 있다.
누군가가 해를 등지고.
누군가가 웃통을 벗고.
팔을 휘저으면서.

무언가 끔찍한 일이 일어난 게 분명하다.

그 사내는 곧장 호텔을 향해 뛰어오고 있다.

사내의 입술은 저절로 열려 비명을 지르고 있다.

로비에 있던 모든 이들이 자신들이 느낀 공포를 다시

떠올릴 것이다. 모든 이들이 앞으로 남은 평생 동안,

이 순간을 기억할 것이다.

브라질, 바이아

바람은 이제 잔잔하다. 하지만 오늘은 한차례
소나기가 퍼부었고, 그건 어제도,
그 전날도 그랬고, 창조의 날까지 거슬러올라가는
모든 날들이 그랬다. 오래된 노예 거주지역
건물들이 허물어져가고 있지만, 누구도
신경쓰지 않는다. 늙은 노예들의
유령도, 젊은 유령들도.
등을 잔뜩 두들겨맞은 바다는 기분이 좋다.
안도의 눈물이라도 흘릴 수 있을 것 같다.

이곳에는 황혼이 없다. 어느 순간까지 계속 밝다가,
갑자기 별이 나오는 것이다.
밤새 아무리 찾아도 북두칠성은
볼 수 없다. 여기선
남십자성이 우리의 길잡이다.
나는 내 목소리를 듣는 일에 질렸다!
불안하다, 나는 내 머리를 쪼개버릴 수 있는
럼주를 그리고 있다.

계단에 몸뚱이가 하나 쓰러져 있다.
넘어간다. 탑의 조명들은 이미
꺼졌다. 거미 한 마리가 사내의 머리카락에서

뛰어오른다. 이 삶이라는 것. 점입가경인 것이다.

거리에, 가난한 사람들의 행렬과는 다른
사내들의 행렬.
선택하라! 너는 유죄인가 무죄인가?
그 질문 말고는 없나? 사내가 대답했다.
집에 불이 났다고 치자.
고양이를 구하겠는가, 아니면 렘브란트를 구하겠는가?
그야 쉽지. 난 렘브란트가 없거든, 그리고
고양이도 없고. 하지만 고향집에
구리빛 말 한 마리가 있지 언젠가
타고 다시 한번 고원에
오르고 싶은.

머지않아 우리는 모두 땅속에서 썩을 것이다.
이 말엔 진실이 들어 있지 않다, 다만 사실일 뿐.
살아 있는 동안 서로에게
그토록 많은 행복을 안겨준 우리들—
우리는 썩을 것이다. 하지만 여기서
썩지는 않을 것이다. 여기서는 아니다.
쇠사슬로 엮인 팔들.
빌어먹을, 이런 짓을 할 생각을 해내다니!

이 삶. 이 족쇄들.

이런 말은 꺼내지 않는 게 나았겠지만.

현상

난 엄청난 피로를 느끼며 잠에서 깨어났다. 밤새
어딜 돌아다니고 있었는지는 신만이 알겠지만,
다리가 아팠다. 창문 밖에 어떤 현상이 벌어지고 있다.
물 위에 해와 달이 나란히 걸려 있는 것이다.
한 동전의 양면. 나는 늙은이가 한겨울에
냄새나는 침대에서 기어나오는 것처럼, 천천히
침대에서 기어내려온다. 이젠 물가에 가는 것조차
힘들다는 걸 깨달으면서! 이건
지금만 잠시 그런 거라고 스스로에게 말한다.
몇 년만 지나면, 아무 문제 없을 거야. 하지만
다시 창밖을 내다봤을 때, 갑자기 어떤 느낌이 엄습한다.
다시 한번, 이곳의 아름다움에 압도당한다.
무엇이 됐든 내가 이와 다른 말을 했다면, 그건 거짓말이다.
나는 창에 가까이 다가가 이 생각과 그 생각
사이에 일어난 일을 지켜본다. 달이
사라졌다. 졌다, 마침내.

바람
—리처드 포드에게

물 완벽하게 잔잔함. 놀라울 정도로 완벽함.
새떼는 온통 부산스럽게
날아다님. 신이나 알까, 왜 저러는지 도대체 알 수 없음.

너는 시계가 있느냐고 묻는다. 있지.
돌아갈 시간이다. 어차피 고기도 물지 않는다.
어디에서도 아무 일도 일어나지 않는다.

그때, 저멀리서, 바람이 물을 스치고 지나가는 걸
우리는 본다. 조용히 앉아서
그게 다가오는 걸 지켜본다. 걱정할 건 없다.

그저 바람일 뿐. 아주 거세지도 않고. 꽤 강하긴 하지만.
너는 말한다. "저거 봐!"
그리고 우리는 바람이 지나가는 동안 뱃전을 붙든다.

바람이 내 얼굴과 양쪽 귀를 스치는 게 느껴진다.
내 머리카락을 헝클어뜨리는 게 느껴진다—어떤 여인의
손가락보다도 더 달콤하게.

나는 고개를 돌려 바람이 파도를 불러일으키며
해협을 따라 불어가는 걸 지켜본다.

바람은 우리 배를 들었다 놨다 하는 파도를
남긴다. 이제 새들은 미친듯이 날아다닌다.
배는 좌우로 흔들린다.

"세상에," 너는 말한다, "이런 건 생전 처음 봐."
"리처드," 나는 말한다—
"맨해튼에선 절대 보지 못할 거야, 친구."

대이동

어느 늦여름날, 내 친구가 자기 친구와 테니스를 치던
날. 게임과 게임 사이에, 내 친구의 스텝에 탄력이 없다고
그의 친구가 말한다. 서브에도 힘이 없다고.
"몸 괜찮아?" 그가 묻는다. "최근에 검진 받아본 적 있어?"
여름이고, 삶은 순탄하다.
그러나 내 친구는 의사인 친구를 찾아갔다.
그의 팔을 붙들고, 길어야 석 달 남았다고 말해줄 친구를.

그다음날 내가 친구를 보러 갔을 때는 오후였다.
그는 TV를 보고 있었다.
전과 같아 보였지만, 그러나—이걸 어떻게 말해야 하나?—
달랐다. 그는 TV 보던 걸 겸연쩍어하며
소리를 조금 줄였다. 그러나 그는 가만히 앉아 있질
못했다. 그는 방안을 뱅글뱅글 돌아다녔다. 돌고 또 돌고.
"동물들의 대이동에 관한 프로그램이야," 그가 말했다,
마치 그게 모든 걸 설명해주기라도 하는 것처럼.
난 양팔로 그를 안아줬다.
내가 할 수 있는 만큼 꼭 안지는 않았다. 우리 중
누구 하나, 혹은 둘 다, 부서져버릴까봐 두려워서.
그리고 아주 잠깐, 터무니없고 치사한 생각이
스쳐지나갔다—
이거 좋은 소재가 될 수 있겠는데.

내가 재떨이를 찾자, 친구는 해방이라도 된 듯
집안을 뒤지고 다니다가 하나를 찾아왔다.
우린 대화를 나누지 않았다. 그 순간에는. 우린
그 프로그램을 끝까지 같이 봤다. 순록, 북극곰, 물고기,
물새, 나비 그리고 더. 그것들은 때때로
한 대륙이나 대양에서 다른 곳으로 옮겨갔다. 하지만
화면에서 벌어지고 있는 이야기에 집중하기는 어려웠다.
내 친구는, 내 기억엔, 내내 서 있었다.

친구의 기분은 괜찮았던가? 괜찮다고 했다. 그저
가만히 있을 수가 없는 듯했다. 그뿐이었다. 무언가 그의
눈 속으로 들어왔다가 다시 사라졌다.
"쟤들 도대체 무슨 얘기를 하려는 거야?"
그는 알고 싶어했다. 그러나 대답을 기다리지는 않았다.
다시 또 걷기 시작했다. 나는 어색하게
방에서 방으로 쫓아다녔다. 그가 날씨에 대해,
직장에 대해, 전처에 대해, 아이들에 대해 이야기하는 동안.
오래 지나지 않아, 그는 그들에게
말해야 한다는 사실을 떠올렸다…… 어떤 식으로든.
"나 진짜 죽는 건가?"

그 끔찍했던 날에 대해 가장 잘 기억나는 건
잠시도 가만있지 못하던 친구의 모습과, 그리고
조심스럽게 그를 안아주었던 일— 잘 있었어? 잘 지내.
그는 계속 움직였다, 우리가
현관문 앞에 가 멈춰 설 때까지.
그는 잠시 고개를 내밀었지만, 바깥에는 빛이 있을 수
있다는 사실에 충격이라도 받은 것처럼
다시 물러섰다. 그의 집 울타리가 드리운
그림자의 둑이 진입로를 막아섰다. 차고 그림자가
잔디밭 위로 떨어졌다. 그는 차까지 같이 걸어왔다. 우리의
어깨가 부딪쳤다. 악수를 나눴고, 나는 그를 안아주었다,
한번 더. 가볍게. 그다음 그는 돌아서서 걸어가,
재빨리 안으로 들어가더니, 문을 닫았다. 그의 얼굴이
창가에 잠깐 비치고는, 사라졌다.

그는 이제부터 움직일 것이다. 밤낮으로,
쉬지 않고, 자신의 모든 것, 터져서 흩어진 파편의
마지막 한 조각에 이르기까지
여행할 것이다. 오직 자기만이 아는 곳에 이를 때까지.
극지, 춥고 얼어붙은 곳. 거기에서 그는 생각한다,
여기면 충분히 멀어. 여기가 바로 거기야.
그리고 눕는 것이다, 피곤하니까.

잠

그는 자신의 손을 베고 잤다.

바위 위에서.

서서.

다른 사람의 발을 베고.

그는 버스에서, 기차에서, 비행기에서 잤다.

일하다 말고 잤다.

길 옆에서 잤다.

사과 포대를 베고 잤다.

공중화장실에서 잤다.

짚더미 속에서.

스타디움에서.

재규어에서, 픽업트럭 짐칸에서 잤다.

극장에서 잤다.

유치장에서.

보트에서.

목동들이 비를 피하는 오두막에서, 한번은, 성에서 잤다.

빗속에서 잤다.

내리쬐는 햇볕 속에서 그는 잤다.

말을 탄 채로.

의자에 앉아서, 교회에서, 고급호텔에서 잤다.

이제 그는 땅 밑에서 잔다.

자고 또 잔다.

늙은 왕처럼.

강

나는 점점 더 깊어지는, 어두운 물속으로 걸어들어갔다.
저녁 시간이었고, 강물은
내 다리를 감싸고
밀고 회오리치고 매달렸다.
어린 회귀 연어들이 물살을 갈랐다.
치어들이 한쪽으로 쏜살같이 움직였고,
두 살짜리 연어들은 다른 방향으로 달아났다.
내가 물가로 걸어가는 동안 자갈들이 장화 밑에서 굴렀다.
치누크연어가 눈을 부릅뜨고 나를 감시했다.
그놈들은 깊은 물속에 머물면서
거대한 대가리를 천천히 돌렸고,
두 눈은 분노로 불타고 있었다.
그놈들은 거기에 있었다. 나는 그놈들이 있다는 걸
느꼈고, 피부가 오싹했다.
거기에는 다른 것들도 있었다.
나는 내 등으로 불어오는 바람에 의지해 버티고 서 있었다.
무언가가 내 장화를 건드릴 때
머리칼이 곤두서는 게 느껴졌다.
눈으로 볼 수 없기 때문에 점점 더 겁이 났다.
그리고 내 시야를 채우고 있는 모든 것들 때문에도―
나뭇가지들로 가득찬 반대편 물가,
그 뒤로 늘어선 산맥의 어두운 능선.

그리고 갑자기 시커매지고 물살이 빨라진
이 강.
어쨌거나 나는 숨을 들이마시고 낚싯줄을 던졌다.
아무것도 덮치지 않기를 기도했다.

하루 중 제일 좋은 시간

선선한 여름밤.
열려 있는 창문.
타오르는 램프.
큰 그릇에는 과일이 담겨 있고.
네 머리는 내 어깨에.
하루 중 가장 행복한 순간.

물론, 이른 아침 시간
그리고 점심 바로 전,
그리고 오후, 그리고
이른 저녁 시간 다음으로.
하지만 난 정말 사랑해

이 여름밤들을.
어쩌면, 저 다른 시간들보다도 더.
오늘 할일은 다 끝났어.
그리고 지금은 아무도 우리를 찾을 수 없지.
어쩌면 영원히.

가슴
—리처드 마리우스에게

오후, 그는 옷을 벗고
눕는다.
담배에 불을 붙인다. 재떨이는
그의 심장 위에서 균형을 잡고 있다.
그가 담배 연기를 빨아들이고,
삼키고, 내뱉는 동안
그의 가슴은 올랐다가
가라앉는다.
창문 가리개는 내려와 있다. 그의 눈이
감긴다. 섹스를 마친 뒤와 조금
비슷하다. 하지만 아주 조금.
파도가 집 아래에서 부서진다.
그는 담배를 다 피운다.
줄곧 토머스 모어에 대해
생각하면서. 에라스무스에 의하면 모어는
'계란을 좋아했고' 두번째 아내와
한 번도 잠자리를 하지 않았다.

머리는 팬티의 모든 것을 완전히
기억할 수 있을 때까지,
어디서든, 죽은 뒤에도 알아볼 수 있을 정도로
집중해서 내려다본다.

하지만 자고 싶다는 욕망은 이제
그를, 완전히, 떠났다.
그는 아직도 모어와 그가 입었던 모직셔츠를
떠올리고 있다. 모어는 그걸 삼십 년 동안 입은 뒤,
입던 외투와 함께 자신의 형 집행자에게
건네주고, 그를 안아주었다.

그는 일어나 차단막을 올린다.
빛이 방을 두 개로 가른다.
보트 한 척이 돛을 내린 채
천천히 작은 곶을 돌아간다.
수면에 우윳빛 해무가
끼어 있다. 고요하다.
지나치게 고요하다.
심지어 새들도 잠잠하다.
어디선가, 멀리 있는 어떤 방에서,
어떤 일이 결정된다.
결정이 내려지고, 서류에 서명이 이뤄지고
다음으로 넘어간다.

그는 계속해서 그 배를 지켜본다.
줄은 모두 느슨하고, 갑판은 비어 있다.

배가 출렁인다. 가까이로 다가온다.
그는 망원경을 통해 지켜본다.
작은 갑판 위에는 사람의 형상,
그것이 만들어내는 음악이
부재한다.
나뭇잎 하나보다도 좁은 갑판.
그러니 어떻게 생명을 지탱할 수 있겠나?

갑자기, 배가 요동친다.
죽은듯이 멈춰 선다.
그는 망원경으로 갑판을 천천히 훑는다.
하지만 잠시 후 그의 팔이 참을 수 없을 정도로
무거워진다. 그래서, 그는 다른 일들이
참기 어려워졌을 때와 마찬가지로, 포기한다.
그는 망원경을 선반 위에 올려놓는다.
옷을 입기 시작한다. 하지만 그 배의 이미지가
남아 있다. 표류.
조금 더 남아 있다. 그러다가 툭 사라진다.
그가 외투를 입을 때쯤에는
잊힌다. 그는 문을 연다. 나간다.

일행

오늘 아침 나는 잔디밭에 내리는 빗소리에
잠을 깼다. 그리고 내가 오랜 동안
선택의 여지가 있을 때마다
타락을 선택해왔다는 사실을
깨달았다. 아니면,
단순히, 좀더 쉬운 길을.
가치를 선택하는 대신. 아니면 어려운 길 대신.
이런 식의 생각은 내가 며칠
혼자 지낼 때 일어난다.
지금처럼. 나라는 멍청한 일행과
몇 시간이고 지내다보면.
작은 방처럼, 몇 시간이고 몇 시간이고
지내고 나면.
걸어갈 길이라고는 좁게 깔린 카펫
한 줄밖에 없이.

어제

어제 나는 죽은 사내의 모직내의를
입었어. 그러고는 얼어붙은 길 끝까지
차를 몰고 갔지, 인디언 낚시꾼과 한때를
같이 보냈던 곳.
난 내 장화보다 깊은 물로 들어섰어.
고방오리 네 마리가 물에서 날아오르는 걸 봤지.
신경쓸 필요 없어, 내 생각이 다른 어디론가 가 있어서
쏘기만 하면 맞출 기회를 놓친 것.
양말이 얼어버린 것. 완전히
딴생각에 빠져서 점심때에 맞춰
돌아오지 못한 것. 넌 어제가
나한테 운수 나쁜 날이었다고 하겠지. 하지만 천만에!
어젯밤 그녀가 남겨준 작은 잇자국이
그걸 증명하는 걸. 오늘 내 입술의 색을 바꿔놓은
멍도 내 기억을 일깨우고 있고.

책상

애로우호수에서의 낚시는 형편없다.
비가 너무 많이 왔고, 수위도 너무 높고.
하루살이 부화철이 왔다가 지났다고
한다. 하루종일 나는 밸린둔의 빌린 오두막 창가에
앉아, 날이 개기를
기다린다. 벽난로에서 태우는 마른풀에서는
연기가 오르지만, 여기엔 로망 따위는
없고 다른 어떤 것도
없다. 창밖에 놓인 쇠와 나무로 만든
오래된 학교 책상이 나와 벗해줄 뿐.
잉크병 밑에 무어라
칼로 새겨져 있다. 상관없다
내용이 뭐든; 궁금하지 않다. 그 글씨들을
새겨넣은 도구에 대해 상상하는 것만으로
충분하다.

　　　　아버지는 죽었다,
어머니는 정신이 오락가락하고.
이제는 다 자란 아들과 딸의 처지가
얼마나 나쁜지에 대해선
말을 꺼내기도 어렵다.
그 아이들은 나를 한번 길게 쳐다보고 나서

내가 저지른 실수들을 그대로 반복하려 애썼다.
끔찍한 노릇이다. 아이들이 운이 나쁜 거지,
내 사랑스러운 아이들. 첫 아내에 대해서는
아직 언급하지 않았던가? 어떻게 내가 그럴 수가
있지? 하긴 그럴 처지도 못 된다.
해서는 안 되기도 하고. 전처는
그렇잖아도 내가 자기를 너무 많이 언급했다고 비난한다.
그리고 자긴 지금이 행복하다고, 그러면서 이를 간다.
그리고 주예수께서 자기를 사랑하신다고, 자기는
괜찮을 거라고도. 평생을 갈 것 같던 그녀에 대한 내 사랑은
그렇게 끝났고 정리됐다. 그러나 그 사실이 내 삶에 대해
말하고 있는 건 뭔가?
내가 사랑하는 이들은 수천 마일 밖에 있다.
하지만 그들은 밸린둔의 이 오두막 안에도
있다. 그리고 요즘 내가 자다 깨곤 하는
모든 호텔방에도.

비가 그쳤다.
해가 얼굴을 내밀고, 예기치 못했던
하루살이떼가 나타나 누군가의 말이 틀렸음을
증명해준다. 우린 떼를 지어
문으로 향한다, 내 가족과 나.

그러고는 밖으로 나간다. 거기서 나는 책상 위로
허리를 숙여 그 거친 표면을 손가락으로 훑어본다.
누군가 웃는다, 누군가 이를 간다.
그리고 누군가, 누군가는 내게 애원한다.
"제발, 나에게서 등을 돌리진 말아다오"
라고.

당나귀 한 마리가 끄는 수레가 오솔길을 지난다.
수레를 몰던 이가 입에서 파이프를 떼며
손을 들어올린다.
눅눅한 대기 속에 라일락 향기가 감돈다.
하루살이들이 라일락 위를,
내 사랑하는 이들의 머리 위를 맴돈다.
수백 마리의 하루살이들이.
나는 걸상에 앉는다. 책상에
엎드린다. 기억난다,
펜을 쥐고 있는 내 모습. 맨 처음에,
단어들의 모양을 들여다보고 있던 모습.
그것들을 쓰는 법을 배우던 일, 천천히,
한 번에 한 글자씩. 꾹꾹 눌러쓰면서.
한 단어. 그리고 다음 단어.
무언가를 깨친다는 느낌.

거기서 오는 흥분.
세계 누르는 일. 처음엔
상처가 표면에만 가해졌다.
그러나 다음엔 더 깊이.

이 꽃봉오리들. 라일락.
달콤함으로 대기를 채우는 것들!
하루살이들이 허공에 떠 있다, 수레가
지나가는 동안—물고기들이 올라오는 동안.

식기

달빛 아래, 보트에서 이십 피트 뒤에 깃털낚시를
늘어뜨려놓고 천천히 움직이고 있는데,
거대한 연어가 입질을 했다!
물위로 완전히 튀어올라왔다. 마치 꼬리로 서 있는 것
같았다. 그러고는 다시 물로 떨어지더니 사라져버렸다.
몸이 떨렸지만, 아무 일도 없었던 것처럼 선수를 돌려
부두로 돌아왔다. 그러나 아무 일도 없지 않았다.
그리고 그 일은 내가 방금 말한 그대로 일어났다.
나는 그 기억을 뉴욕까지, 그보다 멀리까지
가지고 갔다. 어딜 가든 가지고 갔다.
이곳, 아르헨티나 로사리오에 있는
자키클럽의 테라스에까지.
여기서 나는 열린 식당 창문에서 흘러나오는
빛을 되비치는 넓은 강물을
바라보고 있다. 서서 시가를 피우며,
식당 안에서 장교들이 그들의 아내와 나누는
대화와, 식기들이 접시에 부딪히면서 내는
작은 소리들을 듣고 있다. 나는 여기 남반구에서
살아 있고, 건강하고, 행복하지도 불행하지도 않다. 그래서
그 놓쳐버린 물고기가 튀어올라, 물을 떠났다가,
다시 돌아간 그 장면을 떠올린 게 더 놀라운 것이다.
그때 나를 장악했던 상실의 느낌이 아직도 나를

장악하고 있다. 내가 느끼고 있는 이런 걸
어떻게 전달할 수 있을까? 이 일들은 내 안에서
그것들만의 언어로 대화를 나누고 있다.
　　　　　나는 강을 따라 걸어보자고
마음먹는다. 오늘은 사람과 강을 가까이 해주는
그런 종류의 밤이다.
나는 한참을 걷는다, 그리고 멈춘다. 강과
가까워지지 않았다는 걸 깨달으면서. 그런 느낌을 받은 지는
무척 오래되었다. 어디를 가든
이런 기다림을 늘 함께 가지고 다녔다. 그러나
무언가가 솟아올랐다가 첨벙 떨어질 거라는 희망은
지금 더 커지고 있다.
그 소리를 듣고 싶다, 그리고 그걸 뒤로하고 나아가고 싶다.

그 펜

진실을 말했던 펜은
그 대가로 세탁기에 들어갔다.
한 시간 뒤에 나와,
청바지와 웨스턴셔츠와 함께
건조기 안으로 던져졌다. 그 펜이
창문 아래 책상에 조용히 누워 있은 지
며칠이 지났다. 이제 끝났다고 생각하며
그 자리에 내버려두었다.
그 펜으로 태어나 단 한 번의 죄도
지은 적이 없는데. 그 펜은 계속해나가고 싶은
생각이 있었다 해도, 그럴 의지가 없었다.
하지만 어느 날 아침, 해가 뜨기
한 시간쯤 전, 갑자기 살아나
이렇게 썼다:
"습기찬 벌판이 달빛 속에 잠들어 있다."
그러고 나서는 다시 잠잠해졌다.
그 펜의 이번 생애에서의 쓸모는
명백하게 끝에 도달해 있었다.

그는 그 펜을 흔들어보고 나서 책상 위에
집어던졌다. 그러고 나서 그 펜을
포기했다, 혹은 거의 그렇게 했다.

하지만 그 펜은 한번 더, 최대한의 노력을 기울여서,
마지막으로 남은 걸 끌어올렸다. 이것이 그 펜이 쓴 것이다:
"가벼운 바람, 그리고 창문 뒤에서 나무들이
찬란한 아침 공기 속을 헤엄친다."

그는 무언가 조금 더 써보려고 했지만
그게 다였다. 그 펜은
작동을 멈췄다. 영원히.
그로부터 머지않아 그 펜은
다른 잡동사니들과 함께 난로 안으로
던져졌다. 그리고 그로부터 한참 뒤,
아직 스스로를 입증하지 못한,
다른 펜들과 하나 다를 거 없는 또다른 펜이
전혀 힘들이지 않고 이런 구절을 썼다:
"나뭇가지들에 어둠이 모여든다.
안에 머무른다. 움직이지 않는다."

상賞

사람들 말로는, 사내가 그뒤로 완전히 달라졌다고 했다.
그리고 그들이 맞았다. 사내는 자기 인생을 기꺼워하면서
집을 떠났다. 이탈리아 오페라의 매력에 빠졌다.
사내는 자신의 전용 가마에 발 받침대를 설치했다.
사내의 가족은 굴뚝도 없는 오두막집에 그대로 살았다.
계절이 바뀌어도 그들에게는 달라지는 게 없었다.
그들이 뭘 알았겠는가?
강물은 그들이 사는 골짜기를 감아 흘렀다.
밤에는 촛불이 깜빡거렸다, 눈꺼풀이 감겼다 뜨이듯이.
담배 연기가 눈에 들어가기라도 한 것처럼.
하지만 그 냄새나는 집안에서는 누구도 담배를
피우지 않았다. 누구도 노래를 부르거나 칸타타를
쓰지 않았다. 사내가 죽었을 때,
사내의 시신을 확인해야 하는 건 그들이었다.
끔찍한 일이었다!
사내의 친구들은 사내를 기억하지 못했다.
바로 전날 사내의 모습이 어땠는지조차 몰랐다.
사내의 아버지는 침을 뱉고는 다람쥐를 잡으러 떠났다.
사내의 누이는 두 팔로 그의 머리를 안았다.
사내의 모친은 눈물을 흘렸고 그의 주머니를 뒤졌다.
아무것도 바뀌지 않았다.
사내는 그가 속한 곳으로 돌아왔다.

마치 떠난 적이 없는 것처럼.

사내가 떠나지 말았어야 한다고 말하는 거야 쉬운 일이다.

하지만 당신 같으면 그랬겠는가?

어떤 이야기

그는 부엌 식탁에 다리를 꼬고 앉아
시를 쓰기 시작했다.
한동안 썼지만, 결과물에는
큰 관심이 없는 듯했다.
마치 이 세상에 시가 충분치 않은 건 아니라는 듯이.
이 세상에는 이미 시가 얼마든지 있다. 게다가,
그는 몇 달 동안 멀리 떠나 있었다.
그는 그 몇 달 동안 시를 한 편도 읽지 못했다.
이게 도대체 무슨 놈의 인생이란 말인가? 딴짓을 하느라
시를 읽을 여유조차 없는 인생이라니?
인생도 아니지. 그때 그는 창밖, 언덕 아래
프랭크의 집을 내다봤다.
물가에 자리잡은 근사한 집.
그는 프랭크가 매일 아침 아홉시면
문을 열고 나오던 걸 떠올렸다.
산보를 나가는 것이었다.
그는 탁자에 가까이 다가가, 꼬고 있던 다리를 풀었다.

어젯밤 그는 프랭크의 죽음에 관한 어떤
이야기를 들었다. 그 이야기를 해준
또다른 이웃 에드는 프랭크와 가깝게 지내는
동갑내기 친구였다. 프랭크와 그의 아내는

TV를 보고 있었다. 〈힐 스트리트 블루스〉.
프랭크가 좋아하는 프로그램. 프랭크는
두 번 숨이 막히면서 의자에서 뒤로 넘어진다—
"마치 감전이라도 된 것처럼" 그렇게 빨리
그는 죽는다. 그에게서 색깔이 빠져나간다.
프랭크는 회색이었다가, 시커매진다. 베티는
집에서 입는 가운을 걸친 채 뛰어나간다.
CPR을 알고 있는 젊은 여자가 사는 이웃집으로
달린다. 그 여자도 같은 프로그램을
보고 있다! 두 사람은 프랭크의 집으로
달려간다. 프랭크는 이제 완전히 검게 변한 채,
TV 앞 그의 의자 위에 앉혀 있다.
이웃집 여자가 프랭크를 의자에서 끌어내려
바닥에 눕히는 동안, 형사들과, 절박한 상황에 놓인
다른 인물들이 TV 화면을 가로지르며 목소리를 높이고,
서로에게 소리를 지르고 있다.
여자가 프랭크의 셔츠를 잡아 찢는다. 작업을 시작한다.
프랭크는 이 여자가 처음으로 대하는
실제 응급 환자다.

　　　　　여자는 프랭크의 차가운 입술에
자신의 입술을 얹는다. 죽은 사내의 입술. 검은 입술에.

그의 얼굴도 양손도 양팔도 검다.
여자가 셔츠를 찢어 듬성듬성 자라난
털을 드러낸 가슴도 검다.
사태를 분명하게 알았을 한참 뒤까지도, 여자는
계속한다. 응답 없는 그의 입술에
자신의 입술을 눌러댄다. 그러다가 입술을 떼고는
꽉 쥔 주먹으로 그의 가슴을 두들긴다. 다시
자신의 입술을 대고 누르고, 또
누른다. 이미 늦었고, 그가 살아나지 않으리라는 게
분명해진 다음에도, 여자는 같은 일을 반복한다.
여자는 주먹으로 그를 두들기고, 떠오르는 온갖 욕설을
퍼붓는다. 사람들이 와서 그를 떼어낼 때,
울음을 터뜨린다. 그리고 누군가가
이미지들이 바삐 오가는 화면을 꺼버릴
생각을 해냈다.

초원

오늘 오후 초원에서, 나는
수도 없이 떠오르는 별별 기억들을 쫓아다녔다.
아버지를 묻을 때 옷을 위아래 모두 입힐 건지
상의만 입힐 건지 어머니에게 묻던
장의사. 내가 이 질문에 대해, 아니면
다른 것들에 대해서도 대답을 할
필요는 없다. 하지만, 어쨌거나, 아버지는
화로에 들어갈 때 반바지는 걸치고 있었다.

오늘 아침 나는 아버지의 사진을 봤다.
세상을 떠난 그해의, 크고
통통한 사내. 당시 살고 있던
캘리포니아 퍼추너의 오두막 앞에서
괴물 같은 연어를 들고 있는 모습. 우리 아빠.
그는 지금 아무것도 아니다. 한 컵 분량의 재와,
작은 뼛조각 몇 개로 줄어들었다. 사람이
삶을 이렇게 끝내도
된단 말인가.
헤밍웨이가 적절하게 지적했듯이,
모든 이야기들은, 충분히 길게 지속되기만 한다면,
죽음으로 끝나게 마련이지만 말이다. 실로 그렇다.

이제 거의 가을이다.
캐나다기러기 한 무리가
저 높이 지나간다. 작은 암탕나귀 한 마리가
고개를 들었다가, 한 번 부르르 떨더니, 다시
풀을 뜯는다. 이 달콤한 풀밭에
누워야겠다. 눈을 감고
바람과, 날갯짓소리를 들어야겠다.
한 시간만 꿈을 꿔야지, 그곳이 아니라
여기에 있어서 다행이다. 그렇다. 하지만 또한
내가 사랑하던 사람들이 다른 곳으로,
이보다 못한 곳으로 떠났다는
끔찍한 깨달음.

빈둥거리기

조금 전 방안을 들여다봤는데,
이것들이 내 눈에 들어왔다—
창가 자리에 놓인 내 의자,
탁자 위에 엎어져 있는 책.
그리고 창틀에, 불이 붙은 채로
재떨이에 놓인 담배.
꾀병쟁이! 아주 오래전에 외삼촌이
내게 소리질렀다. 그 양반이 옳았다.
나는 오늘도, 늘 그랬듯이,
아무것도 하지 않기 위해서
시간을 옆으로 밀어놓았다.

힘줄

젊은 여자가 가게를 지키고 있다.
여자는 창가에 서서 잇새에 낀
돼지고기 조각을
파내고 있다. 모직수트에 타이,
조끼를 갖춰입고 이니스프리섬 근처
길호수에서 송어 낚시를 하고 있는
사내들을 한가로이 지켜보고 있다.
그녀가 먹다 남긴 점심 찌꺼기가
창틀에서 말라붙어가고 있다.
대기는 움직임이 없고 따뜻하다.
뻐꾸기가 운다.

보트에 타고 있는 모자 쓴 사내가
물가 가까이로 배를 몰면서,
그 작은 가게와, 여자를
쳐다본다. 사내는 쳐다보고,
낚싯줄을 던지고, 다시 또 쳐다본다.
여자는 창문으로 더 가까이 다가선다.
그러고는 호숫가로 나간다.
하지만 여자의 관심사는
덤불 속의 뻐꾸기다.

사내가 고기를 잡아챈다,
이젠 집중해야 한다.
여자는 잇새에 낀
힘줄에 다시 집중한다.
그러면서도 여자는 이 잘 차려입은 사내가
방금 잡은 고기 밑으로
그물망을 밀어넣는 걸 지켜본다.

얼마 지나지 않아, 사내는 수줍어하며
물가로 다가온다. 여자를 즐겁게 하기 위해
자기가 잡은 걸 들어올린다.
모자를 벗어 인사한다. 여자는 설레어
조금 미소짓는다. 손을 들어올린다.
그 손짓에 뻐꾸기가 이니스프리 쪽으로 날아오른다.

사내는 낚싯줄을 던지고 또 던진다.
사내의 낚싯줄이 허공을 가른다. 플라이가
물에 닿고, 사내는 기다린다.
하지만 사내가 송어에 정말
관심이 있기는 한 걸까?
사내가 오늘 건질 건
두 사람의 시선이 마주친 동안

손가락으로 입안을 쑤시고 있던 젊은 여자와,
새 한 마리가 날아오른 일일 것이다.

두 사람은 마주보고 미소짓는다.
고요한 오후에.
두 사람 사이에 낭비되는 말 한마디 없이.

기다림

고속도로에서 왼쪽으로 빠져나온 다음
언덕을 내려가. 바닥까지
내려간 다음에, 다시 좌회전.
그대로 왼쪽에 서 있어. 길이
Y자로 갈라질 거야. 거기서도 왼쪽.
샛강이 왼쪽으로 나올 거야.
계속 가. 길이 끝나는 곳
바로 앞에, 거기서
다른 길이 나올 거야. 그걸 타
다른 거 말고. 다른 걸 탔다간,
네 인생은 망할 거야
영원히. 거기에
넓쪽으로 지붕을 이은 통나무집이 있어, 왼쪽에.
그 집은 아냐. 그
다음 집, 언덕 넘자마자.
나무마다 과일이 열린
집. 풀협죽도, 개나리,
그리고 금잔화가 자라는 곳. 그 집에 가면
그 여자가 머리에 햇살을 이고
현관 앞에 서 있지. 그 사람이 바로
여태 기다리고 서 있던
그 사람이야.

널 사랑하는 여자.
이렇게 말할 수 있는 사람,
"왜 이렇게 늦었어?"

4부

논쟁

오늘 아침 나는
나 자신에 대한 책임감, 출판사에 대한
의무, 그리고
내 집 아래를 흐르는 강물에 이끌리는 내 마음
사이에서 갈등하고 있다. 겨울을 맞아
올라오고 있는 무지개송어,
그게 문제다. 이제 곧
동이 틀 것이고, 물이
들어올 것이다. 이 사소한 딜레마가
발생하고, 머릿속에서 논쟁이
벌어지고 있는 동안에도, 고기는
강을 향해 올라오고 있다.
이봐, 나는 살 것이다, 그리고 행복할 것이다.
어떤 결정을 내리든 간에.

그것의 경로

지난 겨우내 이 작은 강에서
무지개송어를 서른여덟 마리
낚은 사내(그의 이름은 빌 지터Zitter,
'전화번호부의 마지막 이름'이다)는
자기가 아내와 함께 여기로 이사온 뒤로
강이 경로를 극적으로 바꿨다고, 심지어
극단적으로 바꿨다고 할 수도 있을 거라고,
말했다. 강은 "저기, 저 집들이 있는 데"로
흘렀더랬다. 연어들이 밤에 모래톱을 건널 때면
솥에서 물이 끓는 듯한 소리, 빨래판에
무언가를 비벼댈 때 나는 것과 같은 소리를 냈다.
"깊이 잠든 사람도 깨울 정도였어요."
이제, 연어는 더이상 이 강을 오르지 않는다.
그리고 그는 올겨울에는 무지개송어 낚시를 하지
않을 것이다. 아내가 암에
호되게 당하고 있기 때문이다. 그가
집에서 해야 할 일이 많다. 의사는
아내가 올해를 넘기기 어려울 거라고 말한다.

"지금 선생이 사는 바로 그 자리는," 그가 말을 잇는다,
"오토바이들이 모이던 자리였어요.
전국에서 몰려와 오토바이 경주를

하곤 했죠. 저 언덕을 치고 올라간 다음
반대편으로 내려가는 거예요. 하지만 다들
그저 즐기러 온 거였어요. 젊은 아이들이.
요즘 보이는 갱들, 그 썩은 사과들하고는 달랐어요."
나는 그에게 행운을 빌어줬다. 악수를 나눴다.
그리고 내 집으로 올라갔다, 젊은이들이
오토바이 경주를 하던 자리.

나중에, 내 방 탁자에 앉아 강물을
내다보다가, 내가 지금 여기서
무얼 하고 있나 하는 생각이 들었다.
내가 이번 생에서 추구하는 건 무엇인가.
대단한 것도 아닐 것이다,
결국에는. 나는 사내가 얘기해준
그 젊은 아이들과 그들의
오토바이를 떠올렸다.
이제는 나이가 들었을 그
젊은이들. 지터의 나이쯤 되었거나,
내 나이쯤 되었을. 어느 쪽이든, 들 만큼 든 나이.
그리고 나는 한순간, 언덕을 치고 올라오는
엔진의 굉음, 젊은이들의
웃음소리와, 넘어지고, 일어나고,

몸을 털고, 꼭대기까지 오토바이를 끌고
걸어올라가면서 내뱉는 욕설,
고함소리를 상상한다.
거기에서 그들은 서로의 등을 두드리며
자루에서 맥주를 꺼낸다.
이따금, 그들 중 하나가
출력을 있는 대로 올려 꼭대기까지
쏘아올라간 뒤, 반대편 아래로
전속력으로 달려내려간다!
굉음과, 먼지구름 속으로 사라지는 것이다.
이 모든 일들이 내 창문
바로 밖에서 일어났다. 우리는 오래지 않아 사라진다.
오래지 않아, 당하고 마는 것이다.

9월

9월, 그리고 어디선가
플라타너스의 마지막 잎사귀가
지상으로 돌아왔다.

바람이 하늘의 구름을 쓸어버린다.

여기엔 무엇이 남았나? 뇌조, 은연어, 그리고
집에서 멀지 않은 곳의 불탄 소나무.
번개를 맞은 나무. 하지만 그러고도
다시 살아나고 있는. 기적적으로
여러 개의 순이 돋아나고 있는.

스티븐 포스터의 〈매기는 내 옆에 있고〉가
라디오에서 흘러나온다.

먼 데 눈을 두고 듣는다.

흰 벌판

불안하고 뼛속까지 외로운 기분으로 잠에서 깨어났다.
커피와 담배 말고는 아무것도 생각나지
않는다. 물론, 이럴 때 가장 좋은 해독제는 일이다.
"무엇이 너의 의무인가? 매일 요구되는 것"이라고
괴테가, 혹은 비슷한 누군가가 말했다.
나는 어느 것도 할 기분이 아니었다.
의지도, 기억도 모두 잃은 듯한 기분이었다.
그리고 실제로 그랬다. 내가 커피를 마시고 있던
그 순간 누군가가 와서,
"내가 널 필요로 할 때 넌 어디 있었니?
인생을 어떻게 살았니? 멀리 갈 것도 없이,
이틀 전엔 뭘 했니?"라고 묻는다면, 뭐라 대답할 것인가?
그냥 넋놓고 쳐다보기만 할 것이다. 그래서
생각을 해봤다. 이틀 전 일을 기억해냈다.
모리스와 함께 그 길의 끝까지 차를 몰고 가던 일.
지프에서 낚시 도구를 꺼내던 일.
신발에 설상화를 묶고, 강을 향해
흰 벌판을 가로지르던 일. 수시로
우리가 남긴 그 이상한 자국을 돌아보던
일. 토끼들과 장난을 치고 오리들이 지나갈 때,
살아 있다는 기쁨을 느끼던 일.

그러고는 가슴까지 올라오는 장화바지를 입고
강물에 들어가 있는 인디언들을 맞닥뜨린 일!
그들은 우리가 낚시를 하려던 웅덩이에서
그물로 무지개송어를 잡고 있었다.
강의 하구 바로 위쪽에 있는 웅덩이.
그들은 질긴 침묵 속에서 그물을 던지고 있었다. 담배가
입술 끝에 매달려 있었다. 그들 중 어느 누구도
우릴 쳐다보지도, 우리가 거기 있다는 걸
의식하지도 않았다.

"빌어먹을," 모리스가 말했다.
"글렀군." 그리고 우리는 우리의 운을 저주하면서,
인디언들을 저주하면서, 설상화 하이킹을 계속하면서
벌판을 다시 가로질렀다.
그날은 그 일 말고는 별다른 일이 없었다.
내가 지프를 몰아 돌아오는 동안
모리스가 엘크 사냥 때 텐트 안에서
뜨거운 난로 위로 넘어져 얻은 손등의
삼 인치 정도 되는 흉터를 보여준 거 말고는.

하지만 이건 그저께 있었던 일이다.
어제의 기억은 사라졌다, 그물을 빠져나가

바닷속으로 돌아가버렸다.

하지만 지금, 저 길 위에서 들려오는 먼 목소리를 들으니,
모든 걸 기억해낼 수 있을 듯하다. 그리고
어제에는 어제만의 가차없는 논리가 있다는 걸 이해한다.
오늘처럼, 그리고 내 인생의 다른 모든 날들처럼.

총질

엽총을 두 팔로 안고, 배까지 올라오는
밀밭을 헤치며 걸어간다.
테스는 목장에 딸린 집에서 자고 있다.
달이 창백해진다. 그러다가 해가 산맥 너머에서
치고 오르는 순간 완전히 그 모습을 잃어버린다.

나는 왜 하필이면 지금 이 순간을 골라
그때 내 숙모가 나를 한쪽으로 불러, 내가 **지금 말하는 걸
네 남은 평생 동안 매일 떠올려야 된다?**라고 한 말을
떠올리고 있는지 모르겠다. 내가 기억하는 거라곤
저 말뿐이다.

나는 기억이란 걸 신뢰해본 적이 없다. 내 것이든
다른 사람의 것이든. 이런 이상한 복장을 하고
여기서 지금 뭘 하고 있는 건지, 나 자신도 궁금하다.
여긴 내 친구의 밀밭이다─그 정도는 확실하다.
그리고 지금, 그 친구의 개가 앞서나가고 있다.

테스는 스포츠나, 다른 어떤 이유로도 살생을 하는 것에
반대한다. 하지만 얼마 전에 나를 죽여버리겠다고
위협했다. 개가 아주 조금씩 전진한다.
나는 움직임을 멈춘다. 더이상

내 호흡을 보거나 들을 수 없다.

아주 좁은 보폭으로, 하루가 진행된다. 갑자기,
대기가 새들로 폭발한다.
테스는 이 모든 시간을 잠으로 보내고 있다.
그녀가 깨어날 때, 10월은 이미 지났을 것이다.
총과 총질에 대한 이야기를 뒤로한 채.

창

간밤에 태풍이 불어와 정전이 됐다.
창밖을 내다보니 나무들이 휘고
서리에 덮여 반쯤 투명해져 있었다.
어마어마한 정적이 전원지대를 뒤덮고 있다.
내가 뭘 몰라서 그랬던 건 아니었다. 하지만
그 순간에는, 앞으로 살면서 어떤 거짓 약속도
하지 않을 것이며, 도리에 어긋나는 어떤 짓도
저지르지 않게 될 것 같았다. 고결한
생각이었다. 오전 늦게, 물론, 정전이 복구되었다.
구름 뒤에 숨어 있던 해가 나와
서리를 녹였다.
그리고 모든 것이 원래 있던 자리를 찾아갔다.

뒤꿈치

벌거벗은 채로 어제 혹은
그저께, 혹은 그전에 신었던
양말을 찾기 시작한다. 지금 네 발에
신겨 있진 않다, 하지만 멀리는
못 갔을 거다. 그놈들은 침대 밑에 있다!
너는 그놈들을 집어들고 세차게 흔들어
먼지를 떨어낸다.
흔들어주는 정도면 충분하다.
이제 흐물흐물거리는, 형체가 없는
것 속으로 네 손을 집어넣는다. 이
파란색, 갈색, 검은색, 녹색, 혹은
회색의 양말들.
그 안에 팔을 집어넣어도
그것 때문에 무슨 차이가
생길 것 같진 않다. 그러니
해보고 싶은 이 한 가지를 안 해볼
이유가 뭔가?
너는 그놈들을 손가락 위로 씌우고
팔꿈치까지 집어넣는다.
주먹을 쥐었다가 편다. 그러고는
다시 쥔다. 그리고 그렇게 둔다.
이제 네 두 손은 무엇이든 짓이길 수 있는

발뒤꿈치가 되었다. 무엇이든.
한 줄기 바람이 네 발목에 와닿을 때
너는 문으로 향하고 있다, 그리고
너는 쿨호수의 야생 백조들을 떠올리고,
네가 가보기는커녕 들어보지도 못한 곳들의
야생 백조들을 떠올린다. 닫힌 문을
붙들고 헤매는 동안 너는 네가 그 모든 것들로부터
얼마나 멀리 떨어져 있는지 깨닫는다.
그때 문이 열린다! 밤새 편히 자지 못한 너는
아침이 와 있었으면 했다. 그러나
머리 위에는 별들이 떠 있고, 달은
어두운 나무들 위에서 비틀거리고 있다.
너는 네 두 팔을 들어올려본다.
밤하늘 아래 양말을 뒤집어쓴
두 팔을 가진 사내. 그건,
꿈 같지만 동시에 그렇지 않기도 하다.

공중전화부스

여자는 부스 안에서 몸을 웅크린다, 수화기에 대고
울면서. 한두 가지
물어보고, 다시 좀더 운다.
여자의 일행, 청바지에 청재킷을 입은
늙은 사내는, 자기가 말할 순서를
기다리며 서서, 운다.
여자가 사내에게 수화기를 건넨다.
잠시 두 사람은 좁은 전화부스 안에 함께
머물고, 사내의 눈물이 여자의 눈물과 함께
흘러내린다. 그러고 나서 여자는
차로 가 차 펜더에 기댄다. 그러고는
앞으로의 처리 과정에 대해 사내가 말하는 걸
듣는 것이다.

나는 이 모든 걸 내 차에 앉아 지켜본다.
나 역시 집에 전화가 없다.
나는 운전대 앞에 앉아,
담배를 피우며, 내 문제를 처리하기 위해
기다린다. 곧
사내가 전화를 끊는다. 밖으로 나와 얼굴을 닦는다.
두 사람은 차에 들어가 앉는다,
창문은 올린 채.

여자가 사내에게
기댈 때, 사내가 자기 팔을
여자의 어깨에 두를 때 차창에 김이 서린다.
저 좁은, 공공의 장소에서 위로는 그렇게 이뤄진다.

나는 잔돈을 챙겨들고 전화부스로
가, 안으로 들어간다.
그러나 문은 열어둔다, 안이
너무 좁으므로. 수화기는 아직도 따뜻하다.
쓰고 싶지 않다,
방금 부고를 전한 수화기.
그러나 어쩔 수 없다, 이게 반경 수 마일 안의
유일한 전화기이므로, 누구의 편도 들지 않고 들어줄
유일한 물건이므로.

나는 동전을 넣고 기다린다.
차 안의 그 두 사람도 기다린다.
사내는 시동을 걸었다가 다시 끈다.
어디로 갈 것인가? 우리 중 누구도
알지 못한다. 다음 번 타격이 어디에서,
왜 날아오게 되는지도.
수화기 속에서 울리던 벨소리가 멈추고

그녀가 전화를 받는다.
내가 두 마디도 채 하기 전에, 수화기는 고함을 지르기
시작한다, "끝났다고 말했잖아!
끝났다고! 네가 당장 지옥으로 떨어져도
난 신경 안 쓴다고!"

나는 수화기를 내려놓고 손으로 얼굴을
쓸어내린다. 문을 닫았다가 연다.
차 안에 있는 두 사람이 차창을 내리고
지켜본다, 방해를 받아
흘리던 눈물을 얼굴 위에 잠시 멈춘 채로.
두 사람은 다시 차창을 올리고
유리 뒤에 앉는다. 우리는
잠시 어디로도 가지 않는다.
그러다가 간다.

캐딜락과 시

지난밤 오래된 얼음 위에 새 눈이 내렸다.
머릿속이 이런저런 잡생각들로 가득차 있던 사내는
타운으로 볼일을 보러 가는 길에,
브레이크를 너무 일찍 밟았다.
차는 완전히 통제불능이 되어,
옆으로 돌아버린 채 겨울 아침의 엄청난 정적
속에서 길을 미끄러져내려갔다.
교차로를 향해 가차없이.
그의 머릿속에서는 어떤 것들이 지나갔나?
두개골 속에 전극이 이식된 길고양이 세 마리와
붉은꼬리원숭이 한 마리에 대한 TV 뉴스,
리틀빅혼강이 빅혼강으로 합류하는 지점에서
들소 사진을 찍기 위해 멈춰 섰던 때,
한정평생보증과 함께 온 그의
새 탄소섬유 낚싯대,
의사가 그의 장에서 찾아낸 용종들,
이따금씩 맥락 없이 떠오르곤 하던
부코스키의 구절: 우리는 누구나
1995년식 캐딜락을 타고 지나가고 싶어한다.
그의 머릿속은 온갖 불가사의한 것들로 북새통이다.
그 머리가 차를 큰길까지 미끄러지게 만들어
찻머리가 그가 온 방향을 향하게 한

그 와중에도.

상대적으로 안전한, 집이 있는 방향.

엔진이 멈췄다. 엄청난 정적이 다시 한번

내려앉았다. 그는 울로 된 모자를 벗고

앞이마를 닦았다. 잠시 생각을 정리한 뒤,

시동을 걸고, 방향을 돌려

중심가로 가던 길을 계속 갔다.

물론, 조금 더 조심하면서. 하지만

가는 길 내내 아까 생각하고 있던 것들을 생각하면서.

오래된 얼음, 새로 온 눈. 고양이. 원숭이.

낚시. 들소. 아직 만들어지지 않은 캐딜락에 대한

순수한 시. 의사의 손가락 덕에 얻게 된

반성의 효과.

단순한

구름에 난 균열. 산맥의 푸른
윤곽. 들판의
짙은 노랑.
검은 강. 회한으로 가득찬 채 외롭게,
난 여기서 뭘 하고 있나?

아무렇지도 않게 그릇에 담긴
산딸기를 먹는다. 내가 죽었다면,
나는 스스로를 일깨운다,
난 이걸 먹고 있지 않을 것이다. 그렇게
단순한 문제가 아니다. 이렇게나 단순하다.

상처

깨어나보니 눈 위에 핏자국이
있다. 앞이마의 가운데쯤을 가로지르는
상처가 나 있다. 하지만
난 요즘 혼자 잔다.
도대체, 자는 중이라도 그렇지,
왜 자기 손으로 스스로를 해하는 걸까?
이것과 이와 유사한 질문들이
내가 오늘 아침 대답하려 애쓰는 것들이다.
창문에 비친 내 얼굴을 들여다보면서.

어머니

어머니가 전화로 크리스마스 인사를 건네왔다.
그러고는 계속 이렇게 눈이 내린다면
죽어버리겠다고 했다. 나는, 오늘 아침에는
내가 제정신이 아니니, 제발 이러지 좀 말아달라고
말하고 싶다. 어쩌면 내 정신과 주치의가 늘 던지는
질문을 빌려야 할지도 모르겠다. 그 의사는
매번 내게 가장 나올 게 많은 질문을
던지곤 한다. "그런데 **진짜로** 느끼고 있는 게 뭐예요?"
그 대신에, 나는 우리집 천창에서 물이 샌다고
말한다. 내가 이야기를 하는 동안, 눈 녹은 물이 소파 위로
떨어지고 있다. 나는 시리얼을 올브랜으로 바꿨으니
암에 걸릴 일은 없고, 어머니도
돈 떨어질 걱정은 더이상 할 필요 없다고 말한다.
어머니는 내 말이 끝날 때까지 가만히 듣는다. 그러고는
이 망할 놈의 동네를 떠날 거라고 통보한다. 어떻게 해서든.
당신이 관에 들어가기 전에는 이 동네든
나든 다시 보고 싶지 않다고.
뜬금없이, 나는 아버지가 형편없이 취해서
래브라도 강아지의 꼬리를 잘라버린 일을 기억하느냐고
묻는다. 나는 이런 식으로, 옛날 이야기를 꺼내
한동안 대화를 이어간다. 어머니는 당신 차례를 기다리며
내 얘기를 듣는다. 눈은 계속 내린다. 내리고 또 내린다

내가 전화를 끊을 때까지도. 나무와 지붕들이
눈으로 덮인다. 내가 이것에 대해 어떻게 이야기하겠는가?
내가 지금 무얼 느끼는지, 도대체 어떻게
이야기할 수 있단 말인가?

그 아이

그 아이를 다시 보고 있다.
지난 여섯 달 동안 보지
못했다. 그애의 얼굴은
지난번보다 더 넓어진 것 같다.
더 못생겨졌고. 거의 험상궂어졌다.
거의 제 아비가 되어가고 있다.
유쾌함이란 게 전혀 보이지 않는다.
두 눈은 좁아졌고 감정을 드러내지
않는다. 이 아이에게는
너그러움이나 동정심을 전혀
기대하지 말아야 한다.
이애가 작은 손으로 꽉 쥘 때는
거칠고, 심지어 잔인하기까지 한
무언가가 있다.
나는 아이를 놓아준다.
이 아이가 문을 향해 걸어갈 때,
아이의 양쪽 신발이 서로 맞부딪친다.
문을 열 때, 그애가 울음을 터뜨릴 때.

들판

> 지렁이 기어들어간다,
> 지렁이 기어나온다.
> 지렁이가 네 콧구멍에서
> 피노클 게임을 한다.
> —어린 시절의 동요

나는 근시여서 뭔가를 보려면 일단
가까이 다가가야 했다. 쟁기질을 해서
갈아엎어놓은 땅도 마찬가지.
그러려면 냄새를 맡게 되었고, 그건 내키지 않았다.
그 냄새는 섬뜩하고, 죽음과 무덤을
연상시키는 것이었다. 한번은 달리다가 넘어져서
흙이 입안에 가득 들어찬 적이 있다. 그것만으로도
사람들이 땅을 갈아엎어 그 밑에서
바글거리는 것들이 드러난 들판에는
얼씬거리지 않게 되기에 충분했다.
그리고 나는 정원이나 텃밭에도 전혀 관심이 없었다.
여름에 농염하게 피어나는 꽃들.
혹은 흙의 표면 바로 아래 파묻혀서
얼굴의 한 부분만 보여주는 감자 같은 것들.
그런 곳들로부터도 나는 거리를 두었다. 요즘도

나는 정원 없이 살 수 있다. 하지만 무언가가 변했다.

이제는 지금 막 갈아엎은 들판으로 걸어들어가
무릎을 꿇고, 부드러운 흙이 손가락 사이로
흘러내리게 하는 것보다 더 좋은 게 없다.
지금 내가 말하는 들판에 가까이 살고 있는 게
나로선 더없는 행운이다.
나는 심지어 농부 몇 사람을 친구로 사귀기도 했다.
한때는 불친절하고 고약하다고 여겼던
바로 그 사람들.
지렁이가 아무때나 나타나면 어떻단 말인가?
겨울에 눈이 울타리보다 높게 쌓였다가,
녹아 땅속으로 깊이 스며들어
우리가 이 땅에 남긴 몸뚱아리를 적신들
또 어떻단 말인가?
상관없다. 무엇보다, 여기서 이미 많은 걸 이뤘다.
나는 도박을 했고, 물론 잃었다. 그리고
조금 더 도박을 했고, 땄다. 내 눈은 점점 나빠지고 있다.
하지만 조금 더 가까이 다가가
조심스럽게 들여다보면, 흙속에서 온갖 종류의
생명을 볼 수 있다. 지렁이뿐만 아니라
딱정벌레, 개미, 무당벌레. 그런 것들.

시력에 개의치 않아도 되는 게 기쁘다.
아무때나 내가 원할 때 들판에 걸어들어가고
아무런 두려움이 없다는 사실이 즐겁다. 나는
바닥에 앉아 두 손 가득 흙을 담아 코밑으로
가지고 오는 걸 좋아한다.
그리고 발로 흙을 파내며 신발 밑창에 느껴지는
흙을 느낄 수도 있다. 나는 완벽하게 균형잡힌
거대한 하늘 아래, 미동도 하지 않고 조용히
서 있을 수도 있다. 신발을 벗어버리고 싶은 충동을
느끼며. 하지만 충동일 뿐. 그보다 중요한 건,
들판은 움직이지 않는다는 것. 놀라워라!
그 열린 들판을 걷는 일—
그리고 계속해서 걷는 일이.

『프로방스의 두 도시』를 읽고
—M. F. K. 피셔에게

잠깐 나가느라 당신의 책을
테이블에 놔뒀습니다.
볼일이 생겼거든요. 다음날 아침,
다섯시 사십오분에
새벽이 시작됐습니다. 사내들은
이미 들에 일하러 나갔습니다.
낙엽이 길 한쪽 구석에
줄을 지어 쌓여 있습니다.
가을을 상기시키는 풍경입니다.
첫 페이지를 열고
읽기 시작했습니다.

프랑스의 남부, 엑스에서
당신과 함께 머물며
오전 시간을 모두 보냈습니다.
고개를 들어보니
열두시였습니다.

그런데 사람들은 모두 제가 이번 생애에는
저만의 장소를 찾지 못할 것이라고 말했었죠!
이번 세상에서는, 그리고 다음번에도,
절대 행복하지 못할 거라고도 했죠.

그 사람들이 아는 건 그게 다였습니다.
그 머저리들이.

저녁

나른한 가을 저녁에 혼자 낚시를 나갔다.
어둠이 내려오는 내내 낚시를 했다.
은연어를 뱃전으로 끌어올리고, 그 밑에 그물망을
갖다댈 때, 특별한 상실에 이어
특별한 기쁨을 경험했다.
남모르는 마음! 흐르는 물속을 들여다보고
마을을 두르고 선 산맥의 어두운 윤곽선을 올려다볼 때,
그때는, 죽기 전에 다시 한번 돌아오고 싶다는
갈망으로 고통받게 되리라고는 생각도 못했다.
모든 것들로부터 멀어져서, 그리고
나 자신으로부터 멀어져서.

나머지

구름이 집 뒤의 산맥에 느슨하게
걸려 있다. 잠시 후면 불빛들이 꺼지고 바람이
불어와 이 구름들을, 아니면 다른 구름들까지
하늘에 흩어놓을 것이다.
               나는 무릎을 꿇고,
젖은 잔디 위에 커다란 연어를 옆으로
눕혀놓고, 나기 전부터 내 것이었던 칼을 쓰기
시작한다. 잠시 후면 나는 거실 탁자에 앉아
죽은 것을 되살리려 하고 있게 될 것이다. 달과
검은 물을 동반자로 해서.
내 두 손은 비늘들로 번쩍거린다.
손가락은 짙은 피와 뒤엉켜 있다.
마침내, 나는 거대한 머리통을 끊어낸다.
묻을 것들은 묻고 나머지를
챙긴다. 높은 곳의 푸른빛을 마지막으로
한 번 더 쳐다본다. 내 집을 향해
돌아선다. 나의 밤.

슬리퍼

그날 오후, 우리 넷은 둘러앉아 있었지.
캐럴라인이 꿈 이야기를 하고 있었어.
어느 날 밤 개처럼 **짖으며** 깨어난 이야기. 그리고
그녀가 키우던 작은 개, 테디가 침대 옆에 앉아
지켜보던 일. 캐럴라인의 당시 남편 역시
그녀가 꿈 얘기를 하는 동안 그녀를 지켜보고 있었지.
주의깊게 듣더군. 심지어 미소를 짓기도 했고. 하지만
그의 눈길에는 무언가가 있었어. 어떤 특정한 방식의
시선, 그리고 어떤 표정. 우리가 볼 만큼 본……
그때 그는 이미 제인이라는 여자와 사랑에 빠져
있었어. 지금 그 사람이나 제인, 혹은 다른 어느 누구를
심판하겠다는 건 아니고. 다들
꿈 이야기를 이어갔지. 나는 할 얘기가 없었어.
소파 위에 웅크리고 앉아 슬리퍼를 신은
당신 발을 봤어. 내가 유일하게 떠올린 이야기는,
말로 하지는 않았지만, 어느 날 밤 당신이 벗어놓은
슬리퍼를 집어들었는데 아직 따뜻하더라는
것이었어. 나는 그 슬리퍼를 침대 옆에 내려놨더랬지.
하지만 밤이 지나는 동안 누비이불이 떨어져
그걸 덮어버렸어. 다음날 아침에, 당신은 슬리퍼를 찾느라
여기저기를 다 뒤졌지. 그러고는 아래층을 향해
소리를 질렀어. "슬리퍼를 찾았어!" 나도 알아.

이건 사소한 일이고, 우리 둘만의 이야기야. 그렇긴 하지만
여기엔 고유의 순간이 있어. 사라진 슬리퍼. 그리고
즐거워서 지르는 소리.
이 일이 일 년, 혹은 그전에 일어난 것이라도 관계없어.
어제일 수도 있고, 그저께일 수도 있어. 뭐가 다르겠어?
즐거움이, 그리고 크게 외치는 소리가.

아시아

물 가까이 살아서 좋다.
배들이 워낙 육지 가까이 다녀서
배에 탄 사람이 손을 뻗으면 물가에서 자라는
버드나무의 가지를 꺾을 수도 있을 정도다.
해안선을 따라 말들이 제멋대로 내달린다.
배에 탄 사내들이 마음만 먹으면,
올가미를 던져 말을 갑판으로 잡아올릴 수도
있을 것이다. 동쪽으로 향하는 긴 여정의
동반자로 삼기 위해.

내 집 발코니에 서면 말과 나무,
이층집들을 쳐다보는 사내들의 얼굴
표정을 읽을 수 있다.
진입로에 빨간 차가 서 있는 집
발코니에서 손을 흔드는 사내를 보며
그들이 무슨 생각을 할지 나는 안다.
그들은 그 사내를 보며 자신들이 행운아라고
생각한다. 얼마나 신비로운 행운인가, 그들은
생각한다, 그 행운이 그들을 아시아로 향하는
배의 갑판에 데려다준 것이다. 무슨 일이든
닥치는 대로 하던 시절, 창고와 부두에서 일하거나 아니면
그곳에서 서성이거나 하던 시절은 이제 잊혔다.

그런 일들은 다른 이들, 더 젊은 사람들에게나
있었다, 애당초 그런 일들이 일어나긴 했다면.

                갑판 위의 사내들이 팔을 들어
마주 흔든다. 그러고는 배가 미끄러져가는 동안
난간을 잡고, 그 자리에 가만히 서 있는다. 말들은
나무 밑에서 빠져나와 햇볕에 들어선다.
그놈들은 동상처럼 그 자리에 서 있는다.
배가 지나가는 걸 지켜보면서.
파도가 뱃전에 닿아 부서진다.
해안에 부서진다. 말들의 마음 속에서,
늘 아시아인 그곳.

선물
―테스에게

어젯밤 늦게 눈이 오기 시작했어. 젖은 눈송이가
창문을 스치며 떨어지고, 천창 위에 눈이 쌓였지.
우린 놀라고 행복해하며 한동안 지켜봤어.
다른 곳이 아니라 여기 있는 게 기뻐.
나는 화목난로를 가득 채웠지. 배기구를 조절했고.
우린 잠자리에 들었고, 나는 바로 눈을 감았어.
하지만 무슨 이유에선가, 잠이 들기 전에,
우리가 떠나던 날 밤 부에노스아이레스
공항에서의 장면을 떠올렸어.
얼마나 고요하고 인적 없는 곳이던지!
우리가 탄 비행기가 게이트에서 후진해
눈이 살짝 덮인 활주로를 향해 천천히 나아가는
엔진소리 말고는 아무런 소리도 나지 않았어.
터미널의 창은 모두 컴컴했지.
아무도, 심지어 지상 근무 직원들도 보이지 않았어.
"공항 전체가 슬픔에 잠긴 것 같아," 당신이 말했지.

눈을 떴어. 숨소리를 들으니 당신은 깊이
잠든 것 같더군. 나는 한 팔로 당신을 덮어주고는
아르헨티나를 지나 내가 한때 살던 팔로알토 집을
떠올렸어. 팔로알토에는 눈이 오지 않아.
그 집에는 베이쇼어고속도로를 향해 난

창문 두 개가 있는 방이 있었지.
냉장고가 침대 옆에 있었어.
한밤중 탈수가 왔을 때, 팔을 뻗기만 하면
냉장고 문을 열고 갈증을 해소할 수가
있었어. 안의 불빛으로 찬물이 든 병이 어디 있는지
볼 수 있었지. 욕실 세면대 가까이에는 전기곤로가
있었어. 내가 면도를 하는 동안 커피가루가 든 병
바로 옆 곤로에서는 물이 끓었지.

어느 날 아침, 나는 옷을 입고, 면도를 깨끗하게 한 채,
결심했던 일의 실행을 미루며
커피를 마시고 있었어.
마침내 샌타크루즈에 있는 짐 휴스턴의 번호로
전화를 걸었어. 그러고는 칠십오 달러를 부탁했지.
돈이 없다더군. 와이프가 한 주 동안 멕시코에 갔대.
그래서 돈이 없다고. 그 친구도 이번 달엔 돈이
모자라다고 했어. "괜찮아," 내가 말했지. "이해해."
진심이었어. 우린 대화를 좀더 나누다가
전화를 끊었어. 돈이 없다니 뭐.
대략 비행기가 노을을 향해 이륙할 즈음,
난 커피를 다 마셨어.
부에노스아이레스의 불빛을 마지막으로

다시 한번 보려고 자리에서 몸을 돌렸지. 그러고
집으로 향하는 긴 여정을 위해 눈을 감았어.

오늘 아침엔 사방이 온통 눈이야. 우린 그 사실을 잠깐
언급하지. 당신은 잘 자지 못했다고 말해. 나도
마찬가지였다고 말해. 당신의 밤은 끔찍했어. "나도."
우리는 서로를 극도로 차분하고 부드럽게 대해,
상대의 취약해진 마음 상태를
감지하고 있기라도 한 것처럼. 상대가 어떤 기분인지
알고 있기라도 한 것처럼. 물론, 우린 알지 못해.
한 번도 그런 적이 없지. 어떤 경우에도.
내가 중요하게 여기는 건 다정함이야. 그게
오늘 아침 날 감동시키고 붙잡아준 선물이지.
다른 모든 아침과 마찬가지로.

폭포로 가는 새로운 길

선물

너무나 행복한 하루.
안개가 일찍 걷혔고, 나는 정원에서 일했다.
벌새가 인동덩굴 꽃 위에 머물러 있었다.
이 세상에 소유하고 싶은 것이 단 하나도 없었다.
내가 부러워할 만한 이도 없었다.
나를 괴롭게 한 사악한 것들도, 나는 잊었다.
내가 전과 다를 게 없는 사람이라는 걸 떠올려도,
그게 날 부끄럽게 하지 않았다.
아무런 육체적 고통도 없었다.
허리를 펴면, 푸른 바다와 돛들이 눈에 들어왔다.

—체스와프 미워시

1부

젖은 사진

그 아름다운 나날들
도시가 하나의 주사위, 부채 그리고 새의 노래
혹은 바닷가의 조개껍데기를 닮을 때
　　—잘 가, 잘 가, 예쁜 아가씨들,
　　　　우린 오늘 만났지
　　그리고 두 번 다시 만나지 못할 거야.

아름다운 일요일들
도시가 축구, 카드 그리고 오카리나
혹은 흔들리는 종을 닮을 때
　　—햇빛 쏟아지는 거리에서
　　　　지나는 사람들의 그림자가 키스를 하고 있었고
　　사람들은 멀어졌지, 완전히 낯선 사람들.

그 아름다운 저녁들
도시가 한 송이 장미, 체스판, 바이올린
혹은 울고 있는 소녀를 닮을 때
　　—우리는 도미노게임을,
　　　　술집에서 야윈 아가씨들과 검은 점이 찍힌
　　　　도미노게임을 했지,
　　　　아가씨들의 무릎을 보면서

사랑이라는 절박한 왕국에서 받은 훈작의
비단왕관에 새겨진 두 개의 해골처럼
쇠약해진 무릎들.

—야로슬라프 사이프르트

테르모필라이

호텔에 돌아와, 그녀가 옷을 벗고, 창가에 서서, 혼자만의
깊은 생각에 잠겨, 시선은 어디 먼 데 두고, 적갈색 머리를
빗어내리는 걸 보면서,
나는 어떤 이유에선가 헤로도토스가 쓴
라케다이몬인들을 떠올렸다. 페르시아군에 맞서
관문을 지키는 임무를 부여받았던 이들. 그리고 그 임무를
수행한 이들. 나흘 동안. 첫날에는, 크세르크세스가 직접
보고도 자기 눈을 의심한 대로, 이 그리스인들은
전쟁에는 아무 관심이 없는 듯이, 자기들이 세운 목책
바깥에서, 무기들을 대충 쌓아놓고,
별로 특별할 것도 없는 작전을 수행하는
평범한 날인 듯이, 자신들의 긴 머리를 빗고
또 빗었다. 크세르크세스가 저런 행동이 무얼 뜻하는가
물었을 때, 그가 들은 대답은 이랬다. 저들은 이 세상을
떠날 때가 되었을 때 제일 먼저
자신들의 머리를 아름답게 다듬습니다.
　　　그녀는 뼈로 만든 빗 손잡이를 내려놓고 창문과
가차없는 오후의 햇볕으로 조금 더 가까이
다가간다. 저 아래의 무언가가, 거친 소리를 내는
움직임이 그녀의 주의를 끌었다. 한 번의
응시, 그리고 그녀는 관심을 돌린다.

두 개의 세계

무거운 대기에는
크로커스의 향이,

크로커스의 관능적인 향기가 감돌고,
나는 레몬 태양이 사라지며,

바다가 푸른색에서 올리브블랙으로
변하는 걸 지켜본다.

나는 지켜본다
잠들어 있는 내 사랑이

이쪽 세계와 저쪽 세계를 오가며
뒤척이고 숨을 쉬고 다시 잠들 때,

번개가 아시아에서
튀어오르는 모습을.

연기와 기만

저녁식사를 마친 뒤 타티야나 이바노브나가
뜨개질거리를 붙들고 조용히 앉았을 때, 그는 그녀의
손가락들에 시선을 고정한 채 말을 이어갔다.
        "살아가려면 최대한 서둘러야 해요,
        내 친구……" 그가 말했다.
"미래를 위해 현재를 희생해야 한다는 생각 따위는
말아요! 현재에는 젊음, 건강, 불이 있지만, 미래는
연기와 기만일 뿐이에요! 스무 살이 되는 즉시
인생을 시작해요."
        타티야나 이바노브나는 뜨개바늘을 떨어뜨렸다.

—안톤 체호프, 「비밀 조언자」

대프니 근처의 그리스정교 교회 안에서

그리스도는 우리가 이것저것에 대해
논평을 하는 동안 우리의 머리를 품어준다.
우리의 목소리는
여전히 그 텅 빈 방들을 맴돌고 있다.

욕망을 품고 멈춰라, 나는
밖으로 따라나가 경탄하며
무너진 벽들을 살핀다. 바람이
저녁을 불러온다.

바람이여, 너무 늦게 왔구나.
바람이여, 너를 만지게 해다오.
저녁이여, 종일 널 기다렸다.
저녁이여, 우리를 붙잡고 우리를 덮어다오.

그리고 마침내 저녁이 내려앉는다.
그리고 바람이 교회의 네 모퉁이를 휘감아돈다.
그리고 벽들은 사라진다.
그리고 그리스도는 우리의 머리를 품어준다.

기록으로 남도록

교황의 외교사절인 요하네스 부르하르트는
수십 마리의 암말과 씨말들이
바티칸의 중정으로 이끌려들어와
발코니에 나온 교황 알렉상드르 6세와 그의 딸
루크레치아 보르자가
저 아래 그것들이 교미하는 모습을
'즐거이 크게 웃으며' 구경한 일을
차분하게 기록한다.
이 구경이 끝난 뒤에 그들은
잠시 휴식을 취했고, 다음으로
루크레치아의 오빠 세자르가
그 중정으로 끌려들어온 열 명의
무장하지 않은 범죄자를 사살하기를 기다렸다.
다음에 보르자라는 이름이나 르네상스라는
단어를 접할 때 이 일화를 떠올리기를.
나로서는 이 문제를, 오늘 아침에는, 어떻게
이해해야 할지 잘 모르겠다. 일단은 내버려두기로 하자.
아까 계획했던 대로 산책을 나가, 왜가리 두 마리가
이 계절의 초입에 그랬듯 먹이를 찾으며
절벽을 내려가는 모습을 볼 수 있었으면, 그래서
우리가 아직 아무도 없는 이곳에 막 도착한 듯
느끼게 되었으면, 내몰려서 온 게 아니고,

끌려들어온 게 아니고.

변신

믿음 없이, 우리는 오늘 아침
텅 빈 배와 가슴으로 여기에 왔다.
나는 그들의 어리석은 요구를 잠재우고자
두 손을 펼치지만, 그들은 돌 위로
맥없이 흘러내리기 시작한다.
내 옆에 있던 여자는 석굴* 안 바로 그 돌 위에서
미끄러져, 머리를 부딪힌다.
내 뒤에서 나의 연인이 카메라를 들고
이 모든 일을 세세히
컬러 필름에 담고 있다.

하지만 보라!
여자는 신음을 흘리며 천천히 일어나
머리를 흔든다: 그녀는
우리가 옆문으로 탈출하는 동안
바로 그 돌들을 축복한다.
나중에 우리는 이 영상 전체를
돌려보고 또 돌려본다. 나는 여자가
계속해서 넘어지고 일어나고,
넘어지고 일어나는 모습과,

* The Grotto. 예수가 탄생했다고 알려진 베들레헴의 동굴. 이 동굴을 둘러싸고 예수탄생교회Church of the Nativity가 건축되었다.

아랍인들이 악마라도 보는 눈으로
카메라를 쳐다보는 모습을 본다.
내가 포즈를 잡았다가 또다른
포즈를 취하는 모습도 보인다.

주여, 저는 아무런 목적도 없이
이 성스러운 땅에 와 있습니다.
제 두 손은 이 밝은 햇빛 아래
비탄에 떨고 있습니다.
그들은 서른 살 된 사내와 함께
사해의 해변을 따라
오가고 있다.
주여, 임하소서. 제 고해를 듣고
죄를 사하여주옵소서.
너무 늦었다 카메라가 모든 걸 담으며
돌아가는 소리가 들린다.
나는 카메라를 바라본다.
내 미소가 소금으로 바뀐다. 소금
내가 선 자리에서.

위협

오늘 어떤 여인이 히브리어로 내게 신호를 보냈다.
그리고 자신의 머리카락을 뽑아, 그것을 삼키고는
사라졌다. 충격을 받고 집으로 돌아오니,
세 대의 수레가 문가에 서 있었고 거기 실린 곡식포대들
사이에서 손톱들이 보였다.

공모자

잠을 못 잤어. 여기서 가까운 숲속 어딘가에서,
공포가 망보는 이의 두 손을 감싸고 있어.

우리 방의 하얀 천장이
날이 어두워지자 불안할 정도로 낮아졌어.

거미들이 기어나와 커피잔마다
자리를 잡고 있어.

무섭냐고? 손을 내밀면 이빨을 드러낸
삼 인치짜리 오래된 신발 한 짝이
만져질 거라는 건 알고 있지.

자기야, 때가 됐어.
저 한 움큼의 순정한 꽃다발 뒤에 당신이
몸을 숨기고 있는 거 알아.

나와.
걱정하지 마, 약속할게.

들어봐……
누군가 문을 두드리고 있어.

그런데 이걸 배달하기로 한 사내가
그 대신 당신 머리에 총을 겨누고 있어.

사랑이라는 이 단어

그 여자가 불러도 안 갈 거야,
그 여자가 **당신을 사랑해**라고 해도,
특히 그거,
그 여자가 오직 사랑 사랑
말고는 아무것도 따지지 않는다고
맹세해도.

이 방안의 빛은
모든 걸 골고루
덮고 있다.
내 팔에도 그림자가 없다,
빛이 그것마저 삼켜버렸기 때문에.

하지만 **사랑**이라는 이 말—
이 단어는 컴컴하게, 무겁게
자라나면서 스스로를 흔든다, 먹어치우기
시작한다, 몸서리치고 경련한다,
이 종이를 뚫고 나와
우리조차 그놈의 투명한 목구멍 속에서
어둠에 잠길 때까지, 다만 잠잠한 것은
쪼개져 있는, 번들거리는, 엉덩이와 허벅지,
머뭇거림을 모르는 너의 흐트러진 머리카락.

도망가지 말아요

볼이 분홍색으로 물들어 있고, 행복하고, 무언가
예사롭지 않은 일이 일어날 거라는 예감에 눈물이 핑
돌아 두 눈을 반짝이고 있는 냐다, 원무를 추는
그녀의 하얀 드레스가 부풀어올라 살색 스타킹을
신은 그녀의 가느다랗고 예쁜 다리가 살짝살짝
드러난다. 늘 자신만만한 바랴는, 포드고린의 팔을 잡고
의미심장하게 속삭였다: "미샤, 당신의 행복으로부터
도망치지 말아요. 그게 스스로 당신 앞에 나섰을 때
붙잡아요, 나중에는 당신이 그걸 쫓아가게 되겠지만,
따라잡지 못할 거예요."

—안톤 체호프, 「친구 방문」

여자가 물가에 있다

내치스강. 폭포 바로 밑.
사람 사는 데 어디서든 이십 마일은 떨어진 곳. 사랑의
냄새로 가득찬 햇빛이
빽빽한 다발로 내리쬐는 날.
얼마나 남았지 우리?
피카소의 날렵함을 닮은 네 몸은 벌써
고원의 이 대기 속에서 마르고 있다.
난 네 등, 네 엉덩이를 닦아준다,
내 속옷으로.
시간은 퓨마 같은 것.
우린 아무것도 아닌 일에도 웃음을 터뜨리고,
내가 네 가슴을 건드릴 때마다
　　　　　들다람쥐마저
몸을 떤다.

2부

이름

　운전을 하다가 졸려서 길 옆 나무 아래에 차를 댔다. 뒷좌석에서 몸을 말고 잠에 빠졌다. 얼마나? 몇 시간을. 어둠이 내렸다.

　갑자기 잠에서 깨었고, 나는 내가 누구인지 알 수가 없었다. 완전히 깨어났지만, 별 도움이 되지 않았다. 내가 어디 있는 거지? 난 누구지? 나는 자동차의 뒷좌석에서 지금 막 깨어나, 마대자루 안의 고양이처럼 공황상태에 빠져 이리저리 허둥대고 있는 어떤 존재다. 나는 누구인가?

　한참이 지난 뒤에야 내 삶이 내게로 돌아온다. 내 이름이 천사처럼 내게로 온다. 성벽 바깥에서 트럼펫 소리가 울려퍼지고(〈레오노라 서곡〉에서처럼) 나를 구해줄 발소리가 빠르게 빠르게 긴 계단을 내려온다. 오고 있는 것은 나다! 나다!

　하지만, 자동차들이 헤드라이트를 켜고 미끄러져지나가는 큰 고속도로에서 불과 몇 피트 떨어져 있던 무無의 지옥에서 벌어진 십오 초간의 전투를 잊는다는 건 불가능한 일이다.

　　—토마스 트란스트뢰메르

일자리 찾기 2

난 언제나 아침으로 민물송어를
먹고 싶었다.

느닷없이, 눈앞에 폭포로 가는 새로운 길이
눈앞에 나타난다.

난 서두르기 시작한다.
일어나,

아내가 말한다,
당신 꿈꾸고 있는 거야.

그런데 내가 몸을 일으키려 하는 순간,
집이 기울어진다.

누가 꿈을 꾸고 있다고?
정오야, 아내가 말한다.

새 신발이 문가에서 기다리고 있다.
반짝이면서.

외국 책 세일즈맨

그는 대화를 성스럽게 여기지만
그건 소멸되어가는 기술이다. 미소를
떠우며, 그는 아첨꾼과 나치당의
선동가를 오간다. 언제 누가 되는지는
비밀이다.
얇은 서류가방에서
전 세계의 지도가 나온다;
                      사막들, 대양들,
사진들, 예술작품들―
모든 것이 들어 있고, 원하는 대로
꺼내줄 수 있다. 어떤 문은 활짝 열리고,
어떤 문은 빼꼼 열리고, 아니면 쾅 닫힌다.

매일 저녁,
텅 빈 방에서, 그는
손가락 끝에서 시작되고 거기서 끝나는
욕망을 지닌 채 혼자 먹고,
텔레비전을 보고, 신문을
읽는다.
신은 없다, 그리고
대화는 소멸되어가는 기술이다.

발가락들

이 발은 내게 골칫거리일
뿐이다. 발뒤꿈치, 발바닥,
발목—아파서 걸을 수가 없다. 하지만
제일 걱정되는 건 발가락들이다.
'말단'이라고도 불리는
것들. 맞는 말이다!
이놈들은 뜨거운 목욕물에 머리부터 담그거나
캐시미어 양말을 신는 일에서도 특별한 즐거움을
느끼지 못한다. 캐시미어 양말을 신거나
양말을 아예 안 신거나, 슬리퍼를 신거나
신발을 신거나, 반창고를 붙이거나—
이 멍청한 발가락들에게는 다 똑같다.
이놈들은 심지어 생긴 것조차 모두 다
약에 취해 있거나 우울증에 걸린 것 같다.
누군가가 소라진을 가득 부어넣기라도 한 것처럼.
이놈들은 잔뜩 구부린 채 아무 말이 없다—
칙칙하고 생기 없는 것들. 도대체 왜 이러는 걸까?
뭐가 어찌됐든 아무 상관 없어하는
이것들은 대체 어떤 발가락들인 건가?
이것들이 정말 내 발가락이긴 한 건가?
팔팔하게 살아 있던 옛 시절은
완전히 잊은 건가? 늘 가장 앞서나가고,

음악이 시작되면 제일 먼저
플로어에 나서던 시절.
제일 먼저 발꿈치를 들던.
이놈들 좀 봐. 아냐, 그럴 필요 없다.
꼴도 보기 싫다, 이 굼벵이 같은 놈들.
이놈들이 달렸던 시절, 좋았던 시절을
떠올리는 건 고통과 어려움이 닥쳤을 때
뿐이다. 어쩌면 이놈들이 진심으로 원하는 건
옛 삶과의 모든 관계를 단절하고, 새로 시작해,
지하로 들어가, 야키마 골짜기 어딘가
은퇴자의 영지에서 혼자 살아가는 것일지도
모른다. 하지만
막연한 기대감에 긴장하고
약간의 자극, 가장 사소한 것에도
곧바로 반응해 쾌락에 오그라들던
시절이 있었다.
이를테면, 손가락을 스치는
실크드레스의 느낌 같은 것.
가까이 다가오는 목소리,
목 뒤에 닿는 손길, 심지어 스치고 지나가는
눈길. 어느 것에든!
고리가 풀리는 소리, 코르셋을 벗는

소리, 차가운 마룻바닥으로 옷이
흘러내리는 소리.

달, 기차

달, 풍경, 기차.
우리는 호수의 남쪽 연안을 따라, 온천과 정신병원들을
지나며 일정한 속도로 움직이고 있다.
차장이 라운지 칸으로 와서, 왼쪽—저기,
불빛이 있는 곳—을 내다보면 조명이 켜진
테니스코트가 보일 텐데, 아마도, 심지어
지금 이 시간에도, 테니스를 치고 있는
프란츠 카프카를 볼 수 있을 거라고 했다. 카프카는
테니스에 미쳐 있어서 늘 거기 산다고.
말이 끝나기가 무섭게, 아닌 게 아니라—
흰색 옷을 입은 카프카가, 젊은 남자와 여자를 상대로
복식을 치고 있는 게 보인다. 카프카의 파트너는 누군지
알 수 없는 젊은 여성이다. 어느 팀이 이기고 있을까?
점수는 누가 기록하고 있을까? 공이 왔다갔다, 갔다왔다
하고 있다. 다들 몰두해서, 실수 한 번 없는 듯하다.
그들 중 누구도 고개를 들어 지나가는 기차를 쳐다볼
생각조차 하지 않는다. 기찻길이 갑자기 곡선을 그리며
기차는 숲을 관통하기 시작한다. 나는 자리에서 몸을 돌려
뒤를 돌아보지만, 테니스코트의 전등이 갑자기 꺼진 건지,
아니면 기차의 위치가 그렇게 변한 건지, 뒤에 보이는 건
어둠뿐이다. 라운지 칸의 모든 승객이
마실 것이나 간단히 먹을 걸 더 주문하기로 한 건 바로

이 순간이었다. 하긴, 그러지 않을 이유가 어디 있겠는가?
카프카는 채식주의자였고 술은 입에도 대지 않았지만,
그렇다고 남들이 그러는 것까지 가로막을 일은 아니다.
게다가, 기차 안의 누구도 그 테니스 게임이나
불빛 아래 게임을 하고 있는 이가 누구인지
아무런 관심이 없었다. 나는 전과 다른 새로운 인생을
향해 가고 있었고, 따라서 내 생각도 다른 데 가 있었기
때문에, 그 광경에 대해서는 나도 별 관심이 없었다.
그렇긴 했지만, 아무튼 약간은 흥미로운 일이었고,
언급할 필요는 있겠다고 생각했다; 그래서 차장이
그렇게 해준 게 반가웠다.

"그러니까 그게 카프카였군요," 내 뒤에 앉은
누군가가 말했다.
"그래서요," 누군가가 대답했다. "그래서 어쨌는데요?
전 펄뮤터라고 합니다. 만나서 반갑습니다. 한잔합시다."
이렇게 말하며 그는 셔츠 주머니에서 카드를 한 벌
꺼내더니 앞의 테이블에 꺼내놓고 섞기 시작했다.
그의 거대한 손은 벌겋고 갈라져 있었다. 그 두 손은
카드를 통째로 삼키고 싶어하는 듯했다. 기차는
한번 더 커브를 틀었고 숲을 뚫고 가기 시작했다.

두 대의 마차

다시, 내달리는 말들, 술 취한 니카노르의 괴이한 목소리, 바람과 끊임없이 내리는 눈. 우리의 눈, 우리의 입, 그리고 모피코트의 주름 잡힌 부분마다 파고드는…… 바람이 휘파람 소리를 내며 몰아쳤고, 마부는 소리를 질렀다; 그리고 이 정신 사나운 대소동이 벌어지는 동안, 나는 내 생애에 다시없었던 그 이상하고 터무니없는 날을 온갖 세세한 부분까지 떠올렸고, 그러면서 내가 정말 제정신을 잃었거나 완전히 다른 인간이 되었구나, 하고 생각하게 되었다. 그날까지의 나라는 인간은 이미 내게는 낯선 사람이 되어버린 것 같았다…… 십오 분이 지난 뒤, 그의 말들은 뒤로 처지기 시작했고 그가 흔들어대는 종소리는 눈보라의 포효 속에 묻혀 사라져버렸다.

—안톤 체호프, 「아내」

기적

두 사람은 로스앤젤레스에서 샌프란시스코로 가는
편도 여객기에 타고 있다.
방금 법정에서 칠 년 만에 두번째로 파산선고를 받는
수모를 겪은 뒤, 둘 다 술에 취하고
몸도 가누지 못하는 상태다.
그러니 비행기 안에서 말을 하긴 했다면,
무슨 말이 오갔고, 누가 그 말을 했을까?
그날 하루 동안 있었던 일들이 쌓인 것일 수도 있겠고,
아니면 몇 해에 걸친 실패와, 폭력을 이끌어냈던
타락에 대한 것이었을 수도 있겠다.

일찍부터 안팎으로 털리고 십자가에 못박힌 채
죽도록 내버려져 있던 두 사람은
감당 못할 쓰레기 뭉치처럼 공항 터미널
앞에 내던져졌다. 하지만 일단 공항에 들어서자
두 사람은 다시 원래의 자세를 찾고,
라운지에 자리를 잡아 **가자 다저스!**
라고 쓴 현수막 아래에 앉아 위스키 더블을 삼켰다.
두 사람은, 늘 그래왔듯이, 자리에 앉아
벨트를 매자마자 그대로 늘어졌고, 언제나
그랬듯이, 이런 상태가 보편적인 인간 조건이라고
마음대로 생각할 준비가 되어 있었다.

두 사람에게 이건 인간의 미약한 이해의 수준을
넘어서는 힘, 모든 계산을 초월하는 힘으로
끊임없이 전개되어온 싸움이었다.

하지만 여자에게 균열이 생기고 있다. 그녀는
더이상은 견뎌낼 수가 없고, 곧, 아무 말 없이,
앉은 자리에서 몸을 돌려 사내를 공격한다. 사내를
때리고 또 때리고, 그는 받아들인다. 그는
그보다 열 배 더한 것도 당해 마땅하다고
가슴 깊이 받아들이고 있고—여자가 무슨 짓을 하든—
마땅하다는 자세로 두들겨 맞고 있다. 거기엔
타당한 이유들이 있다. 얻어맞는 동안
사내의 머리는 앞뒤로 흔들리는데, 여자의 주먹은
그의 귀, 그의 입술, 그의 턱으로 떨어지고,
그는 위스키를 보호하려 애쓰고 있다. 사내는
그 플라스틱 컵이, 그래, 바로 앞 쟁반 위에 놓인
그 컵이 오랫동안 찾아온 보물이라도 되는 듯이
꼭 쥐고 있다.

여자는 사내의 코에서 피가 흐를 때까지 때리고,
그제야 사내는 여자에게 멈춰달라고 부탁한다.
제발, 자기, 제발 좀, 그만해. 사내의 애원은

여자에게는 다른 우주, 소멸해가는 별에서 보내오는
희미한 신호로 여겨질지도 모르겠다. 실제로
그렇다, 그건 다른 시간과 공간으로부터 발화되어
여자의 뇌를 건드리는, 여자가 잃어버렸고 이제는
영영 사라져버린 어떤 것을 상기시키는,
암호화된 신호다. 어찌 됐든, 여자는 사내를
때리는 걸 멈추고, 자기가 마시던 술로 돌아간다.
왜 멈추는가? 이토록 메마르기 전 풍요로웠던
시절을 기억하기 때문에? 똘똘 뭉쳐서 세상에 맞서던,
두 사람이 함께해온 그 모든 역사 때문에? 말도 안 되는
소리. 만약에 여자가 정말 그 모든 걸 다 기억하고 있었고,
그 긴 세월이 여자의 무릎 위로 한꺼번에 떨어져내렸다면,
여자는 그 자리에서 사내를 죽여버렸을 것이다.

어쩌면 팔이 아픈 건지도 모른다. 그래서 멈춘 것이다.
피곤했다고 하자. 그래서 멈춘 것이다. 사내는
마치 아무 일도 없었던 것처럼 자기 술을 집어든다. 물론
아무 일도 없지 않았고, 사내는 머리가 아프고
현기증이 난다. 여자는 입밖으로 한마디도 내지 않고
위스키를 마신다. '나쁜 새끼'나 '개자식' 같은
늘 하던 욕조차 없이. 완전한 침묵.
사내도 머릿니처럼 침묵한다. 술과 함께 온

냅킨을 코밑에 대고 피를 받으며, 천천히
고개를 돌려 눈치를 본다.

저 아래, 해안의 계곡을 따라 늘어선 집들에
작은 불들이 켜져 있다. 그곳은 지금 저녁식사
시간이다. 너무나 튼튼해
날아가버리는 일은 절대 없을 지붕 밑에서
사람들은 식탁이 가득차게 둘러앉아, 두 손을 모으고,
감사기도를 나눌 것이다. 저 집들에선, 사내는 상상한다,
품위 있는 사람들이 먹고, 기도하고,
서로를 보듬으며 살고 있을 것이다. 식탁을 떠나
다이닝룸 창문을 통해 하늘을 올려다봤을 때 보름달을,
그리고 그 아래, 불을 밝힌 벌레처럼 희미하게 빛나는
여객기를 볼 수 있는 사람들. 사내는 몸을 기울여
날개와 그 너머를 본다. 그들이 빠르게 다가가고 있는
도시의 무수한 불빛들, 그들이 같은 부류의
사람들과 더불어 사는 곳, 그들이
집이라고 부르는 곳을.

사내는 객실 안을 둘러본다. 다른 사람들,
그게 다다. 어떤 면에서는 자신들과 같은
사람들, 남자 혹은 여자, 둘 중 하나인, 자신들과

490

완전히 다르지는 않은 사람들—머리, 귀, 눈, 코,
어깨, 성기—이런, 심지어 입고 있는 옷들도 비슷하고,
모두들 허리춤에 똑같은 벨트까지 매고 있다. 하지만,
그는 자신과 여자가 이 사람들과 같지 않다는 걸
알고 있다. 그랬으면 좋겠지만. 여자도 그럴 것이고.

피가 냅킨을 완전히 적신다. 머릿속에서 계속
전화벨이 울리지만 사내는 받을 수가 없다. 받을 수
있다고 한들 무어라 말하겠는가? 죄송하지만
두 사람은 없습니다. 여기서 떠났고, 거기서도 떠났어요,
오래전에요. 그들은 벨트에 묶인 채, 희박한
밤공기를 뚫고 날아간다. 피범벅인 남편과 아내,
둘 다 너무나 움직임이 없고 창백해서
죽었다고 할 수도 있을 법한. 하지만 그렇지 않다,
그리고 그게 바로 기적이다. 이 모든 것이
두 사람이 살며 겪은 신비한 일들 중 또 한번의
거대한 발걸음이다. 오래전,
두 사람이 손을 모아 칼을 잡고 웨딩케이크를 처음
깊이 잘랐을 때, 이런 일이 일어나리라 누가
말할 수 있었겠는가? 그리고 그다음.
누가 그 말을 들었겠는가?
미래에 대해 그런 소식을 가지고 오는 이는,

누가 됐든 입구에서부터 저지당했을 것이다.

비행기가 고도를 높이고, 날카롭게 방향을 튼다.
사내는 여자의 팔을 건드린다. 여자는 그가
그렇게 하게 둔다. 심지어 사내의 손을 잡기도 한다.
두 사람은 서로에게 딱 맞는 상대다, 그렇지 않은가?
이건 운명이다. 두 사람은 살아남을 것이다. 두 사람은
다시 땅에 발을 딛고, 정신을 차린 뒤, 이 끔찍한
상태에서 벗어날 것이다—
정말로 그래야 한다, 반드시 그래야만 한다.
두 사람의 앞날에는 아직도 많은 일이 남아 있다,
너무나 많은 끔찍한 놀라움들, 너무나 아름다운 반전들.
지금은 사내의 옷깃에 묻은 피,
여자의 소매에 남은 짙은 얼룩에 대해
두 사람이 설명해야 하고.

내 아내

내 아내가 자기 옷들을 가지고 사라졌다.
나일론스타킹 두 벌과, 침대 뒤에 떨어져서 못 본
머리빗은 남겨두고.
이 잘빠진 스타킹과, 빗에 붙어 있는
튼튼하고 짙은 머리카락에 주목해달라고
말하고 싶다.
스타킹은 쓰레기봉투에 넣었다. 빗은
내가 쓸 생각이다. 이 침대만은
기이하고 설명이 불가능해 보인다.

와인

알렉산드로스대왕의 일대기를 읽고 있는데,
알렉산드로스의 포악한 아버지, 필리포스는
왕손이자 전사로서 이미 모든 걸 갖춘 알렉산드로스가
세련미까지 갖추도록 아리스토텔레스를
고용한다. 알렉산드로스는 나중에 페르시아
원정을 떠나며, 안에 융을 댄 상자에 『일리아스』를
한 권 가지고 간다. 알렉산드로스는 그 책을 매우
좋아했다. 그는 싸우는 것과 술 마시는 것도 좋아했다.
나는 알렉산드로스가 밤새 흥청거리고 마시다가
와인에 취해(취하는 것 중 최악이다—그 숙취란
잊을 수가 없는 것이다) 햇불을 던져,
페르시아제국(알렉산드로스의 시대에도 이미
고대라고 일컬어지던)의 수도 페르세폴리스를
태워버린 방화를 처음 시작한 지점에 이르렀다.
그 화재로 페르세폴리스는 잿더미가 되었다. 물론,
나중에, 다음날 아침에—어쩌면 아직 불길이
타오르고 있었을 텐데—알렉산드로스는 후회했다. 그러나
그건 다음날 저녁, 의견의 차이가 다툼이 되고,
초벌 와인을 너무 마셔 얼굴이 시뻘겋게 달아오른
알렉산드로스가 거만해진 나머지, 비틀거리며 일어나
창을 집어들고 그의 친구, 그라니코스 전투에서
자신의 목숨을 구해준 클레이토스의 가슴에

꽂아버린 일에 비하면 아무것도 아니었다.

사흘 동안 알렉산드로스는 슬퍼했다. 울었다. 음식을 거
부했다.
"생존을 위한 육체의 요구를 거부했다." 심지어
평생 와인을 마시지 않겠다고 했다.
(나는 탄식과 더불어 행해지는 이런 약속들을 여러 번 들
었다.)
알렉산드로스가 슬픔에 잠겨 스스로를 돌보지 않는 동안,
말할 필요도 없이, 군대 역시 완전히 멈춰 섰다.
하지만 그 사흘이 지나갈 무렵, 무더위가
그의 죽은 친구의 시신에 타격을 주기 시작했고,
알렉산드로스는 무언가를 해야 했다. 정신을 차리고
자신의 막사를 나선 알렉산드로스는 가지고 온
호메로스를 꺼내, 읽기 시작했다. 마침내 알렉산드로스는
그 책에 묘사된 파트로클로스의 장례식과 완전히 동일한
장례식을 거행할 것을 명령했다. 알렉산드로스는
클레이토스를 가능한 한 성대하게 배웅하고 싶어했다.
그리고 화장을 위한 불이 타오르고 장례가 거행되는 동안,
와인을 담은 그릇이 그의 앞으로도 지나갔을까? 물론이다,
그걸 말이라고 하나? 알렉산드로스는 실컷 마시고
뻗어버렸다. 사람들이 알렉산드로스를 막사까지

옮겨야 했다. 들어올려, 침대에 눕혀줘야 했다.

화재 이후

그 자그마한 대머리 사내, 주코프 장군의 요리사,
모자가 불에 탔던 바로 그 사내가 들어왔다. 그는
앉아서 들었다. 그러다가, 그 또한 추억에 잠겨 이야기를
하기 시작했다. 니콜라이는 스토브 위에 걸터앉아
다리를 늘어뜨린 채 이야기를 듣다가, 옛날에
상류층 인사들을 위해 마련하던 요리들에 대해 물었다.
그들은 여러 가지 찹, 커틀렛, 다양한 종류의 수프와
소스들에 대해 이야기했고, 이 모든 걸 아주 잘 기억하고
있던 요리사는 이제는 더이상 만들지 않는 요리들을
언급했다. 그중 하나가, 예를 들면—황소의 눈알로 만드는,
'아침에 일어나기'라고 부르던 요리였다.

—안톤 체호프, 「소작농들」

3부

끝까지 남는 건 당신이 시작한 것이다.

─찰스 라이트, 『남부의 강들에 대한 기록』

부엌

야키마 근처 스포츠맨파크에서, 나는 바늘에 지렁이를
잔뜩 끼우고, 배스가 물길 기대하며 못 한가운데로 낚시를
던졌다. 황소개구리들이 보이지 않게 공기를 긁어대고
있었다. 조금 큰 팬케이크만한 거북이 한 마리가
거북이들이 잠시 머무는 정거장 역할을 하는
수련 잎사귀 위에 앉아 있다가, 다른 거북이가 그 위로 몸을
끌어올리자, 물로 미끄러져들어갔다. 하늘은 푸르고,
따뜻한 오후였다. 나는 모래둑에 끝이 갈라진 나뭇가지를
박아넣고, 낚싯대를 갈라진 틈에 얹어놓은 뒤,
찌를 잠시 바라보다가, 자위를 했다.
졸리기 시작했고, 그래서 눈을 감았다.
꿈을 꾸었던 거 같기도 하다. 그땐 그러곤 했다. 그때
갑자기, 꿈속에서, 풍덩 소리가 들렸고, 얼른 눈을 떴다.
내 낚싯대가 사라지고 없었다!
물의 표면을 덮고 있던 거품에 한 줄기 흔적이 남은 게
보였다. 찌가 올라왔다 사라졌다를 반복하더니, 다시 한번
표면의 거품을 걷어내며 떠올랐다가, 또 가라앉았다.
어떻게 하지? 나는 소리를 지르고 또 질렀다.
둑을 따라 내달리며, 저 낚싯대와 고기를
건져올리게만 해주신다면, 다시는 자위를 하지 않겠노라고
하나님께 맹세했다. 물론, 하나님한테서는 아무런 대답도,
신호도 없었다. 나는 한 번은 여기서, 한 번은 저기서 이따금씩

떠오르는 찌를 보면서, 못(일 년 뒤에 내 친구를 데려간
바로 그 못) 주변을 오랫동안 배회했다. 그림자가 커지며
나무에서 못으로 떨어졌다. 마침내 어두워졌고, 나는
자전거를 타고 집으로 돌아왔다.

                           아빠는 술에 취해 있었고
부엌에서 자기 아내가 아닌, 내 엄마도 아닌 어떤 여자와
함께 있었다. 이 여자는, 내가 똑똑히 봤는데, 아빠의
무릎 위에 앉아, 맥주를 마시고 있었다. 앞니의
한 부분이 없는
여자가. 여자는 일어서면서 억지
미소를 지었다. 아빠는 자기 자식인 나를
알아보지 못하겠다는 듯 노려보며 그대로
앉아 있었다. **어이, 왜 그러니?** 그가 말했다.
무슨 일이 있니? 여자는 싱크대에 기댄 채 입술을
핥으며 흔들거리면서, 뭐가 됐든 다음에 벌어질 일을
기다리고 있었다. 아빠는 옛날부터 앉던 부엌 식탁
자기 자리에 그대로 앉아 있었고, 바지의
부풀어올랐던 부분이 가라앉고 있었다.
우린 모두 기다렸고, 내 어리고 길들여지지 않은 입에서
쏟아진 분노의 고함과 문장 사이 어딘가에서 더듬거리는
분절된 음절들의 의미를 궁금해했다.

멀리서 들려오는 노래

축일이었기 때문에, 그들은 동네 술집에서
청어를 한 마리 사 머리로 수프를 끓였다.
그들은 대낮부터 둘러앉아 차를 만들었고,
모두들 땀을 흘리게 될 때까지 마셨다. 모두들
차 때문에 부어오른 것처럼 보였다. 그다음에는
다같이 수프에 덤벼들었다. 냄비에서 덜지도 않은
채였다. 청어는 할머니가 이미 감춰둔 뒤였다.
저녁때, 그릇장이는 언덕 경사지에서 가마에
불을 때고 있었다. 저 아래 들판에서는 젊은 여자들이
모여 원무를 추며 노래를 불렀다…… 멀리서 들리는
노래는 부드럽고 아름다웠다. 술집 안팎에서는
소작농들이 모여 소란을 피우고 있었다. 그들은
취한 음성으로 고래고래 노래를 부르며, 서로에게
욕을 해대고 있었다…… 그리고 젊은 여자들과 아이들은
머리카락 하나 까딱하지 않고 그 욕들을 다 들어넘겼다.
요람에 누워 있을 때부터 그런 소리들을 들어
익숙한 게 분명했다.

─안톤 체호프, 「소작농들」

502

멜빵

엄마는 말했다, 맞는 벨트가 없다고 그러니
다음날 학교에 멜빵을 매고 가야 할
거라고. 멜빵을 매고 오는 이학년짜리는 없다,
다른 학년에도 없다. 엄마는 말했다,
매고 가지 않으면 그걸 너한테 써줄 거야, 난 그건
싫어. 그때 아빠가 뭐라고 말했다. 아빠는
우리의 작은 오두막집 한 칸 방을 거의 다 차지한 침대에
누워 있었다. 아빠는 우리한테 조용히 하라고, 내일 아침에
해결하면 안 되겠느냐고 물었다. 아침 일찍 출근해야
되는 거 모르냐고? 아빠는 내게 물 한 잔만 가져다 달라고
했다. 실컷 퍼마신 위스키 때문이야, 엄마가 말했다.
위스키가 몸의 물을 말려버리는 거야.

나는 싱크대로 가서는, 왜 그랬는지 모르겠지만,
비누 풀린 설거짓물을 가져왔다. 물을 마시고 나서
아빠가 말했다, 거 물맛이 참
이상하구나, 애야. 물 어디서 떠왔니?
싱크대에서요, 나는 말했다.
난 네가 네 아빠를 사랑하는 줄 알았다, 엄마가 말했다.
사랑해요, 사랑해요, 나는 말했다, 그리고 싱크대로 가서
비눗물에 물컵을 담갔다가 마셨다, 두 컵이나, 오로지
그들에게 보여주려고. 난 아빠를 사랑해요, 난 말했다.

그랬지만, 바로 그때 그 자리에서 속이
뒤집어졌다. 엄마가 말했다, 내가 너라면 정말
부끄러울 거다. 어떻게 네 아빠한테
그럴 수가 있니. 그리고, 분명히 말하는데, 내일 그 멜빵
꼭 매야 돼. 아침에 말 안 들었다간
머리카락을 다 뽑아줄 테니까. 난 멜빵 매기
　　　　싫어요,
나는 말했다. 매야 될걸, 엄마가 말했다. 그 말과 함께
멜빵을 들어 내 맨다리에 채찍질을 하기 시작했다, 내가
울면서 방안을 팔짝팔짝 뛰어다니는 동안. 아빠는
그만두라고 소리쳤다, 제발, 그만둬.
머리가 아파 죽겠다고, 거기다
더러운 비눗물까지 마셨더니 배가
아프다고. 다 애 덕분이지, 엄마가 말했다. 그때 누군가가
우리 옆의 오두막 벽을 두들기기 시작했다. 처음엔
주먹으로 치는 것 같았다—쾅쾅쾅—그러더니,
누군진 모르겠지만 대걸레 아니면 빗자루로 바꿔
들었다. 이런 빌어먹을, 자란 말이야! 누군가가 소리쳤다.
집어치우라고! 우린 그렇게 했다. 불을 끄고
침대에 들어가 조용해졌다. 고요함이 찾아왔다
아무도 잠들지 못하는 집으로.

낚시질을 위해 알아야 할 것

낚시꾼의 상의와 바지는 너무 두껍지도 무겁지도 않은
직물로 된 것이 좋다. 빨리 젖는 것들이 빨리 마르기
때문이다. 방수 처리를 한 벨베던, 퍼스티언,
몰스킨―쥐 사냥꾼의 의상―은 낚시꾼이
절대 입으면 안 된다. 낚시꾼이 일이 마일을 헤엄쳐야
할 일이 생겼을 때, 물에 푹 젖은 이 소재의 옷들은
엄청나게 무거워진다. 그리고 낚시꾼의 고기바구니에
1스톤 무게의 고기가 담겨 있으면, 이런 시도는,
하지 않는 게 가장 안전할 것이다. 내가 만났던
어떤 나이든 신사는 제대로 된 낚시꾼이라면
코르크 재킷을 입는 게 적절하다고 하면서,
그 재킷을 겨드랑이에서 묶으면, 그걸 입은 사람은 날만
따뜻하면 호수의 어느 곳에든 갈 수 있고, 거기에
우산까지 쓰면 쾌적하고 시원하게,
"얼음동굴을 갖춘, 햇볕이 잘 드는 즐거움의 돔 안에서"
낚시를 즐길 수 있을 거라고 했다. 이 신사는 또한,
레딩소스 한 병과 "펩틱 알약" 한 상자, 그리고
휴대용 프라이팬은 모든 낚시꾼이 갖춰야 할
필수 휴대장비가 되어야 한다고 생각한다.

―스티븐 올리버, 『노스컴벌랜드, 컴벌랜드, 웨스트모얼랜
드에서 한 플라이낚시의 장면들과 기억들』(1834)

물고기를 미끼로 유인하기 위한 연고

사람의 지방과 고양이 지방을 각각 0.5온스씩,
곱게 간 미이라 가루를 세 줌, 커민 씨앗을 곱게 간
가루 한 줌, 아니스와 보리이삭 기름을 정제한 것
각각 여섯 방울씩, 사향고양이의 사향 두 작은 방울,
그리고 캄포나무 기름 네 작은 방울. 이것들로
연고를 만든다. 낚시를 나갈 때, 낚싯바늘을 묶은 줄
8인치에 이 연고를 바르고 백랍상자 안에
보관한다. 이 연고를 사용할 때는 낚싯바늘 옆에
헤어를 반드시 세 개 이상 매달아야 한다. 하나만 매달면
붙어 있지 않을 것이기 때문이다. 무덤을 개장할 때 나오는
시신의 뼈나 해골을 구해서, 가루를 낸 뒤,
지렁이를 보관하는 이끼통에 같이 넣어둔다. 무덤에서 나온
흙 같은 것도 좋다. 이제 나가서
낚시할 장소를 찾으라.

―제임스 체섬, 『낚시꾼의 핸드북』(1681)

철갑상어

마치 창의 납작한 면처럼 좁은 몸에
머리통이 쇠처럼 단단한,
      입이 아래쪽에 달려 있는,
철갑상어는 물밑 바닥에서 먹이활동을 하고
시력이 좋지 않다.
이끼처럼 생긴 더듬이는 거의 움직이지 않는 입술
위로 늘어져 있고,
등지느러미와 장갑을 두른 등뼈는 이놈이
다른 세계에서 온 존재라는 증거다.
철갑상어는
혼자서, 큰 강에서만 살고,
백 년을 살고 나서야 첫 교미에 나선다.

        한번은 아버지와 함께
중부 워싱턴주 축제에 갔다가 농업전람회관
한쪽 구석에 윈치로 들어올려 매달아놓은
구백 파운드짜리 철갑상어를 봤다.
그건 잊지 못할 것이다.
카드에 이탤릭체로 이름과,
스케치와, 흔히 말하는
이력이 적혀 있었다—
      아버지는 그걸 읽어보고는

소리내어 읽어줬다.

가장 큰 놈은 러시아 어딘가의
돈강에서
그물에 잡혔다.
이놈들은 흰철갑상어라고 하는데
얼마나 큰지
누구도 확실히 알지 못한다.
기록상 두번째로 큰 놈은
알래스카의 유콘강
입구에서 잡혔고
무게는 천구백 파운드가 넘는다.

그 특정한 개체는
        —인용하자면—
1951년 여름 컬럼비아강의
셀릴로 폭포에서 진행된
다이너마이트 폭파 작업 과정에서 죽었다.
나는 아버지가 해준 이야기를 기억하고 있다,
오래전 오리건주에서 알고 지낸 세 사내가
전 세계에서 제일 컸음에 틀림없는 놈을 낚은 이야기.

　　　　너무 커서, 아버지가 말했다,
그놈을 말 여러 마리에 묶었어―전깃줄이나
쇠사슬로, 아무튼 묶는 줄로 쓸 만했던 거―
그랬는데, 심지어 그 말들도 한동안은
그 자리에서 움직이질 못했어.

내가 기억하는 건 이 정도다―
어쩌면 그 당시에도 나머지는 빠져나갔을지도
모른다―남아 있는 거라곤 거기 내 옆에서
가드레일에 얹은 팔에 기댄 채 그놈을 쳐다보고 있던
아버지, 우리 둘이 그 거대한 죽은 물고기를 쳐다보던 일,
그리고 이따금씩 떠오르는, 아버지의
그 놀라운 이야기.

밤의 습기

강이 지긋지긋하다, 하늘 가득히
흩뿌려진 별들, 장례식에나 어울릴 이 무거운 정적.
나와서 시간을 보내는 동안, 나는 나이가 많아 보이는
마부와 대화를 나눈다…… 그는 이 어둡고 으스스한 강에
작은 철갑상어, 백연어, 등가시치, 강꼬치고기 따위가
지천이라고, 그런데 여기엔 이 고기들을 잡을 사람도
잡을 낚시도구도 없다고 말한다.

—안톤 체호프, 「시베리아 횡단」

또하나의 미스터리

그때 아빠를 따라 세탁소에 갔었다—
그때 내가 죽음에 대해 뭘 알았겠는가? 아빠는
비닐 포장에 든 검은 정장을 들고 나온다. 낡은
쿠페의 뒷자리에 걸어놓으며 말한다. "이게
할아버지가 입고 떠나실 정장이야." 도대체 무슨
소릴 하시는 걸까? 의아했다.
나는 그 포장지와, 할아버지와 함께 사라지게 될
재킷의 매끈매끈한 깃을 만져보았다. 그 시절 그건
또하나의 미스터리일 뿐이었다.

그러고 나서 긴 사이가 있었다. 그 사이에 친척들이
이런저런 방식으로, 여기저기서 세상을 떠났다. 그다음
아빠의 순서였다. 나는 의자에 앉아 아빠가
자신에게서 나온 연기로 올라가는 걸 지켜봤다. 아빠는
가진 정장이 없었다. 그래서 그들은 아빠에게
장례용 싸구려 재킷을 입히고 타이를 맸다.
아빠의 입술에 철사를 넣어 미소를 짓게 했다.
**마치 걱정하지 마, 보이는 것처럼 그렇게
나쁜 건 아냐라고 안심시키려는 듯했다.** 하지만 우리가
그렇게 멍청하진 않다. 아빠는 죽었다. 거기에서
더 나빠질 게 뭐가 있겠는가? (아빠의 눈꺼풀은
꿰매져 감겨 있었다. 이 끔찍한 광경을

보지 않아도 되도록 말이다.) 나는 아빠의 손을 만져봤다.
차가웠다. 턱까지 이어진 짧은 수염이 나 있는 뺨도.
차가웠다.

오늘 나는 이런 잡다한 생각을 저 깊이에서 끌어올렸다.
불과 한 시간 남짓 전에 세탁소에서 내 정장을 찾아
뒷좌석에 조심스럽게 걸어놓으며.
나는 그 옷을 집까지 가지고 와서, 차문을 열고
햇볕 속에 꺼내들었다. 길 한복판에서, 철사 옷걸이에
손가락을 걸고, 잠시 서 있었다. 그러다가 비닐 포장을
뜯어냈다. 속이 빈 소매 한 짝을 내 손가락으로 집어
들어올려보았다—거칠고, 손에 분명히 만져지는 옷감.
그 반대편 소매까지 손을 넣어보았다.

4부

1880년, 크라쿠프로의 귀환

나는 큰 도시들로부터 이리로 돌아왔다,
왕족들의 무덤이 있는 대성당 언덕 아래
좁은 골짜기에 자리잡은 마을로. 날카로운
트럼펫소리가 정오를 알리는 탑 아래 광장으로.
트럼펫소리는 절반만 울리다 끊어진다,
타르타르족의 화살이 다시 한번 트럼펫 주자를
쓰러뜨렸기 때문이다.
그리고 비둘기들. 그리고 화려한 스카프를 두르고
꽃을 파는 여인들. 그리고 교회의 고딕식 포르티코
아래서 대화를 나누는 여러 무리의 사람들.
내 책들을 담은 트렁크가 도착했다, 이번에는 영구히.
내가 살아온 고된 삶에 대해 내가 알고 있는 건,
살아냈다는 것. 사람들의 얼굴은 다게레오타입의 사진보다
기억 속의 그것이 더 창백하다. 나는 매일 아침 편지를
쓰지 않아도 된다. 다른 사람들이 맡아서 할 것이다,
언제나 같은, 무의미하다는 걸 알면서도 우리의
삶을 바치는 희망을 가지고. 내 나라는 원래의
그 상태, 제국의 뒷마당으로 그대로 남아 있을
것이고, 변두리 지역의 백일몽으로 그 굴욕을 달랠 것이다.
나는 내 지팡이를 짚고 아침 산보를 나선다:
노인들이 모이던 장소는 새로운 노인들이 차지하고 있고,
젊은 여자들이 살랑거리는 치마를 입고 돌아다니던 곳에는

새로운 젊은 여자들이 아름다움을 자랑하며 돌아다닌다.

그리고 어린아이들은 반 세기 넘게 굴렁쇠를 굴리고 다닌다.

지하에서는 구두 수선공이 작업대에 앉아 지상을

올려다보고, 꼽추는 속으로 스스로를 한탄하며

지나가고, 이어서 멋쟁이 숙녀, 죽음에 이르는

죄의 풍요로운 형상이 그 뒤를 따른다.

그러니 지구는 이 모든 사소한 것들 속에서, 그리고

인간의 삶들 속에서, 되돌릴 수 없는 것들을 인내하는 것이다.

그리고 그건 다행일 것이다. 이기기 위해서? 지기 위해서?

무얼 위해? 어차피 이 세계가 우릴 잊어버릴 거라면.

—체스와프 미워시

일요일 밤

네 주변의 것들을 잘 활용해봐.
이를테면, 지금 창밖에 내리고 있는
이 가벼운 비.
손가락 사이에 들린 이 담배,
소파에 올린 이 두 다리.
희미한 로큰롤 음악 소리,
머릿속에 들어 있는 빨간색 페라리.
부엌에서 술에 취해 여기저기 부딪히고
다니는 여자……
이 모든 걸 집어넣어서,
쓸모 있게 만들어봐.

화가와 물고기

하루종일 그는 기관차처럼 일했다.
내 말은, 그의 붓이 시곗바늘처럼 오가며
그림을 그렸다는 뜻이다. 그러고 나서 그는
집으로 전화를 걸었다. 그게 다였다. 그녀가 쓴 건
거기까지가 다였다. 그는 잎사귀처럼 몸을 떨었다.
그는 다시 담배를 피우기 시작했다. 누웠다가 다시
일어났다. 자기 여자가 이제 주어진 시간이 다 되어간다고
비아냥거리는데 잠을 잘 수 있는 사내가 누가 있겠는가?
그는 시내로 차를 몰고 나갔다. 하지만 술을 마시러
간 건 아니었다. 아니다, 산보를 나간 것이었다.
그는 그저 '제재소'라고 불리는 제재소를 걸어서
지났다. 방금 자른 목재의 냄새, 아무데나
널려 있는 조명, 스스로를 밀어붙이며
소형버스와 지게차를 모는 사내들.
창고 꼭대기까지 쌓인 목재, 온갖 기계들이
낑낑거리고 그르렁대는 소리. 충분히 기억해낼 수 있어,
그는 생각했다. 그는 계속해서 걸었고, 이제 비가
오고 있었다, 그 어느 것도 방해하지 않으려고
최선을 다하며, 그 대가로는 오로지 잊히지 않기만을
바라는 그런 부드러운 비였다. 화가는 옷깃을 세우면서
스스로에게 말했다 잊지 않겠노라고. 그는 불을 밝힌
건물에 도달했다. 그 안의 어떤 방에서는 사내들이

큰 테이블에 둘러앉아 카드를 치고 있었다.
모자를 쓴 사내 하나가 창가에 서서 파이프 담배를 피우며
비를 바라보고 있었다. 그 또한 그가 잊고 싶지 않은
이미지였지만, 그는 곧바로 털어버렸다. 그 이미지에
무슨 의미가 있단 말인가?

그는 계속 걸어 썩은 말뚝들이 박혀 있는 부두에
도착했다. 비는 이제 더 세게 쏟아졌다. 빗방울들은
물을 때리며 쉬익쉬익 소리를 냈다. 번개가
번쩍이고는 사라졌다. 번개는 기억처럼, 계시처럼,
하늘을 찢으며 가로질렀다. 그가 체념할 때쯤,
물고기 한 마리가 배 대는 곳 바로 아래 어두운
물에서 튀어올랐다 떨어졌고, 순식간에 다시
뛰어오르더니 꼬리로 일어서 몸을 흔들었다!
화가는 자신의 눈과 귀를 믿을 수 없었다!
그는 방금 계시를 보았다—믿음은 거기에
아무런 역할도 하지 않았다. 화가의 입이 저절로
벌어졌다. 그가 집에 도착했을 때 그는 담배를
끊을 것이며, 다시는 전화통화를 하지 않으리라
맹세했다. 그는 작업용 덧옷을 걸치고, 붓을
집어들었다. 그는 다시 시작할 준비가 되어 있었다.
하지만 캔버스 하나에 그 모든 걸 다 담을 수 있을지

의심스러웠다. 상관없다. 꼭 필요하다면
다음 캔버스로 이어가면 될 것이었다.
전부 아니면 전무였다. 번개, 물, 물고기,
담배, 카드, 기계들, 인간의 마음, 그 오래된 부두.
심지어 수화기에 닿아 있는 그 여자의 입술, 심지어
그것까지. 그녀 입술의 곡선.

정오에

당신이 받아든 건 '오리고기 수프' 말고는 아무것도
없다. 그런데 당신은 이 국물을 거의 삼킬 수가 없다; 그건
야생오리의 고기와 제대로 씻지 않은 창자 몇 조각이
헤엄치고 있는 탁한 액체일 뿐이다……
그건 맛있는 것과는 거리가 멀다.

—안톤 체호프, 「시베리아 횡단」

아르토

상형문자, 마스크, 마무리되지 않은 시들 사이에서
숨겨져 있던 장관이 펼쳐진다:『앙토냉과 그의 분신』.
그들은 지금 작업중이다, 오래된 악령들을 호출하고 있다.
마법에 걸린 상태 같은 것. 책상에 앉아 있는 키가 크고,
상처를 입은 듯한, 담배를 물고 있고 치아라고 할 만한 게
없는 저 사람은 언행이나 몸짓이 과해지는 성향이 있다.
다른 사람은 조심스럽고, 자신의 기회를 조심스럽게
모색하며 자신을 지우기까지 한다. 하지만
어떤 순간에는 도저히 참지 못하고 자신의 어쩔 수 없이
오만한 실체를 슬쩍, 그러나 광범위하게 드러낸다.

앙토냉, 물론, 걸작이란 건 더이상 없습니다.
하지만 당신이 그 말을 하는 동안 당신의 두 손은
떨리고 있었고, 존재하는 모든 커튼의 뒤에는,
당신도 알고 있었던 것처럼,
숨죽인 움직임이 있습니다.

조심

아직 밖은 어둡고 시를 한 편 써보려고 하고 있는데,
그는 자신이 감시당하고 있다는 분명한 느낌을 받았다.
펜을 내려놓고 주위를 둘러보았다. 잠시 후,
그는 자리에서 일어나 집안의 방들을 돌아다녔다.
그는 옷장을 들여다보았다. 물론, 아무것도 없었다.
그래도, 그는 여지를 남겨두지 않을 생각이었다.
그는 전등을 끄고 어둠 속에 앉아 있었다.
그 느낌이 사라지고 바깥이 밝아올 때까지
파이프를 피웠다. 그러고는 일어나
한번 더 집안을 돌았다.
그의 숨소리가 그를 따라다녔다.
그것 말고는 아무것도 없었다. 당연히.
아무것도.

하나 더

그는 일찍 일어났다. 활기가 도는 아침이었고, 얼른
책상에 가서 앉고 싶었다. 그는 토스트와 달걀을 먹었고,
담배를 피우고 커피를 마시는 내내 앞으로의 작업에 대해
깊이 생각했다. 숲을 헤치고 나아가야 하는 쉽지 않은 길.
바람이 불어 하늘의 구름을 흩뜨렸고, 창밖 가지에 남은
나뭇잎들을 흔들었다. 며칠만 더 지나면 저 잎사귀들은
모두 사라질 것이었다. 어쩌면, 거기에 시 한 편이 있었다;
좀더 들여다볼 필요가 있었다. 그는 책상으로 가서,
한참을 머뭇거리다가, 그가 오늘 내리게 되는 많은
결정 중 가장 중요하다고 판명될 결정을 내렸다. 그는
시를 넣어둔 문서철— 특히 그중 한 편은 밤잠도 제대로
못 자게 했고, 아침에 일어난 뒤에도 여태 그를
놓아주지 않고 있었다—를 한쪽으로 밀어두었다.
(하지만, 솔직히, 한 편이 더 있거나 덜 있은들? 그게
무슨 대수인가? 어차피 작업은 한동안 계속될 것 아닌가?)
그의 앞에는 하루가 온전히 남아 있었다.
잡다하게 널린 일들부터 정리하는 게 좋을 것 같았다.
사무적인 일들, 심지어는 그동안 너무 오래 내버려뒀던
가족들 일도 처리해야 할 것 같았다. 그래서 그는 바로
그 일들에 덤벼들었다. 그는 종일 열심히—사랑과 미움,
약간의 자비심(아주 약간), 약간의 동료 의식, 심지어
체념과 즐거움이 거기에 끼어들었다—일했다.

그의 삶의 영역의 먼 가장자리에 존재하는 사람들, 아니면
살면서 본 적이 없거나 볼 일이 없을 듯한 이들에게
편지를 쓰며 "예" 혹은 "안 됩니다" 혹은 "상황에
따라서요" 따위의 말을 적는 동안, 이따금씩
분노가 치밀었다가 가라앉았다.
이 사람들이 나와 무슨 상관이지? 이 사람들은 나한테
관심이나 있었나? 몇몇은 그랬다.
그는 전화도 몇 통 받았고, 몇 통 걸었고,
그 결과 몇 통을 더 걸어야 했다. 상황이 이러저러하고,
지금은 말할 수가 없고, 내일 다시 걸겠다는 약속도 했다.

저녁이 되어가며 피곤해진데다, 분명히(물론
착각이지만) 충분히 하루치라고 할 만한 일을 해치운 듯한
느낌을 받으며, 그는 그동안 해치운 걸 정리하고
다음날 아침 걸어야 할 전화 몇 통에 대해
기록해두기 위해 하던 일을 멈췄다. 상황을 잘 파악해
두려면, 편지를 더 쓰고 싶지 않다면—쓰고 싶지 않았다—
필요한 일이었다. 이제 그는 이 모든 일에 질려 있었지만,
그래도 이런 식으로 계속해나갔다. 벌써 몇 주 전에
답장을 보냈어야 할 마지막 편지 한 통을 마무리지었다.
그러고 나서 그는 고개를 들었다. 이제 바깥은 거의
어두워져 있었다. 바람은 잦아들었다. 그리고 나무들—

그것들은 잎사귀를 거의 다 떨궈버리고, 고요했다.
하지만, 마침내, 그의 책상은 깨끗했다. 쳐다보는 것만으로
마음이 불편해지는 시들을 모아놓은 문서철만 빼고는. 그는
그 문서철을 서랍 속, 눈에 보이지 않는 곳에
치웠다. 적당한 장소였다. 안전하고, 손을 대고
싶을 때는 어딜 찾아봐야 하는지도 알 수 있고. 내일!
오늘 그가 할 수 있는 건 다 했다. 전화를 걸어야 할 일이
아직 몇 건 남아 있었고, 누구 전화를 기다려야 하는지는
잊었지만, 그리고, 전화 몇 통 때문에 내보내야 하는 메모도
몇 건 남아 있지만, 오늘은 할 만큼 했다. 그렇지 않은가?
급한 불은 다 껐다. 오늘은 그만 마무리해도 될 듯했다.
해야 할 일은 다 했다. 의무적으로 해야 할 일들은.
의무감은 모두 충족시켰고, 누구도 실망시키지 않았다.

하지만 바로 그 순간, 이제 정리가 잘된 책상 앞에
앉아 있자니, 오늘 아침에 쓰고 싶었던 시에 대한 기억이
어렴풋이 남아 있는 게 느껴졌고, 아직 손을 보지 못한
또다른 시도 한 편 있었다.

상황은 대충 이렇다. 여기에 아무것도 더할 게 없다.
시는 들여다보지도 않은 채 내버려두고— 아니, 그보다
더 고약하게는 아무런 시도도 하지 않고

하루종일 전화통만 붙잡고 떠들거나
멍청한 편지나 쓰기로 한 사내를 두고 과연
                무슨 말을 **할 수 있겠는가.**
이자는 시를 쓸 자격이 없고,
어떤 방식으로든 시를 다루지 말아야 한다.
                만약 그가 앞으로 시를 쓴다면, 그건
쥐들이 쏠아버리게 해야 할 것이다.

새를 파는 시장에서

새 애호가를 속일 수 있는 방법은 없다. 그는
멀리서도 자기 새를 알아보고, 상황을 파악한다. "저 새는
별다른 가치가 없어요," 애호가는
검은방울새의 부리를 들여다보고, 그놈의 꼬리
깃털 수를 세어보고는 이렇게 말할 것이다.
"지금은 노래를 하죠, 그건 사실이에요, 하지만
그게 대수인가요? 나도 합창은 얼마든지 해요.
아니, 이놈아, 소릴 질러봐, 다른 놈들이 조용할 때
노래를 해보라고; 혼자서, 할 수 있으면 해봐……
조용한 놈으로 주시오!"

—안톤 체호프, 「새를 파는 시장」

메모로 가득찬 그의 목욕가운 주머니

테스가 자기 오빠 모리스에 대해 이야기하다가, 이렇게 말
했다:
"오빤 항상 밤한테 붙들려. 밤이 오고 있다는 사실을
절대 안 믿거든."

그때 나는 바비큐립을 먹다가 이를 하나 부러뜨렸다.
취했었다. 모두들 취했었다.

16세기 초 한 벨기에 화가는 이름이 없이
'나뭇잎 수놓기의 대가'라고 불렸다.

젊은 부부가 소풍을 끝내고 숲에서 길을 잃는
이야기로 소설을 시작할 것.

석 달을 떠나 있다가 집에 돌아와 문을 열었을 때
포치에 죽어 있던 새들.

속살 부분까지 손톱을 물어뜯은 경찰관.

가게에서 물건을 잘 훔치는 롤라 아주머니는 자기 아버지와
다른 술꾼들을 데굴데굴 굴렸다.

덕과 에이미네 집에서 저녁식사. 스티브가, 늘 그렇듯이,
밥 딜런과 베트남전쟁, 흰 설탕, 콜로라도의 은광에 대해
열변을 토했다. 그리고, 늘 그랬듯이, 우리가 저녁식사를
하려고 앉자 전화벨이 울렸고, 테이블에 앉은 모든 이들이
한마디씩 할 수 있도록 수화기가 돌아다녔다. (제리였다.)
음식이 식는다. 어차피 배고픈 사람도 없다.

"피해를 많이 입었지만, 아직 운행 가능합니다."
스폭이 캡틴 커크에게.

하이든의 교향곡 104곡을 기억하라. 전부 다
좋은 건 아니었다. 하지만 104곡이나 된다는 사실.

비행기에서 만난 랍비. 결혼이 완전히
파탄난 직후였는데, 나를 위로해주었다.

크리스가 부잣집 가족들이 참석하는 알코올중독자 모임에
다녀온 이야기—그애의 말로는 "질겁을 했다"고—왜냐면,
강도가 들어와서 참석자들에게 총을 겨누고 다 털어갔다고.

남자 셋과 여자 하나가 잠수복을 입고 있다. 그들이 묵는
모텔방 문이 열려 있고, 그들은 TV를 보고 있다.

"나는 선단을 해체해서 마케도니아 해안으로
돌려보낼 것이다."
―리처드 버튼, 『알렉산드로스대왕』

전화를 받지 않으려고 하루종일, 매일
수화기를 내려놓고 있던 시절을 잊지 마라.

채권자가(브리티시컬럼비아주의 빅토리아에서) 과부에게
와서, 집달관이 그녀의 남편을 파내, 장례 때 입힌 정장을
압류해도 상관없겠느냐고 묻는다.

"당신의 쓰라린 슬픔이 충분히 증거가 됩니다."
―모차르트, 〈티투스황제의 자비〉 2막 2장

엘패소에서 우리에게 자기 가구를 주려 한 여자.
하지만 여자는 신경쇠약에 걸려 있는 게 분명하다.
우린 그것들을 건드리는 게 께름칙하다.
그러다가 우리는 침대와 의자를 받는다.

인디애나주 어디에선가, 듀크 엘링턴이 리무진
뒷자리에 타고 있다. 그는 가로등 불빛에 무언가를

읽고 있다. 빌리 스트레이혼이 그와 함께 있지만,
잠이 들었다. 타이어가 도로 표면에 마찰하는 소리를 낸다.
듀크는 계속 읽으며 페이지를 넘긴다.

나는―얼마나 남았을까?

쓸데없는 짓은 이제 그만!

러시아로의 진격

그가 시를 한 줄이라도 더 쓰게 되리라는 생각을
포기한 바로 그 무렵,
그녀가 머리를 빗기 시작했다.
그리고 그가 무척이나 좋아한
아일랜드 민요를 부르기 시작했다.
나폴레옹과 그의
"아름다운 장미 다발, 오!"

시에 관한 약간의 산문

오래전—1956년이나 1957년쯤이었을 거다—내가 십대였고, 결혼을 했고, 워싱턴주 동부의 작은 타운인 야키마에서 어떤 약국의 배달일을 하며 생계를 꾸리던 시절, 부자들이 사는 동네의 한 집에 처방약을 들고 간 적이 있었다. 나이가 무척 들었지만 정신은 맑은, 카디건을 입은 노인이 나를 집안으로 맞아들였다. 그 노인은 내게 자기가 수표책을 찾아올 동안 거실에서 기다려달라고 했다.

거실에는 책이 많이 있었다. 모든 곳에 다 책이었다. 커피테이블과 엔드테이블, 그리고 그 옆의 바닥—무언가를 놓을 수 있는 자리면 책들이 놓여 있었다. 심지어 그 방의 한쪽 벽면으로 자그마한 서재도 있었다. (나는 그전에는 누군가의 사적인 거주지에 붙박이 선반을 설치해두고 책을 여러 줄 꽂아놓은 개인 서재를 한 번도 본 적이 없었다.) 기다리는 동안 방안을 휘둘러봤는데, 커피테이블 위에 한 단어로 된 아주 자극적인—내게는—표제를 단 잡지 한 권이 눈에 들어왔다. 『시』였다. 나는 큰 충격을 받았고, 그 잡지를 집어들었다. 그게 나로선 처음으로 본 '작은 잡지'였다. 시에 관한 잡지로서도 물론 처음이었다. 나는 멍해졌다. 어쩌면 욕심을 좀 부렸던 건지도 모르겠는데, 나는 책도 한 권 집어들었다. 마거릿 앤더슨이 편집한 『리틀 리뷰 앤솔러지』였다. (당시의 내게는 '편집'이라는 말의 의미도 미스터리였다는 사실을 첨언해두어야겠다.) 나는 먼저 잡지를 휘리릭 넘겨보고는, 좀더 내 마

533

음대로 그 책을 뒤적거리기 시작했다. 거기에는 시도 많이 실려 있었지만, 산문들, 수록된 작품들에 대한 평이나 코멘트처럼 보이는 것들도 몇 페이지씩이나 실려 있었다. 도대체 이게 다 뭘까? 나는 궁금했다. 전에는 이런 책을 한 번도 본 적이 없었고, 물론, 『시』 같은 잡지도 본 적이 없었다. 나는 그 두 가지 출판물을 교대로 훑어보면서 은밀하게 그 둘 모두를 탐냈다.

그 노인은 수표를 써서 건네주며, 마치 내 마음을 읽기라도 한 것처럼 이렇게 말했다. "애야, 그 책을 가져가렴. 그 안에 네가 좋아할 만한 게 있을지도 모르겠다. 시에 관심이 있니? 그 잡지도 가져가지 그러니? 너도 언젠가는 시를 쓰게 될지도 몰라. 만약 쓰게 되면, 그걸 어디로 보내야 할지 알아야지."

시를 보낼 곳. 무언가가—그게 정확히 무엇인지는 몰랐지만, 그래도 무언가 중요한 일이 벌어지고 있다는 느낌을 받았다. 그때 나는 열여덟 아니면 열아홉 살이었고, '무언가를 써야 한다'는 강박관념을 가지고 있었고, 시를 쓰려는 서투른 시도를 몇 번 해보고 있던 참이었다. 하지만 이런 노력의 결과물들을 보낼 곳이 어딘가에 있고, 거기에서 누군가가 그걸 읽고, 어쩌면—믿을 수 없게도—출판을 고려할 수도 있다는 건 나로서는 상상도 못 해본 일이었다. 하지만 저 넓은 세상 어딘가에는, 세상에, 시 전문 월간지를 만들어내는 사람들이 있다는 눈에 보이는 증거가 바로 내 손안에 들어 있었다. 나는 큰 충격을 받았다. 말했다시피, 눈앞에 계시가 펼쳐지는 것 같았다. 나는 그 노신사에게 몇 번이나 감사의 인사를 한 뒤에 그 집을 나섰다. 내 고용주인 약사에게 수표를 전달하고, 나는 잡지 『시』와 『리틀 리뷰』를 집으로 들고 왔다. 그리고 그렇게 해서 교육이 시작되었다.

물론, 그 잡지에 실린 필자들의 이름은 기억하지 못한다. 이미 잘 알려진 나이든 시인 여럿이 실려 있었고, 거기에 새로 나온, '무명의' 시인들이 같이 수록되어 있었을 것이다. 최근에 간행된 것들과 다를 바 없는 구성이다. 그때는 물론, 그 시인들의 이름을 들어본 적도 없었고, 그들의 작품을 읽어본 적도 없었다. 모던, 컨템퍼러리, 혹은 여타 사조를 막론하고 말이다. 그 잡지가 1912년에 해리엇 먼로라는 여성에 의해 창간되었다는 사실을 읽은 건 기억난다. 그 연도를 기억하는 건, 아버지가 같은 해에 태어났기 때문이다. 그날 밤늦게, 읽다가 눈이 흐릿해진 상태에서, 나는 내 삶이 매우 의미심장하고, 이렇게 말해도 될지 모르겠지만, 멋진 방식으로 변화하는 과정에 있다는 걸 뚜렷이 느꼈다.

기억하기로는, 그 선집에는 문학에서의 '모더니즘'과, 에즈라 파운드라는 이상한 이름을 가진 사내가 모더니즘을 진전시키는 과정에서 수행한 역할에 대한 진지한 논의가 실려 있었다. 그의 시 몇 편, 편지들, 그리고 몇 가지 규칙들—

글을 쓸 때 해야 할 것과 하지 말아야 할 것들—이 그 선집에 포함되어 있었다. 이 에즈라 파운드라는 이는 그날 내 손에 들어온 잡지 『시』의 초창기에 이 잡지의 외국시 편집자로도 일했다고 들었다. 파운드는 먼로의 이 잡지는 물론 『리틀 리뷰』에도 새로운 시인 여러 명과 그들의 작품을 소개하는 데 중요한 역할을 했다. 그는, 모두가 알고 있듯이, 지치지 않는 편집자이자 기획자였다. 그가 소개한 시인들 중 소수만 열거하자면, H. D., T. S. 엘리엇, 제임스 조이스, 리처드 알딩턴 같은 이들이 있다. 시 운동들에 대한 분석과 토론도 있었다. 내가 기억하기로는, 이미지즘도 그런 운동 중 하나였다. 나는 『리틀 리뷰』 외에 『시』도 이미지즘 글쓰기에 호의적인 잡지였다는 사실을 배웠다. 거기까지 읽었을 때는 현기증이 날 지경이었다. 그날 밤에 어떻게 잠을 제대로 잤는지 모르겠다.

말했다시피, 이건 1956년 아니면 1957년의 일이었다. 그러니, 내가 쓴 시들을 마침내 내보내는 데 28년이나 걸린 건 무슨 특별한 이유가 있어서였나? 없었다. 놀랍고도 중요한 사실은, 1984년에 내가 무언가를 보냈을 때, 그 잡지는 아직도 남아서 잘 유지되며 간행되고 있었고, 늘 그래왔듯이, 이 독특한 회사를 건강하게 유지하는 걸 목표로 하는 책임감 있는 사람들에 의해 편집되고 있었다는 사실이다. 그리고 그들 중 한 사람이, 편집자로서 내 시들을 높이 평가하면서, 적절한 시점에 내 시 여섯 편을 싣겠노라고 편지를 보내왔다.

내가 이 일에 대해 흐뭇하고 자랑스러워했던가? 물론이다. 그리고 내게 그 잡지를 주었던 그 이름 모를 다정한 노인에게 감사를 표하는 게 마땅한 일일 것이다. 그 사람은 누구였나? 그는 아마도 오래전에 세상을 떠났을 것이고, 그의 책들은 그런 식의 소규모이고 독특한, 하지만 결국에는 그리 대단한 가치를 지닌 것으로 평가받지는 못하는 소장 서적들이 가게 되는 길—중고 서적상으로 흩어졌을 것이다. 나는 그날, 그에게서 받은 잡지와 책을 읽고 나서 생각하게 된 것들을 정리해 소식을 전하겠노라고 그에게 말했더랬다. 물론 그렇게 하지는 않았다. 너무 많은 일들이 끼어들었고, 애당초 그건 내 뒤에서 문이 닫히는 순간 깨어진 손쉬운 약속이었다. 다시는 그 노인을 만나지 못했고, 나는 그의 이름을 모른다. 다만, 이 만남이 실제로, 방금 내가 묘사한 방식대로 있었다는 사실만 말할 수 있을 뿐이다. 난 그때 어린아이였을 뿐이지만, 이런 순간은 간단하게 규명되지도 않고, 길게 설명해도 설명이 되지 않는다. 이 순간은 내가 살면서 그걸—북극성, 삶의 지표라고 부르자—가장 필요로 할 때, 아무렇지도 않게, 아주 너그럽게 내게 주어졌다. 그후로는 그 순간과 비슷한 일조차 벌어진 적이 없다.

시

그것들이 이번 달에는 매일 아침 왔다.
언젠가 내가 그것들을 쓴 건 다른 일을
할 여유가 없었기 때문이라고 말한 적이
있다. 다른 일이란, 물론, 이보다 나은 일들—
시 따위와는 다른 것들을 말하는 것이었다.
지금은 쓰고 싶어서 쓴다.
다른 어떤 일들보다 더. 왜냐면 2월이고
2월에는 별다른 일이 없기
때문이다. 하지만 이번 2월에는
낙엽송에 꽃이 피었고, 매일 해가 얼굴을
내밀었다. 내 두 폐가 오븐처럼 달아올라 있다는 건
사실이다. 그러니 어떤 이들이
내가 염려하고 있는 그곳에
다른 쪽 신발 한 짝이 떨어지길
기다리고 있다 한들.*
글쎄, 그렇다면 그게 바로 여기다. 좋으실 대로.
신어보기를. 그게 신발처럼 딱 맞기를.
됐다, 그 정도면 대충 맞는다, 게다가
탄력이 있으니 발이 움직일 여유도 약간은
있을 거다. 일어나라. 걸어다녀보라.

* 골치 아픈 일이 벌어질 경우에 대비해야 한다는 뜻으로 쓰이는 관용적
인 문구.

느껴지나? 그건 당신이 가는 곳을
따라갈 것이고, 당신의 여행이 끝나는 곳에
당신과 함께 있을 것이다.
하지만 지금은, 맨발로 머물기를. 잠시
바깥에 나가, 놀도록.

편지

자기, 내가 침대 옆 테이블에 두고 온 공책
좀 보내줘. 테이블 위에 없으면,
그 밑을 찾아봐. 아니면 침대 밑이라도! 어디엔가
있어. 만약 공책이 아니라면, 종이 쪽지에 몇 줄
끄적여놓은 것일 수도 있어. 하지만 분명히 있어.
전에 우리가 우리 의사 친구 루스한테서 들은 걸
적은 거야. 여든 몇 살 됐다는, "더럽고
때가 떡처럼 엉겨붙은"—루스가 쓴 표현이야—노파,
자기를 전혀 돌보지 않아서 옷이 몸에 달라붙어
응급실에서 벗겨내야 했지. "너무
창피해요. 미안해요." 노파가 계속 그렇게 말했지.
옷에서 나는 냄새 때문에 루스가 눈이 아팠다고 했어!
그 노파의 손톱은 너무 길게 자라서, 손가락을 향해
다시 둥글게 굽어들었지. 노파는 숨쉬는 것도
힘들어했고, 두려움 때문에 눈알이 자꾸
위로 올라갔지. 하지만, 그런 와중에도,
노파는 루스에게 자기 얘기를 조금 들려줄 수
있었어. 노파는 매디슨 애비뉴의 상류층
출신이었는데, 폴리베르제르에서
댄서가 되기 위해 파리로 떠나고 나서
아버지한테 절연당했어. 루스를 비롯해
다른 응급실 직원들은

　　　　　그 노파가
환각 증세가 있다고 생각했어. 하지만 노파는
보지 않고 지내는 아들의 이름을
　　　　　그들에게 줬어.
병원이 있는 그 도시에서 게이바를 운영하는
게이였지. 그 사람이 모든 걸 확인해줬어. 노파가 말한
모든 게 다 사실이라고. 그러고 나서 노파는
심장마비가 왔고, 루스에게 안겨서 죽었지.

하지만 내가 들은 이야기 말고 다른 걸 메모한 게 있는지
보고 싶어. 육십 년 전에 이 젊은 아가씨가 르아브르에서
하선하는 순간을 재구성해내는 게 가능한지 보고 싶어.
아름답고, 폴리베르제르의 무대에 꼭 오르겠다고 결심한,
제자리에서 껑충껑충 뛰며 다리를 자기 머리 위까지
차올릴 수 있는, 깃털과 망사 스타킹을 신을 수 있는,
폴리베르제르의 다른 젊은 여자들과 팔짱을 낀 채 춤을
추고 또 출 수 있는, 폴리베르제르에서
　　　　　발을 높이 들어올리며
걸을 마음의 준비가 되어 있는 아가씨.
어쩌면 그건 푸른색 천으로 표지를 감싼 공책, 우리가
브라질에 다녀왔을 때 당신이 나에게 준
그 공책에 있을지도 몰라. 호텔 근처 경마장에서

내가 걸었던 그 우승마, **바이런 경**이었지, 그 이름을
적어놓은 옆에 내가 손글씨로 썼던 게 생각나. 하지만
그 여자, 때 말고, 때 따위는 신경쓸 게 없지, 그 여자가 거의
삼백 파운드나 나갔다는 것조차도 아무 관계 없어.
기억은 그게 거주하는 장소에 대해서는 관심도 없고, 몸도
무시하지. "나는 마침내 자아라는 것에 대해 무언가를
이해하게 됐어." 수련의 시절을 떠올리며
루스가 말했어. "우리 젊은 의대생들은 하나같이
시체의 손을 보고 크게 놀랐어. 인간다움이라는 게
가장 오래 남아 있는 데가 바로 거기였어—두 손." 그리고
그 여자의 손. 나는 그때 그걸 적었어, 마치 그 여자가
자기 날썬한 엉덩이에 손을 얹고 있는 걸 보기라도
한 것처럼, 루스가 내려놓은, 그러고 나서 잊지 못한
그 손 말이야.

젊은 여자애들

움찔 놀라는 것과 관련된 모든 기억들은 잊어라.
실내악과 관련된 모든 것들도.
비 오는 일요일 오후의 박물관 같은 것들.
옛날의 거장들. 그 모든 것들.
젊은 여자애들을 잊어라. 애써서 잊어라.
젊은 여자애들. 그리고 그 모든 것들.

5부

그래도 무슨 일이 있었는지 말해야 하지 않겠나?

—로버트 로웰, 「에필로그」

문제를 일으킨 장어

그가 프랑스 남부에 있는 동안, 그의 전처가
전화를 걸었다. 그녀가 그의 자동응답기에 남긴
메시지에 따르자면, 이건 그에게 일생일대의 기회
였다. 그가 그녀의 메시지를 다시 듣고 있는 동안에도
축하 행사는 진행되고 있었고, 친구들은 속속
도착했다. 그녀의 목소리는 은밀하면서도 확신에 차
있었고, 대중을 상대로 말할 때의
흥분된 열성 같은 게 있었다:

    난 상황이 너무 안 좋아. 하지만 그 얘기를 하려는 건
    아니고, 지금 전화를 한 건 그것 때문이
    아냐. 돈을 엄청 벌 수 있는
    하늘이 주신 기회가 있어!
    집에 들어오면 전화해. 자세한 얘기는 그때 해줄게.
그녀는 석 주 전에 그렇게 전화를 끊었는데, 그대로
가만있지를 못하고, 금세 다시 걸었다.

    자기, 들어봐. 이건 그저 그런 말도 안 되는
    계획이 아냐. 이건, 다시 말하지만,
    진짜배기야. 비행기라는 게임이야.
    일반석에서 시작해 부조종사 자리까지
    가는 거고, 어쩌면 조종사 자리까지
    갈 수도 있어! 운이 좋으면
    거기까지 가는 건데, 자긴 운이 좋잖아,

항상 좋았지. 자긴 돈을 많이

벌 수 있을 거야. 농담 아냐. 자세히 얘기

해줄게. 아무튼 나한테

전화 좀 해.

저녁이었고, 노을이 지고 있었다. 곡식의 이삭이

패기 시작하고, 들판에 꽃들이 아름다운

계절이었다. 꽃들은 밤이, 정말로

'어둠의 망토'를 두르고 찾아오면서, 고개를

숙이기 시작하고 있었다. 식탁들이 야외에 놓여 있고;

불을 밝힌 촛불들이 꽃이 핀 배나무 여기저기에

놓여 있었다, 곧, 그것들은 달빛을 도와

환향의 축제를 밝힐 것이었다.

그는 계속해서 그녀의 톤이 높은, 조증 섞인 목소리를

들었다. 전화해줘, 그 목소리는 그 말을 되풀이하고

또 되풀이했다. 하지만 그는 전화하지 않을 것이었다.

할 수가 없었다. 그렇게 할 정도로 뭘 모르진 않았다.

두 사람은 그 모든 걸 다 거쳐온 뒤였다. 이 메시지를 받기

몇 분 전까지만 해도, 불과 몇 분 동안이긴 했지만

충만하고 열정이 넘치던 그의 심장은 이제

둔하고 무방비 상태로 그 자리에서 겨우

주먹만하게 졸아들어 아무런 즐거움도 없이

간신히 의무를 수행하는 근육 덩어리가 되고
말았다. 그가 뭘 할 수 있겠는가?
그녀는 언젠가 죽을 것이고, 그 역시 마찬가지로
죽을 것이다. 두 사람 모두 이 정도는 알고 있고, 이 정도는
여전히 동의하고 있었다. 그는 엄청난
이익을 약속하는 그녀의 비행기에 대한 이런
절박한 제안처럼 전례없이 이상한 일을 포함해,
살면서 많은 일을 겪었지만, 두 사람이
젊은 시절 나눈 맹세에도 불구하고
멀리서, 따로따로 살다가 각자 죽음을 맞게 되리라는 건
이미 오래전부터 알고 있었다. 두 사람 중
어느 하나는—그녀가 그렇게 되리라고, 그는
두려운 확신을 가지고 있었다—심지어 분노를 품은 채
사라져버리게 될지도 모른다는 것 역시. 이건 이제는
정말로 있을 수 있는 일처럼 보였다.
무슨 일이든 일어날 수 있었다. 무얼 할 수 있었겠는가?
아무것도. 아무것도, 아무것도, 아무것도.
그는 이제 그녀에게 말을 할 수도 없었다.
그뿐 아니라, 그렇게 하기가 두려웠다. 그는 그녀를
정신을 놓은 사람으로 여겼다. **전화해줘**, 그녀는 말했다.

아니, 그는 전화를 하지 않을 것이었다. 그는

그 자리에 서서 생각했다. 그러고는 완전히 방향을 바꿔
이틀 전 일을 떠올렸다. 모든 것들로부터 오만오천 피트
위에서, 시속 천백 마일로 날아 대서양을 건너는 동안
책에서 찾은 구절.
한 젊은 기사가 상으로 얻은 신부를 취하기 위해
말을 타고 도개교를 건너가고 있다. 그가
한 번도 본 적이 없는 신부는 궁전 안 깊은 곳에서
자신의 긴 머리를 빗고 또 빗으며 초조하게
그를 기다리고 있다.
기사는 진홍색 모자에 플랜태저넷 왕가의 상징을
붙이고 팔에는 매를 얹고, 금으로 만든 박차가 울리는
소리를 내며 천천히, 멋지게 나아갔다. 그의 뒤로는
수많은 기병이 뒤따랐다. 윤을 낸 투구가 길게 이어졌고,
햇빛은 그들의 가슴판 위에 부서졌다.
깃발들은 따뜻한 바람 속에 도처에서 나부꼈고,
높이 솟은 성벽을 따라 드리워졌다.

그는 읽던 부분을 조금 건너뛰었다가, 같은 사람이,
이제는 인생에 환멸을 느끼고 불행해하며
폭력적인 성향을 보이는 왕자가 되어 있는 걸
알게 됐다―그 페이지 중간쯤에서 그는
술에 취해 있고, 장어 요리를 먹다가 질식하는 중이다.

보기 좋은 장면은 아니다.
그새 거칠어지고 폭력적이 된 그의 기병들도
그의 등을 두들기거나, 번들거리는 손가락을
그의 목구멍에 넣어보거나, 그가 몸부림을 멈출 때까지
그의 두 발꿈치를 바닥에서 들어올리고 있는 것
말고는 할 수 있는 게 없었다.
그의 얼굴과 목에 온통 노을빛이 번졌다.

그들은 왕자를 내려놓았다. 그의 손가락 하나가,
그의 가슴을 가리키며 젖혀진 채로
얼어붙어 있었다. 마치 거기라고 말하는 듯이.
거기에 그게 있다고. 심장 바로 위, 거기에서
이 문제를 일으킨 장어를 찾을 수 있다고.
이 이야기 속에 나오는 검은 상복을 입은 여자는
시야에서 사라져, 태피스트리 속으로 스며들어버렸다.
이 사람들은 한때는 실제로 살아 있던 사람들이다.
하지만 이제 누가 기억하는가? 말해다오, 말이여,
너를 타고 다닌 이 누구인가? 깃발들은 무엇이고? 너의
호구를 풀어주던 낯선 손들은 또 무엇이고?
말이여, 기병이라니?

수영

열린 창문을 통해 새끼들과 함께 있는
오리들 한 무리가 보였다. 뒤뚱거리고 비틀거리며
서둘러 길을 내려가는 걸 보니, 연못으로 향하고 있는
것 같았다. 새끼오리 한 마리가 땅바닥에 놓여 있던
창자 한 조각을 물어올리더니 삼키려 했고, 목에 걸려
깩깩거리는 소리를 냈다. 다른 새끼 한 마리가 달려오더니
그놈의 부리에서 그 창자를 끄집어냈고 역시 목에
걸렸다…… 울타리에서 조금 떨어진 곳,
어린 보리수나무가 풀밭에 드리운 레이스 같은 그림자
안에서, 요리사 다랴가 여기저기 기웃거리며
야채수프에 넣을 수영을 따고 있었다.

―안톤 체호프, 「불쾌함」

다락

그녀의 뇌는 온갖 것들이 여러 해 동안
보관되어 있는 다락이다.

집 꼭대기 가까이 나 있는 작은 창문에
이따금 그녀의 얼굴이 나타난다.

갇힌 채 잊힌 누군가의
슬픈 얼굴이.

마고

그의 이름은 터그였다. 여자는 마고.
나중에 어떤 일이 있어서 사람들이
카고라고 부르게 되기 전까지는.
터그와 카고. 그 사람은 몰아붙이는 데가 있지,
사람들은 말했다. 그는 얼굴과 팔뚝에
털이 많았다. 큰 덩치. 위엄 있는
목소리. 그녀는 느긋한 편이었다. 금발.
꿈꾸는 듯한(달콤하고 꿈꾸는 듯한). 그녀가
그를 떠났다, 마침내. 스스로의 힘으로 멀리
떠났다. 책에서 사진으로나 보던 곳들,
어떤 책에도 실리지 않은 곳들, 심지어는
지도에도 나오지 않는 곳들.
여자로서, 그리고 카고로서는 가보겠다고
꿈도 꾸지 않았던 곳들.
그녀가 꾸었던 꿈 속에서 말이지만.

아들의 오래전 사진을 보며

다시 1974년, 그애가 한번 더 돌아왔다. 능글맞게 웃으며,
흰색 티셔츠 위에 위아래가 붙은 작업복을 입고, 신발은
신지 않고. 그애의 긴 금발머리는 그애 엄마가 당시
그랬던 것처럼, 그리고 내가 방금 읽고 있던 그리스의
젊은 영웅들처럼, 어깨까지 흘러내리고 있다. 하지만
영웅들과 닮은 건 거기까지가 끝이다. 길거리의 깡패들,
꼬마 폭군들의 경멸어린 표정이 깃든 그애의 얼굴.
그 모습은 어디를 가든 알아볼 수 있다. 염산으로 태운 듯
기억 속에 새겨져 있다. 그건 내가 살면서 두 번 다시
보고 싶지 않았던 모습이다. 난 이 사진 속의 저 사내아이를
잊어버리고 싶다―저 나쁜 놈, 저 깡패 자식!

사랑하는 어머니, 저녁식사는 뭐죠? 빨리!
이봐요, 아주머니, 뛰어, 뛰라니까? 내가 말하랄 때만 말해.
헤드록을 걸어주면 좋아하시려나 몰라. 난 좋은데.
시키는 대로만 하게 만들고 싶어. 내가 보게 춤 좀 춰봐.
해봐, 바보야, 춤춰. 춤추는 법 내가 가르쳐줄게.
팔 좀 비틀어보자. 그만하라고 빌어봐, 잘해달라고 빌라고.
눈탱이 밤탱이 되고 싶어? 해줄게!

오, 아들아, 그 시절에 난 백 번―아니, 천 번―쯤
네가 죽어버렸으면 하고 바랐단다.

이젠 그 모든 게 지나간 줄 알았어. 도대체 어떤 인간이
이 사진을 찍었을까, 그리고
왜 지금 내 눈앞에 나타났을까,
겨우 잊어버리기 시작한 시점에?
네 사진을 보고 있자니 위경련이 일어난다.
이를 악물고 입을 꼭 다문 채, 다시 한번
절망과 분노에 빠지게 된다.
솔직히 말해서, 술이라도 마셔야 할 것 같아.
그게 네가 가지고 있는 힘, 네가 여전히 일으킬 수 있는
공포와 혼돈의 강도를 보여주는 척도다. 너는
한때 그 정도로 강력했어. 난 이 사진이 싫다.
우리 모두가 이렇게 된 것도 싫고.
이 물건을 내 집안에 단 한 시간이라도 두고 싶지 않아!
네 엄마한테 부쳐야 할지도 모르겠다, 아직
어디엔가 살아 있어 무덤 이쪽에서 우편물을
받아볼 수 있겠지. 만약 그렇게 된다면 네 엄마는
다르게 반응할 거야, 내가 알지. 네 엄마는 이 사진에서
너의 젊음과 아름다움만을 보고, 거기에 경탄하겠지.
내 잘생긴 아들, 그렇게 말할 거다. 내 특별한 아이.
네 엄마는 사진을 자세히 들여다보며 자길 닮은 구석과,
날 닮은 구석도 찾으려 할 거다. (다 찾아내겠지.)
어쩌면 눈물을 흘릴지도 모르지, 아직 흘릴 눈물이

남아 있다면. 어쩌면—누가 알겠니?—그 시절이 다시
돌아오길 바랄지도 몰라! 하긴 지금
어느 누가 제정신이겠니?

하지만 희망이란 건 이뤄지지 않지, 다행히도.
어쩌됐든, 네 엄마는 한동안 네 사진을 테이블 위에 두고
잠시라도 너와 화해를 할 거다. 그러고 나면, 곧,
너는 커다란 가족 앨범 속에, 다른 미치광이들과 함께
자리잡게 되겠지—네 엄마, 네 엄마의 딸, 네 엄마의
전남편인 나. 넌 그 안에서 안전할 거야, 너의 희생양들과
뺨을 맞대면서. 하지만 걱정 마라, 아들아—시간은
지나간단다, 내 아들아. 우리 모두
미래에는 좀더 살 만해.

새벽 다섯시

그는 자기 아버지의 방을 지나다가, 문가에 서서 안을
들여다봤다. 아직 옷을 벗지도 않았고 침대에
들지도 않은 예브그라프 이바노비치는
창가에 서서, 유리창을 두들기고 있었다.
　"안녕히 계세요, 전 갑니다." 아들이 말했다.
　"잘 가거라…… 돈은 원탁 위에 있다." 돌아보지 않은 채
아버지가 말했다. 일꾼이 그를 역까지
태워다주는 동안, 차갑고 혐오스러운 비가
내렸다…… 잔디가 그 어느 때보다 더 진한 색으로 보였다.

—안톤 체호프, 「쉽지 않은 사람들」

여름 안개

잠이 들어 몇 시간 동안 모든 것을 잊는 일……
7월에 무적소리에 깨어나는 일.
무거운 마음으로 창밖을 내다보다가, 배나무에 걸린
안개, 교차로를 메우고, 건강한 육체를 침탈하는 질병처럼
동네를 뒤덮고 있는 안개를 보는 일. 그녀가 더이상
살아 있지 않은 세계를 계속해서 살아가는 일……

전조등을 켠 자동차가 속도를 줄이며 지나가고, 시간은
닷새 전으로 되돌아가고, 나를 이 세상으로 다시 데리고 온
전화벨이 울리고 또 울리는 소리, 그리고 단지
여행중이었을 뿐인, 시장에서 산딸기를 몇 바구니 사다놓고
돌아오길 기다리던, 그녀가 죽었다는 소식. (오늘을
기점으로 해서 앞으로, 나는 내 삶을 다르게 살기로
결심했다. 우선, 새벽 다섯시에 울리는 전화는 절대 받지
않을 것이다. 이미 그걸 모르는 게 아니었지만, 그랬음에도
수화기를 집어들었고, 그 운명적인 말, "여보세요"를
말하고 말았다. 다음에는 마냥 울리게 내버려둘 것이다.)
하지만, 당장, 나는 그녀의 장례식을 치러야 한다. 그게
오늘이고, 사실상 몇 시간 뒤의 일이다. 하지만 장례 행렬이
천천히 이 안개를 뚫고 묘지까지 가는 건, 생각만 해도
마음이 불편하고, 또 이상한 일이다. 동네 사람들은 물론
관광객들도 이미 전조등을 켠 채 다니고 있는데……*

오늘 오후 세시 전에는 이 안개가 걷히기를!
최소한 햇빛 쨍쨍한 하늘 아래 그녀를 묻을 수 있기를.
해를 너무나 좋아하던 여인. 오늘 그녀가
이 음울한 가면극에 참여하는 유일한 이유는
선택의 여지가 없기 때문이라는 건 누구나 다 알고 있다.
그녀는 선택권을 잃었다! 얼마나 싫을까!
4월이면 스위트피를 심고, 넝쿨이 오르기도 전에 말뚝을
세워주겠다고 **결정하는 걸** 좋아하던 그녀.

　　나는 오늘의 첫 담배에 불을 붙이고, 몸서리를 치며
창가에서 돌아선다. 무적이 다시 울린다. 나를 근심으로,
그리고 그다음에는 거대한 슬픔으로 채우면서.

* 미국에는 운구차와 그 뒤를 따르는 조문객들의 차량은 낮에도 전조등을 켠
채 운행하고, 다른 차들은 그 행렬에 양보해주는 관례가 있다.

벌새
—테스에게

내가 여름이라고 말하고,
'벌새'라는 단어를 쓰고,
그걸 봉투에 넣어,
그걸 언덕 아래 우체통에 가지고 가서
넣는다고 해봐. 그걸 열어볼 때면
당신은 떠올리게 될 거야 우리의
시절을, 그리고 얼마나,
정말 얼마나, 내가 당신을 사랑하는지.

밖

대왕연어의 검은 입 밖으로 잘린
청어 대가리가 쏟아져나온다. 사선으로,
비스듬하게 잘린 것들—
진정한 연어 낚시꾼, 그리고 그의 매끄럽고
날카로운 낚시용 칼이 보여주는 완벽에 가까운 솜씨.
잘라낸 청어의 몸통은 반짝이는 실버스푼으로부터
십팔 인치 뒤에 고정되었고, 대가리들은 옆으로 던져넣어,
물속에서 점점이 가라앉았다가 떠오르게 했더랬다.
그런데 그놈들이 어떻게 했길래, 그 대가리들이
그놈들의 찢어진 입에서 튀어나와—너무나 놀랍게도!—
우리의 보트에 다시 나타나게 된 건지, 어떤 희망도
이루어지지 않고, 어떤 타협도 없고 어떤 약속도
지켜지지 않는, 이 고약한 동화 속의 일그러진 덩어리들,
이 뻐딱한 이야기.

그걸 세어두는 것이 나중에 이 이야기를 하기 위해
필요한 것이기라도 한 것처럼, 우린 그 대가리를
아홉 개까지 세었다. 그것들이
원래 있어야 할 곳인 물속으로 던져넣기 전에,
"세상에," 네가 말했다, "세상에." 나는
모터를 구동시켰고, 우리는 청어를 미끼로 끼운 낚시를
다시 물에 던져넣었다. 너는 프린스오브웨일스섬에서

561

모르몬교도들을 위해 벌목을 하던 일을 이야기하고
있었다. (술도 없고, 욕도 할 수 없고, 여자도 없고. 일하고
돈을 받는 것 외에는 모든 게 **금지**되어 있던.) 그러다가
너는 입을 다문 채 바지에 칼을 닦고는 캐나다 쪽,
그 너머를 응시했다. 아침나절 내내 너는 내게
무언가를 말하고 싶어했는데, 이제야 입을
열기 시작했다; 네 아내가 널 버리고 싶어한다는
이야기, **네가 없어졌으면** 한다는, 네가 어디론가
사라져버렸으면 한다는 이야기. **그냥 사라져버리고
다시는 안 돌아오면 안 돼?** 그녀는 그렇게 말했다.
"이걸 무슨 재주로 당하겠어? 내가 어디서 맞아죽기라도
했으면 좋겠나봐." 바로 그때 엄청난 게 물었다.
줄이 풀려나가면서 물이 끓어올랐다. 줄은
계속해서 밖으로 풀려나갔다.

하류로

정오에는 눈을 씻어내린 비를 만나고, 해가 질 무렵에는,
강둑에 서서 물살과 싸우며 다가오고 있는 배를
지켜보고 있는데, 비와 눈이 섞여서 내린다…… 우리는
하류로 내려가, 보라색 갯버들들이 얼크러져 있는
곳으로 가까이 다가간다. 노를 잡고 있는 사내들은,
불과 십 분 전에, 수레를 타고 가던 소년 하나가
물에 빠졌다가 갯버들을 붙들고 살아났다고
전해준다. 그의 동료들은 모두 가라앉았지만……
헐벗은 갯버들이 바스락 소리를 내며 물 쪽으로
몸을 굽히고, 강은 갑자기 컴컴해진다…… 만약 폭풍우가
몰아치면 우리는 갯버들들 사이에서
밤을 지새워야 할 것이고 결국엔 물에 잠기게 될 텐데,
그러니 계속 가는 게 낫지 않겠는가? 우리는 이 문제를
투표에 붙였고, 계속 노를 저어 나아가기로 했다.

—안톤 체호프, 「시베리아 횡단」

그물

저녁이 되어가며 바람이 바뀐다. 아직
만에 나가 있던 배들은 해안으로
배를 돌리고 있다. 팔이 하나만 있는 사내가
다 썩어가는 배의 용골에 서서 그물을
손질하고 있다. 사내는 눈을 치켜뜬다.
이로 무언가를 들어올리더니, 세게 물어뜯는다.
나는 아무 말 없이 그 옆을 지난다.
이 변덕스러운 날씨, 내 마음의 집요함으로 인해
혼란만 남았다. 나는 계속
나아간다. 뒤를 돌아볼 즈음에는
그물 안에 갇힌 그 사내는
너무 멀어서 잘 보이지 않는다.

거의

눈 하나 깜빡하지 않고 자신들에게 '잠'과 '죽음'이라는
이름을 붙인 두 형제가 빛이 막 사위기 시작한 저녁
                아홉시쯤에
우리집에 도착했다. 두 사람은 가지고 온 장비들을
진입로에 내려놓았다. 꿀벌, 말벌, 땅말벌 등을
                죽이는 데
필요한 것들이었다. "황혼녘의" 일거리라고, 둘 중 하나가
전화로 말했었다. 이 침략자들은, 우리가 명명한
거지만, 골칫거리가 되어갔다. 두려움의 대상이기도 했고.
끝장을 보자! 그리고 그놈들도. 우리는 결정했다. 그놈들의
꽃가루 수집가, 벌꿀 제조가로서의 짧은 경력을
우리 손으로 끝내주기로. 가볍게 혹은 쉽게 내린 결정은
아니었다. 그런 규모의, 상상도 해본 적이 없는
                전멸 작전은
우리에겐 생소한 일이었다. 우리는

진입로를 내려다보기 위해 창가로 갔다. 하나는 젊었고,
하나는 나이가 든
두 사내가 서서 담배를 피우며, 뒤늦게 돌아오는 낙오자
몇몇이 처마 밑 구멍을 찾아들어가는 모습을 지켜보고
있었다. 그 벌들은 공기가 서늘해지기 시작하고, 빛이 점점
                옅어지면서,

해가 완전히 지평선을 넘어가기 전에 돌아오려 서두르고
있었다. 창문을 통해 올려다보니, 열 마리, 스무 마리가
자그마한 무리를 지어 그들이 새로 건설한 도시로
들어가기 위해 순서를 기다리고 있었다. 벽 뒤,
천장 가까운 곳에서 비늘들이 긁히는 듯한, 날개가
부딪히는 듯한, 사그락거리는 소리가
들려왔다. 그때 해가 완전히 떨어졌고,

어두워졌다. 벌들은 모두 안으로 들어갔다.
두 형제 중 젊은 사람, 분명히 '잠'이었을 텐데, 집의
남서쪽 모서리 아래에 사다리를 놓았다. 우리가
알아들을 수 없는 말이 몇 마디 오갔고,
곧 '죽음'이 커다란 장갑을 끼고는 무거운 연막통을 메고
사다리를, 천천히,
오르기 시작했다. 한 손에는 살충제를 뿌리기 위한 호스가
들려 있었다. 그는 불이 밝혀져 있는 창문을 지나 사다리를
          올라가면서,
거실 안을 별다른 관심 없는 시선으로 흘끗 쳐다봤다.
그러고는 우리 머리 높이쯤 되는 곳에서
멈춰 섰다. 사다리의 가로대를
          밟고 서 있는
그의 두 발만이 보였다. 우리는

별일 없는 것처럼 행동하려고 애썼다. 당신은 책을 한 권
집어들고 좋아하는 의자에 앉아, 책에 집중하는 척했다.
나는 레코드를 올려놨다. 밖은 어두웠고, 내가 이 말을
하는 동안 더 어두워졌지만 서쪽 하늘에는
사프란 빛이, 피부 바로 밑의 피처럼 남아 있었다.
사프란, 그것이 익어가는 향기로 들판이
            가득찰 때면,
카슈미르에서 그것을 수확하는 농부들을 거의 미치게
만든다고 당신이 말해준 그 귀한 향신료. 황홀경이라고,
당신이 말했지. 당신은 마치 한 페이지를 다 읽기라도
한 것처럼, 페이지를 넘겼다. 레코드는 계속 음악을
틀어댔다. 그러고 나서, '죽음'이 자기 장비의 손잡이를
누르고, 누르고, 또 누르는 소리가 들렸다. 사다리 아래의
진입로에서, '잠'이 소리질렀다, "좀더 쏴, 망할놈의
자식들." 그러고 나서, "됐어. 그 정도면 됐을 거야,
            이제
내려와." 그리고 그들은 곧 떠났고,

우리는 그 두 사람을 다시는 볼 일이 없었다.
당신은 와인을 한 잔 마셨다. 나는 담배를 한 대 피웠다.
일반 가정집에서 나는 그 냄새는 무쇠난로 근처에

증기처럼 떠 있는 탐욕스러운 악취와 뒤섞였다. 대단한
저녁이야! 당신이 말했던가, 아니면 내가 말했던가. 우리는
그 이후로, 다시는 그 일에 대해 말하지 않았다. 무언가
수치스러운 일이 일어난 것 같았다.
밤이 깊었을 때, 집이 달을 추적하며 서쪽으로
항해하고 있을 때, 아직 깨어 있던 우리는 어둠 속에서
두 개의 칼처럼, 두 마리 짐승처럼, 치열하게, 심지어
상대를 피까지 흘리게 하면서, 다음날 아침
'사랑 나누기'라고 명명한 어떤 짓을 함께 했다. 우리는
우리가 꾼 꿈을 나누지 않았다. 어떻게 그럴 수 있었겠는가?
하지만 언젠가는, 밤에 깨어 있다가, 집이 삐걱거리는
소리를 들었다, 거의 한숨 같았던 소리. 그러고는
한번 더. 자리잡는 소리라고, 그렇다고
들은 것 같다.

6부

예감

"어떤 예감이 들어요…… 어떤 이상하고,
암울한 예감 때문에 우울해요. 꼭
사랑하는 누군가가 죽을 것만 같아요."
　　"결혼하셨나요, 의사 선생님? 가족이 있으시죠!"
　　"아무도요. 홀몸이에요, 심지어 친구도 하나
없어요. 부인, 말씀해보시죠, 예감을 믿으시나요?"
　　"오, 그럼요, 믿죠."

—안톤 체호프, 「영원한 기계」

조용한 밤

한 해변에서 잠이 들고,
다른 해변에서 깨어난다.

배는 출항 준비가 끝나,
묶인 줄을 잡아당기고 있다.

참새의 밤

천둥번개가 치고, 비바람이 부는 끔찍한 밤들이 있는데,
사람들은 이를 두고 '참새의 밤'이라 부른다.
내가 살아오는 동안 그런 밤이 한 번 있었다……

자정이 지나 잠에서 깨 갑자기 침대 밖으로 뛰쳐나왔다.
무슨 이유에선가, 내가 곧 죽을 것만 같았다.
왜 그렇게 느꼈을까? 몸에서는 곧 죽을 거라는 어떠한
신호도 감지되지 않았지만, 내 영혼은 마치 집어삼킬 듯
번지는 불이라도 본 듯, 공포에 짓눌려 있었다.

나는 급하게 불을 켰고, 물병에 든 물을
그대로 들이켰고, 서둘러 열려 있는 창문으로 갔다.
바깥 날씨는 참으로 아름다웠다.
건촛더미와 또다른 것에서 나는 달콤한 냄새가
공기 중에 맴돌았다. 담장 위에 박아놓은 뾰족한 것들과,
창가에 있는 비쩍 마르고 늘어진 나무들, 길,
숲의 어두운 윤곽선 따위가 눈에 들어왔고,
하늘에는 평화롭고, 아주 밝은 달이 걸려 있었다.
구름 한 점 없이, 잎사귀 하나 흔들리지 않는, 완벽하게
고요한 밤이었다. 모든 것이 나를 지켜보며 내가 죽기를
기다리고 있는 듯했다…… 등뼈가 차가워지며,
안으로 굽어드는 것 같았다. 그리고 나는 등뒤에서

몰래 다가와 나를 덮치려는 죽음을 느꼈다……

—안톤 체호프, 「지루한 이야기」

레모네이드

몇 달 전, 책꽂이를 만들어넣기 위해 내 방 벽의 크기를
재러 왔을 때, 짐 시어스는 엘와강의 만조에
아이를 잃어버릴 사람처럼 보이지는 않았다. 그는 머리숱이
많았고, 나와 책꽂이 단의 개수며, 고정 방식이며,
떡갈나무의 어떤 종은 다른 종에 비해 빛깔이 어떻게
다르며, 하는 따위를 의논하는 동안 내내 자신만만하고,
손가락 마디를 뚝뚝 분질러가며 활력이 넘쳤더랬다.
하지만 여기는 작은 동네고, 이 동네는 작은 세계다.
여섯 달 후, 책꽂이가 완성되어 배달과 설치가 끝난 뒤,
우리집에 칠을 하러 온 건 짐의 아버지 하워드 시어스 씨다.
"아들 자리를 메우러" 온 거라고. 그는 내게—내가,
다른 이유 때문이 아니라, 작은 동네의 예절에 따라 "짐은
잘 지내나요?"라고 문자—자기 아들 짐 시니어가 지난봄,
강에서 짐 주니어를 잃었다고 알려준다. 짐은 자기 자신을
책망하고 있다고. "전혀 극복하지 못하고 있어요,"
쓰고 있는 서원윌리엄스 모자의 챙을 잡아당기며
그가 덧붙인다.
     짐은 헬리콥터가 강에서 아들의 시신을
건져내고, 들어올리는 과정을 지켜봐야 했다. "상상이
될지 모르겠지만, 부엌에서 쓰는 거랑 비슷하게 생긴
커다란 집게를 사용하더군요. 거기에 줄이
달려 있는 거죠. 하지만 하나님은 언제나 제일 다정한

사람들을 데리고 가죠, 그렇잖아요?" 시어스 씨가 말한다.
"하나님은 당신만의 신비한 목적이 있어요." "시어스 씨는
어떻게 생각하시는데요?" 나는 그게 알고 싶다. "나는
생각하고 싶지 않아요," 그가 말한다. "우린 하나님의
방식에 대해 질문을 하거나 의심을 품을 수 없어요.
아는 건 우리 몫이 아니에요. 내가 아는 건 하나님이 이제
그 작은 애를 집에 데리고 갔다는 것뿐이에요."
그는 이어서, 혹시나 그 일을 극복하는 데 도움이 될까 싶어
짐 시니어의 아내가 그를 데리고 유럽 열세 나라를
돌았다고 말한다. 하지만 도움이 되지 않았다.
짐 시니어로서는 그 일을 떨쳐버릴 수가 없었다.
"미션 실패," 하워드가 말한다. 짐 시니어는
파킨슨병에 걸렸다. 다음엔 또 무슨 일이? 짐은 지금
유럽에서 돌아와 집에 있는데, 여전히, 그날 아침에
레모네이드를 담은 보온병을 찾으러 짐 주니어를
차로 돌려보낸 것 때문에 스스로를 책망하고 있다.
그날 그들은 레모네이드가 필요하지도 않았다!
주여, 주여, 저는 도대체 무슨 생각이었단 말입니까,
짐 시니어는 그 말을 백 번—아니, 천 번—을 되풀이했고,
아직 자기 말을 들어주는 누구에게나 되풀이하고 있다.
무엇보다, 그날 아침 레모네이드를 만들지 않았더라면!
도대체 무슨 정신이었단 말인가? 그전에, 그 전날 밤에

세이프웨이에 장을 보러 가지 않았더라면, 그리고
오렌지, 사과, 그리고 자몽과 바나나가 있는 자리 옆에
레몬을 담은 통이 놓여 있지 않았더라면.
그게 짐 시니어가 정말 사고 싶었던 것이었다, 오렌지와
사과. 레모네이드를 만들 레몬이 아니라. 레몬은 무슨.
그는 레몬을 싫어했지만—최소한 지금은 그랬다—
짐 주니어는 레모네이드를 좋아했다. 늘 그랬다. 그애는
레모네이드를 원했다.

"이런 식으로 생각해보자고요," 짐 시니어는 이렇게
말하곤 했다, "그 레몬들은 다른 어딘가에서 왔을
거예요, 그쵸? 아마도 임페리얼밸리나, 아니면
새크라멘토 근처겠죠, 거기서 레몬을 재배하잖아요,
그쵸?" 누군가가 거기에 레몬을 심고, 물을 주고,
크는 걸 지켜보고, 그러다가 일꾼들이 따서 자루에 넣고,
무게를 재고, 상자에 넣은 뒤, 기차나 트럭으로 사람이
자식을 잃어도 아무것도 할 수 없는 이 저주받은 동네로
오는 것이다! 그 상자들은 아마도 짐 주니어보다 나이가
그리 많지도 않은 아이들이 트럭에서 내렸을 것이다.
그리고 그 아이들이 상자를 해체해 꺼낸 노랗고
레몬향 나는 것들을 여전히 살아서 시내를 돌아다니고,
살아 숨쉬면서 크고 싶은 만큼 크는 다른 아이들이

씻고, 왁스를 뿌린 것이다. 그러고 나서 상점으로 옮겨
진열 상자에 넣고, 최근에 신선한 레모네이드를
드셨나요? 라고 눈길을 잡아끄는 문구를 써붙여놓은
것이다. 짐 시니어가 추론한 대로, 이 일은 첫번째
원인까지, 지구상에서 경작된 첫번째 레몬에 이르기까지
거슬러올라간다. 세상에 레몬이라는 게 없었다면, 그리고
세이프웨이 상점이라는 게 없었다면, 글쎄, 짐은 아직
아들을 데리고 있지 않겠는가, 그렇잖은가? 그리고
물론, 하워드 시어스에게는 아직 손주가 있을 것이고.
그러니, 이 비극에는 많은 사람들이 개입되어 있었던
셈이다. 레몬 농사를 지은 농부들과 그걸 수확한 일꾼들,
트럭 운전수들, 그리고 거대한 세이프웨이 상점⋯⋯
짐 시니어 또한, 당연히, 자기 몫의 책임을 떠안을 준비가
돼 있었다. 그야말로 가장 큰 죄를 지은 사람이었다.
하지만, 하워드 시어스가 내게 말한 바로는, 그는 아직도
추락하는 중이었다. 어쨌거나, 그는 여기에서
빠져나와 계속 살아나가야 했다. 모든 사람이 치유하기
어려운 상처를 입었지, 그건 맞다. 그렇다 해도.

얼마 전에, 짐 시니어의 아내가 그를 시내의
목공예 수업에 등록시켜주었다. 지금 그는 곰이며, 물개며,
부엉이, 독수리, 갈매기, 같은 것들을 조각하려

애쓰고 있지만, 어느 하나를 끝낼 정도로 오래
붙들고 있지 못한다는 게 시어스 씨의 평가다. 문제가
뭐냐면, 하워드 시어스가 이어서 말한다, 짐 시니어가
작업용 선반이나 조각도에서 눈을 들어올릴 때마다,
그의 아들이 강 하류의 물에서 건져내지고, 허공으로
들어올려져서—말하자면, 낚아올려져서—빙글빙글 돌다가
전나무들 위로 높이 들어올려지고, 집게가 그애의 등뒤로
삐져나와 있고, 그러고는 헬리콥터가 선회해서 타타거리는
날갯소리와 굉음을 내며 상류로 날아올라오는 모습을
보는 것이다. 짐 주니어는 이제 강둑을 따라 늘어선
수색 인원들 위를 지난다. 그의 두 팔은 몸 양쪽으로
늘어져 있고, 그의 몸에서 물방울들이 흩날려 떨어진다.
헬리콥터는 다시 한번 사람들 위를, 이번에는
가까이 지나쳤다가 잠시 후에 되돌아와, 그의 몸을
그의 아버지 발밑에, 가장 조심스럽게 내려놓는다.
모든 것을 본 사내—그의 죽은 아들이 쇠집게로 물에서
들어올려져 나무들 위에서 원을 그리며 빙글빙글
도는 것까지—는 이제 죽음 말고는
원하는 게 없다. 하지만 죽음은 가장 다정한 사람들만을
데려간다. 그리고 그는 다정함을, 삶이 다정하고 달콤했던
시절을 기억한다, 그리고 다정하게도 그는
전혀 다른 삶을 부여받았다.

놀라운 다이아몬드

찬란한 아침이었다. 태양은 밝게 빛나며,
그 빛살로 아직 여기저기에 여러 겹으로 남아 있는
흰 눈을 조각하고 있었다. 겨울 밀이 한쪽에서 성급하게
초록빛 싹을 밀어올리는 동안, 눈은 지상을 떠나며
놀라운 다이아몬드가 되어, 보는 이의 눈이 아프도록
빛났다. 당까마귀들은 들판 위를 우아하게
부유했다. 당까마귀는 그렇게 날다가
지면에 내려앉아, 몇 번 깡총거리면서 뛰어다닌 뒤
두 다리로 굳건하게 버티고 서는 것이었다……

—안톤 체호프, 「악몽」

눈 떠

6월, 취리히의 키부르크성,
늦은 오후, 예배당 밑의 방, 지하감옥,
바닥에 웅크리고 있는 사형 집행자의 단두틀 옆에
철의 가운을 뒤집어쓴 아이언메이든이 서 있다. 그녀의
고요한 모습에는 알 수 없는 약간의 미소가 새겨져 있다.
만약 그녀의 안으로 미끄러져들어가기라도 한다면,
그녀는 악마처럼, 귀신 들린 것처럼, 못이 튀어나온 내부를
닫을 것이다. 포옹—'탈출 불가'라는 구문 옆에 적힌
그 단어.

    한쪽 구석에는 요구받은 건 무엇이든, 그리고 그 이상을,
아무것도 묻지 않고 해내는 이상적인 장비, 형틀이
세워져 있다. 그리고 만약 그 위에 오른 이가, 뼈가
하나씩 차례대로 부러져나가는 고통을 못 이겨 너무 빨리
기절해버리면, 고문 집행자는 그저 양동이로 물을 끼얹어서
그를 깨우면 그만이었다. 그리고 나중에, 필요하다면, 또
깨우는 것이다. 그들은 철저했다. 기술적으로도 완벽했다.
양동이는 사라지고 없지만, 오래된 체리나무 십자가는
그 방 한쪽 구석 벽에 걸려 있다. 당연히, 그리스도가
매달려 있는 십자가다, 그게 아니고 무엇이겠나?
무엇보다, 고문 집행자들도 사람이었으니까, 그렇잖은가?
그리고 누가 알겠는가—마지막 순간, 고문당하던 이가
빛을 볼 수도 있는 것이고, 깨달음에 도달할 수도

있는 것이고, 심지어 자신의 운명을 받아들이는 일이
일어나게 되면서, 이미 거의 녹아버린 심장으로
그 빛이 쏟아져들어올 수도
있는 것이다. 예수그리스도, 나의 구원자시여.
나는 단두틀을 바라본다. 보면 안 될 이유가 있나? 정말로,
안 될 이유가 뭔가? 그 결과에 대한 두려움이 없는데,
그 틀에 자기 목을 얹어보고 싶지 않은 사람이
누가 있겠는가? 자기 목숨을 사선에 얹어두었다가
마지막 순간에 거둬들이는 짓을 해보고 싶지 않은 이가
어디 있겠는가?
모든 경험에 대해, 비밀리에, 욕심을 내지 않는 이가
누가 있겠는가? 늦은 시간이다. 지하감옥에는 우리,
그녀와 나, 북극과 남극 말고는 아무도 없다. 나는
돌바닥에 무릎을 꿇고, 두 손을 등뒤로 돌리고,
머리를 단두틀 위에 올린다. 맥박이 점점
빨라지는 가운데, 목이 틀의 얕은 홈에 걸릴 때까지
조금씩 조금씩 전진한다. 나는 눈을 감고, 숨을
들이마신다. 깊은 숨을. 공기의 밀도가 높아져 거의
핥아서 맛을 볼 수 있을 듯하다. 순간 마음이 가라앉아,
거의 잠이 들 수도 있을 것 같다.
　　눈 떠, 그녀가 말하고, 나는 그렇게 한다. 고개를
돌려서 보니 그녀는 두 팔을 들어올린 채 내 위에

서 있다. 그녀가 들고 있는 척하는 도끼도
보인다. 도끼는 너무 무거워서 어깨 위에
올려놓을 수 있을 뿐이다. 장난이야, 그녀가 말한다, 그리고
두 팔을 내린다. 도끼를 드는 제스처도 같이.
그러고는 미소를 짓는다. 난 아직 안 끝났어, 내가 말한다.
잠시 후, 내가 똑같은 걸 반복하면서, 두 눈을 감고,
이제는 조금만 뛰는 가슴으로, 단두틀의 그 똑같은
반질반질한 홈 안에 내 머리를 올려놓을 때,
내 목구멍에서는 기도가 만들어질
여유가 없다. 마무리되지 못한 기도가
내 입술에서 떨어져나올 때, 나는 그녀가 갑자기 움직이는
소리를 듣는다. 그녀의 손날이 속도를 줄이지 않은 채
내 목뼈 바로 아래까지 내려와 살과 살이 부딪히는
느낌이 들때, 내가 얼굴을 튼다. 코가 턱 위로
겹쳐 보이는 모습이 내 시야에 마지막으로 들어오는,
내가 어디에 묶여 있든 마지막으로
품고 갈 수 있는, 황홀경 혹은 광채이다.
        이제 일어나, 그녀가 말한다, 그리고 나는
그렇게 한다. 나는 몸을 일으켜 무릎을 꿇고 앉아
그녀를 본다. 우리 중 누구도 웃고 있지 않다.
떨린다, 넋이 나간 기분이다. 그러다가 그녀가 웃고,
나는 그녀의 엉덩이에 팔을 두른 채 다음 복도로 옮겨간다,

빛이 필요하다. 그리고 빛이 더 필요해져서, 바깥으로,
열린 곳으로 나간다.

의사가 말한 것

그가 말했다 좋아 보이지 않는다고
그가 말했다 사실은 나쁘다고 아주 나빠 보인다고
그가 말했다 폐 한쪽에서만 서른두 개까지 세다가
그만뒀다고
내가 말했다 거기에 그게 그보다 더 많다는 걸 알고 싶지
않아서 다행이라고
그가 말했다 당신 종교적인 사람이냐고 숲에 들어가
무릎을 꿇고 도움을 구하느냐고
폭포에 갔을 때 물안개가 얼굴과 팔에 부딪혀오면
그 자리에 멈춰서서 그 순간에 대한 이해를
구하느냐고
내가 말했다 아직은 아니지만 오늘부터 그럴 생각이라고
그가 말했다 정말 유감이라고 그가 말했다
무언가 다른 소식을 전해줄 수 있었으면 좋았을 텐데
내가 말했다 아멘 그리고 그는 무언가 다른 이야기를 했다
나는 잘 이해하지 못했고 또 무얼 어떻게 해야 할지
몰랐기 때문에 또 그가 그 말을 되풀이해서
내가 그 말을 완전히 소화하게 하고 싶지 않았기 때문에
그저 그를 쳐다보기만 했다
잠시 동안 그리고 그도 나를 마주보았다 그때였다
내가 자리에서 벌떡 일어나 그 사내의 손을 잡아 흔든 건
여태 이 세상 어느 누구도 내게 주어본

적이 없는 걸 내게 준 사내
아마 고맙다는 인사까지 했던 것 같다 습관이란 게
무서운 거라

울부짖읍시다, 선생님

고통 때문에 비명을 지르는 것, 우는 것, 도움을
청하는 것, 그냥 누군가를 부르는 것—이 모든 것을
여기에서는 "울부짖음"이라고 묘사한다. 시베리아에서는
곰들만 울부짖는 게 아니라, 참새나 쥐들도 울부짖는다.
"고양이한테 잡혔는데, 울부짖더라고." 그들이 쥐에 대해
하는 말이다.

—안톤 체호프, 「시베리아 횡단」

청혼

내가 그녀에게 묻고 그다음에는 그녀가 내게
묻는다. 우리는 둘 다 응낙한다. 엎치락뒤치락하는
일은 없다. 십일 년가량을 같이 지내고 나서, 우리는
우리 두 사람의 마음 너머까지 안다. 그리고 이렇게
미뤄둔 덕에, 충분히 무르익기도 했다. 이젠 말이 된다.
장미로 가득한 정원이나, 최소한 바다 위로 걸린
아름다운 절벽에라도 가 있어야 하는 건지 모르겠지만,
우리는 소파에 있다. 때때로 우리가 책을 펼쳐놓은 채
잠이 들거나, 아름다운 흑백화면으로 펼쳐지는
오래된 베티 데이비스 영화를 보는 곳— 그녀는 불꽃이
맹렬하게 춤을 추는 벽난로를 배경으로, 전 애인이 사준
모피코트를 어깨에 느슨하게 걸친 채, 그를 해치울
생각으로, 예쁘장하게 생긴 자그마한 리볼버를
들고 대리석 계단을 내려온다. 오, 사랑스러운,
오, 치명적으로 얽히고설킨 관계. 그런 세상에서
진실되기.

우리가 막연히 상정해두고 있던 앞으로의 수많은
나날들이, 실제로는 오지 않을 거라는 게 며칠 전에
분명해졌다. 의사는 눈물의 계곡과 막연한 예측으로부터
우릴 멀리로 데려가려고 최선을 다하며, 마침내, 내가
뒤에 남겨두고 떠날 '껍데기'에 대해 얘기하기 시작했다.

"하지만 이 사람은 자기 삶을 사랑해요." 어떤 목소리가
말하는 소리가 들렸다. 그녀였다. 그리고 그 젊은 의사가,
잠시의 틈도 주지 않고 하는 말이 들렸다. "압니다.
그 일곱 단계를 거치셔야 하는 거 같네요. 하지만 결국엔
받아들이는 걸로 끝납니다."

그후에 우리는 한 번도 가보지 않은 작은 카페에 가서
점심을 먹었다. 그녀는 파스트라미를 시켰다. 나는
수프를 먹었다. 많은 사람들이 점심식사를
하고 있었다. 다행히도 우리가 아는 사람은
없었다. 우리는 계획을 세워야 했다. 시간은 조임쇠처럼
우릴 눌러 영원한 것을 위한 공간을 만들고 싶다는
희망을 억지로 짜내고 있었다. 그 영원이라는 단어는
"여기에 이집트 사람이 있나요?"라고 소리지르고 싶은
충동을 불러일으켰다.

집에 돌아와 우리는 서로를 꼭 끌어안았고, 창피함이나
신중함 따위 다 버리고, 끌어안는 일의 의미에만
온전히 집중했다. 이게 전부다. 그러니 무언가를
보류한다는 건 어리석은 짓이고, 제정신이 아닌
것이고, 모자란 짓이었다. 얼마나 많은 사람들이 이걸
깨닫게 될까? 그 생각이 들었다. 그 지점으로부터

축하 행사를 열고 싶은 마음, 친구들을 불러들이고,
샴페인과 페리에를 나누는 지점까지의 사이는
그리 멀지 않았다. "리노," 내가 말했다. "리노에 가서
결혼합시다." 리노에서는 결혼과 재혼이 주 칠일,
하루 스물네 시간 이뤄진다고, 내가 그녀에게 말했다.
기다릴 필요도 없다. 곧바로 "네," 그리고 "네." 선서가
이어진다. 그리고 목사에게 십 달러만 가외로 찔러주면,
어쩌면 증인도 섭외해줄 것이다. 물론, 그녀도

다 들었다 이혼한 사람이 트러키강에 결혼반지를
집어던지고 십 분 뒤에 새로운 사람과 제단 앞에
가서 선다는 식의 이야기들. 그녀도 지난번
결혼반지는 아일랜드의 바다에 집어던지지 않았던가?
아무튼 그녀도 동의했다. 리노가 딱 적당한 장소였다.
그녀한테는 내가 바스에서 사준 녹색 면드레스가
있었다. 세탁소에 보내겠다고 했다. 우리는
아무런 희망이 없을 때 그 자리에는 무엇이 남는가 하는
질문에 대한 대답이라도 찾은 듯이, 준비를 해나갔다:
펠트 천으로 덮인 테이블 위에 둔탁한 소리를 내며
　　　떨어지는
주사위들, 판이 달가닥거리며 돌아가는 소리, 밤이 깊도록
슬롯머신에서 울리는 벨소리들, 그리고 한번 더,

한번 더 노리는 기회. 그리고 우리가 예약해놓은 객실.

소중히 여기기

창문을 통해 그녀가 장미 쪽으로 몸을 숙이고 있는 게
보인다. 가시에 손가락이 찔리지 않도록 한 손으로
꽃송이에 가까운 곳을 잡고 있는 것이다. 다른 손으로
가지를 자르고, 잠시 멈추었다가 자른다. 내가 알고 있는
어떤 모습보다 더 혼자다. 그녀는 올려다보지 않을
것이다, 지금 당장은. 그녀는 지금 장미와, 그리고 내가
생각만 할 수 있는, 말하지는 않을 어떤 것과 더불어
혼자다. 나는 저 덤불들의 이름을

안다 우리의 뒤늦은 결혼 선물로 받은 것들: 사랑, 명예,
소중히 여기기—그리고 이 마지막 것, 잠깐의 시선들
사이에 집으로 들여져 그녀가 내게 불쑥 내민 장미. 나는
내 코를 거기에 대고, 그 달콤함을 들이마신 뒤,
머무르게 둔다—약속의 향기, 보물의 향기. 내 손을
그녀의 손목에 얹고 가까이로 끌어당긴다. 강이끼와 같은
그녀의 녹색 눈. 그때, 앞으로 올 것을 거스르며, 말한다:
아내. 내가 할 수 있는 동안, 내 숨이, 서둘러 가는 꽃잎
하나하나가 아직 그녀를 찾을 수 있는 동안.

횡재

다른 말로는 안 돼. 왜냐면 딱 그거였거든. 횡재.
횡재, 지난 십 년.
살아 있었고, 취하지 않았고, 일을 했고, 사랑했고 또
훌륭한 여자로부터 사랑받은. 십일 년
전에 사내는 이런 식으로 가다간 여섯 달 정도
더 살 거라는 소릴 들었지. 그때 사내는
내리막길로만 가고 있었어. 그래서 사내는 어쩌어찌 사는
방법을 바꿨지. 사내는 술을 끊었어! 그리고 나머지는?
그뒤로는 **죄다** 횡재였어, 매 순간이, 사내가, 그러니까,
어떤 게 쪼개져서 다시 사내의 뇌 속에서 자라나고 있다는
그 말을 듣던 순간까지 포함해서. "날 위해 울지 마."
사내가 친구들에게 말했어. "난 운이 좋은 사람이야.
난 나나 다른 사람들이 예상한 것보다
십 년을 더 살았어. 진짜 횡재지. 그걸 잊지 마."

필요 없는

테이블의 빈 자리를 보고 있어.
누구 거지? 누구 거겠어? 내가 지금 누굴 속이겠다고?
배가 기다리고 있어. 노도
바람도 필요 없는. 열쇠는
그 자리에 뒀어. 어딘지 알지.
기억해줘, 나를, 그리고 우리가 함께한 모든 일들.
이제, 날 꼭 안아줘. 그래, 그렇게. 키스해줘
진하게 입술에. 그렇지. 이제
날 보내줘, 내가 가장 사랑하는 이여. 가게 해줘.
우린 이번 생에서는 다시 만나지 못할 거야,
그러니 이제 작별의 키스를 해줘. 자, 다시 해줘.
한번 더. 그래. 이제 됐어.
이제, 내가 가장 사랑하는 이여, 가게 해줘.
떠날 시간이야.

가지를 통해

창문 아래, 데크 위에, 누더기 같은 새들 몇 마리가
모이통에 모여 있다. 매일 와서 먹고 싸우곤 하는
그놈들인 것 같다. 시간이, 시간이,
그놈들은 그렇게 울면서 서로를 공격한다. 그래,
그 시간이 거의 다가왔다. 하늘은 종일 어둡고,
서쪽에서 오는 바람은 쉼없이 불어대고……
당신 손을 잠시만 줘. 내 손을 잡아줘. 응, 그렇게.
꽉 쥐어줘. 시간이여, 우린 시간이 우리 편인 줄 알았지.
시간이, 시간이, 누더기 같은 새들이
운다.

잔광

저녁 땅거미가 진다. 아까는 비가 조금
내렸다. 너는 서랍 속에서 한 사내의 사진을
발견한다. 살날이 이 년밖에 남지 않은
사내. 사내는, 물론, 그 사실을 모르고 있다,
그러니 카메라를 보고 저렇게 익살스러운 표정을
지을 수 있지. 저 순간에 자기 머릿속에서 무언가가
뿌리를 내리고 있다는 걸 어떻게 알 수 있었겠는가?
오른쪽으로 나뭇가지와 둥치 사이를 보면,
진홍빛 잔광이 보인다. 그림자도, 그늘도 없다.
고요하고 눅눅해 보일 뿐……
이 사내는 계속 익살스러운 표정을 짓고 있다. 나는
사진을 다른 물건들 사이 제자리에 다시 넣어두고
대신 저멀리 능선을 따라 퍼져 있는 잔광으로,
정원에 핀 장미 위에 금색으로 내리는 빛에
시선을 돌린다. 그러고는, 참을 수가 없어서,
다시 한번 사진을 본다. 윙크, 활짝 핀 미소,
의기양양하게 비스듬히 물린 담배.

말엽의 단편斷片

어쨌거나, 이번 생에서 원하던 걸
얻긴 했나?
그랬지.
그게 뭐였지?
스스로를 사랑받은 자라고 일컫는 것, 내가
이 지상에서 사랑받았다고 느끼는 것.

미수록 시들: 영웅담은 제발 그만

놋쇠반지

회전목마와 잘 어울리는 그 놋쇠반지는
무엇이 되었나?
그 모든 가난하지만 행복했던 어린 여자아이들과
사내아이들이 특별한 순간마다 잡아채곤 하던
놋쇠로 된 그것 말이다. 나는 주변에 물었다:
놋쇠반지에 대해 아는 게 있나요……? 나는 이웃에게
말했다. 내 아내에게 물었고, 심지어 정육점 푸주한에게도
물었다(외국에서 온 사람이라 알 것 같았다).
　　아무도 아는 사람이 없는 듯했다.
그러다가, 순회 놀이공원에서 일한 적이 있는 사람에게
물었다. 오래전에는, 그가 말했다, 달랐지. 심지어 어른들도
탈것을 탔어. 그는 캔자스주 토피카에서 본 젊은 여자를
기억해냈다. 8월이었지. 그 여자는 여자 옆에서 말을 탄
사내의 손을 잡고 있었어. 수염을 기른 그 사내는 여자의
남편이었어. 그 여자는 하루종일 웃었어, 그가 말했다.
그 남편도 웃었어, 수염까지 기르고 있었지만. 하지만
이 모든 건 다른 얘기. 그는 놋쇠반지에 대해서는
아무 말도 하지 않았다.

시초

언젠가
다림줄이 있었다
캐스케이드산맥 안
스노호미시 근처
전나무 계곡의
바닥으로 깊이 가라앉아
레이니어산, 후드산,
그리고 컬럼비아강
밑을 지나
오리건주 우림의
어딘가에서
양치류의 잎사귀를 뒤집어쓰고
솟아오른.

오늘밤 팜파스에서는

　　오늘밤 팜파스에서는 키 큰 말을 탄 가우초가
서쪽의 태평양, 황혼을 향해
볼라를 던진다.
후안 페론은 스페인에서
프랑코 장군과 함께 잠을 자고,
대통령은 아시아에서
바비큐를 한다……

　　계절 속으로 더 깊이
잠겨들었으면 좋겠다,
소나무나 순록이
되어,
빙산이 천천히 허물어지며
북쪽 피오르해안으로 다가가는 걸
지켜봤으면,
이 건조한 날씨,
이 천벌에 맞서서.

그 시절
―C. M.에게

그래, 그 시절을 기억해,
항상 젊고, 항상 6월이나 7월이었지;
치마가 무릎 위로 말려올라가 있던
몰리, 벌목꾼 부츠를 신고 있던 나는
그녀의 가는 허리에 내 팔을 둘렀고,
우린 웃으며 따뜻한 부엌에서
　　　　　　하나둘셋―미끄럼!
　　　　　　하나둘셋―미끄럼!
　　　　　　　　하며 놀고,
스토브 위에는 생선수프나 들소스테이크가
올려져 있고, 장미가 침실
창문을 두드렸지.
들판 너머에는 니스퀼리강
우린 밤에 그 소리를 들었다.
　　　　　　　　오, 나는 얼마나
대왕연어가 되고 싶었던지.
물을 거슬러, 폭포를 뛰어올라,
돌아오기!
통조림 고기도 아니고 물살에 밀려가는
　　　　　　　　것도 아니고

일광욕을 하는 사람, 그녀 자신에게

이를테면
널널하고 심심하고;
머릿속은 물웅덩이 같고,
가슴과 손가락은—
팔과 다리는—
너의 무관심한 손길 아래서
빛나고.

이제 늙은 해,
남편은,
내게로 쏟아지고,
내게
거칠게 해줘,
나를 강하게 해줘
다른 사람에 맞서서,
그 개자식.

영웅담은 제발 그만

멋진 수염을 기르고, 아내와 아들이 있는
지바고. 그의 시인의 눈은
모든 종류의 고통을 목격하고,
그의 의사의 손은 늘 바쁘다.
"그대의 심장의 벽은 종이처럼 얇았소,"
장군 동지 이복형제인 알렉 기네스는
라라에게 말한다. 지바고가 사랑했고
임신을 시킨 여자.

하지만 그 순간,
극장 옆의 토플리스바에서
밴드가 연주를 시작한다.
색소폰이 높이 더 높이 오르며
우리의 이목을 집중시킨다. 드럼과
베이스 역시 만만치 않지만,
저항할 힘을 빼앗아가는 건
오르락내리락 하는 색소폰이다.

불륜

토요일 오후 낮 상영
    〈사운드 오브 뮤직〉
  네 외투는 내 옆
      빈 자리에
   네 손은 내 무릎에
  우리는 오스트리아로
옮겨진다
   라인 강변의 어딘가
     그곳
   이 오래된 마을들 중
어느 한곳에서
   우리는 한 백 년
   조용히 살 수 있겠다
  나중에
    너는 앞치마를 두르고
내게 레몬 한 쪽을 띄운 차를 만들어주고
      라디오에서는
   허브 앨퍼트와
    티후아나 브래스가
 〈그리스인 조르바〉를 연주한다
우리는 또 우연히
  디지 딘과의 대화 한 부분을

듣게 된다
침대 옆 방바닥에 놓인
『에스콰이어』에는
프랭크 시나트라가 불붙은
라이터들에 둘러싸여 있다
재떨이 밑에는
타키투스와
막심 고리키
네 머리는 내 팔 위에
우리는 담배를 피우며
우리 중 누구도 가본 적이
없는
올림픽반도
밴프국립공원
루이스호수에 대해
이야기한다
밖에서는
지표면 가까운 곳에서 번개가 치고
비의 첫번째 무거운 방울이
파티오를 때린다
들어보라
얼마나 놀라운 선물들인가

7월 2일, 내 생일에 대한 시

"그리고 우리는 계속해서
올라가고 또 올라갔고
네 동생은 고도 때문에
두통이 생겼는데
그래도 우리는 올라가고
올라가고 또 올라갔고
그애가 말했지,
'아빠, 우리 어디 가는 거야?'
내가 말했지, 위로."

오늘 아침 깨끗한 셔츠를 입고
방금 내린 커피를 마시며
여기 앉아 있으니 참 좋네. 상황 파악?
그게 무슨 말이야? 엄마는 죽었고,
아버지는 경화증이야. 경화증,
무시무시한 말이지. 내일이 무슨 요일이지?
화요일? 그렇군. 아내가 케이크를
구워준다고 했어. 그러더라고.
생일마다 대개는 일을 해야 했어.
말 그대로야. 생일? 제임슨호수로
　　　　　들어가는 길이 생각나네:
　　　　　단단한 흙길에, 지그재그 커브에,

층층나무가 펜더를 긁고
캔버스로 된 지프차 지붕에
자국을 냈지. 숲을 벗어날 때까지.
숲과 길을 벗어나니
앞으로는 가파른 산마루밖에 안 보였어.
양쪽으로는 야생화와 풀뿐이었고
제일 높은 능선을 넘어서
제임슨계곡으로 내려가니,
호수가 아직도 얼어 있더라고.
헛웃음이 나오더군. 7월에
얼음낚시라니. 과연 고원지대였어.

귀환

조지 멘시네 소떼가
거실을 똥밭으로 만들어놓았다,
창문이 떨어졌고
뒤켠의 포치는 부엌 주변이
내려앉았다:
나는 금융회사 직원처럼
오물투성이 방들을 하나하나 돌았다.

아든, 오늘 준 이집트 동전, 고맙소

바래가는 이상한 풍경에 둘러싸여
부드럽게 마모된 스핑크스의 초상을 들여다보는 동안,
오늘 아침에 일어나, 끔찍한 질문들을 던지기 시작할
준비를 하며, 떨며 서로를 잡아당기고 있던 내 두 손이
멀어 보이던 일을 떠올립니다.

로버트 그레이브스와 함께 참호에서

마요르카에 부는 라틴의 바람은
여전히 멀다. 여기에선,
매일 밤 기관총의 탄환들이 오고 간다. 낮에는
고성능 폭약과, 철조망과, 저격수들……
시궁쥐들은 전사자들 사이를 마음대로
넘나든다. 시체들은 화물차 같아서,
시궁쥐들은 그것들을 진흙 안으로
점점 더 깊이 몰고 들어간다. 양편의 전선
뒤에서는, 장교들과 병사들이 마지막 섹스를 위해
줄을 선다. 어쨌거나, 그레이브스는 제외하고.
우선, 섹스를 위한 원동력, 매가 사람 안에서
자라야 한다. 우리는
어려운 시절을 살고 있다.

밖에 있는 사내

늘 안이 있고 밖이 있었다.
안에는 아내, 아들 그리고 딸들이
있고, 대화의 강과, 책들과, 부드러움과
애정이 있다.

그런데 어느날 밤, 침실 창문 밖에서
누군가가—무엇인가가, 숨을 쉬고,
발을 끌며 걷는다.
나는 아내를 깨우고, 공포에 질려
아침이 올 때까지 아내의 팔 안에서
몸을 떤다.

침실 창문 밖의 공간! 그곳에서 자라는
꽃 몇 송이가 짓밟혀 있고, 카멜 담배꽁초가
땅바닥에 버려져 있다—
내가 상상해낸 게 아니다.

그다음날 밤, 그 일이 또 벌어졌을 때,
나는 다시 아내를 깨우고 그녀는 나를
안심시키며 공포로 뻣뻣해진 내 다리를
문질러주고 나를 안아준다.

그러고 나서 나는 아내에게
점점 더 많은 걸 요구하기 시작한다.
부끄러워하면서도 아내는 침실을
왔다갔다하고, 나는 그녀를 짐을 실은
외바퀴손수레처럼, 마차꾼이 마차를 몰듯
몰고 다닌다.

마침내, 오늘밤, 나는 아내를 살짝 건드리고,
그녀는 불안해하며 벌떡 일어난다.
불을 켜고, 벌거벗은 채, 우리는
화장대에 앉아 미친 사람들처럼
유리를 응시한다. 우리 뒤로
두 개의 입술과, 반짝거리는 담뱃불이
비쳐 보인다.

씨앗
—크리스티에게

나는 내 딸에게 수박씨를
파는 사내와
불안한 시선을 교환한다.

새의 그림자가
우리가 내민 손 모두를 덮고 지나간다.

그 상인은 채찍을 들어올린다 그리고
서둘러 늙은 말을 몰아
베르셰바를 향해 떠난다.

너는 내가 고른 씨앗들을 내민다.
벌써 너는 잊었다 그 사내
그 말
수박들까지도 그리고
그 그림자는 상인과 나 사이에선
전엔 본 적 없는 무엇이었지.

나는 여기 바싹 마른 길가에서
네 선물을 받아들인다.
네가 주는 축복을 받아들기 위해
나는 손을 내뻗는다.

배신

나쁜 신용처럼
손가락에서 시작된다
그들의 거짓말도

접촉

나와 함께 있는 사내를 확인해두라.
그는 곧
왼손, 불알 두 쪽, 코 그리고
잘생긴 수염을 잃게 될 것이다.

도처에 비극이 있다
오, 예루살렘.

그가 자기 찻잔을 들어올린다.
기다려.
우리는 카페에 들어선다.
그가 자기 찻잔을 들어올린다.
우리는 같이 앉는다.
그가 자기 찻잔을 들어올린다.
지금.

내가 끄덕인다.

얼굴들!

그의 두 눈이, 한곳으로 모이고,
천천히 그의 머리에서 떨어져내린다.

무슨 일인가 벌어지고 있다

내게 무슨 일인가 벌어지고 있어
내가 내 감각을 믿고 말한다면
이건 단순히 또다른 방해물이 나타난 게
아냐 자기야 나는 여전히 같은
피부 안에 묶여 있고
많은 희생을 치르면서도
순수한 생각과 야심찬 갈망
깨끗하고 건강한 자지를 지켜왔어
하지만 내 두 발이 내게 자신들에 대한
이야기와 자신들과
내 두 손 심장 머리카락 두 눈과의
관계에 대한 이야기를 하기
시작하고 있어

내게 무슨 일인가 벌어지고 있어
할 수만 있다면 자기한테 묻고 싶어
자기는 이런 비슷한 거 느껴본 적 있느냐고
하지만 자기는 오늘밤 이미 너무
멀리 가 있지 자기가 내 말을
들을 수 있을 거 같지가 않아 게다가
내 목소리도 벌써 영향을 받고 있어

내게 무슨 일인가 벌어지고 있어
놀라지 마 혹시
어느 날 이 밝은 지중해의 햇살 아래
깨어났는데
내 자리에 어떤 여자가 있는 걸
발견하더라도
아니면 더 고약하게
어떤 처음 보는 백발의 사내가
시를 쓰고 있더라도
더이상 문장을 짓지도 못하면서
입술만 달싹거려
자기한테 무언가를 말하려
하는 사내가

새크라멘토에서의 여름

우린 최근 들어 차를 찾아보고 있었다
내 아내는 1972년형 폰티악 카탈리나
컨버터블을 염두에 두고 있었다
버킷시트에 이것저것 자동으로 되는
하지만 나는 붉은색과 흰색이 섞인 71년형 올즈모빌
커틀러스를 눈여겨보고 있었다 에어컨에
화이트리본타이어 주행거리가 짧고 오백 달러가 싼

그런데 난 컨버터블도 좋아한다 우리는
정말 좋은 차를 가져본 적이 없다

지불해야 할 것은 거의 다 지불했고
우린 차를 하나 더 살 여유가 있다
하지만 이천 달러는 여전히 큰 돈이고
일 년 전이었으면 우린 그 돈을 들고
멕시코로 튀었을 거다

목요일까지 집세를 내야 하는데
우린 그 돈이 있다
책임져야 할 것들을 책임질 수 있는 것만큼
좋은 건 또 없다

5월 25일 내 생일에
우리는 육십 달러 혹은 그 이상을
저녁식사와 와인과 칵테일
그리고 영화 보는 데 썼다
저녁을 먹을 때 우린 대화거리를 거의 찾을 수가
없었다 서로 마주보며 자주
미소를 짓긴 했지만

지난 몇 달 동안 우린 영화관에 무척 자주 갔다

이번주 금요일 밤에
지난 크리스마스 이후로 이따금 만나던
어떤 여자애를 만날 생각이다
내 쪽에서는
심각한 관계는 아니고
하지만 우린 잘 맞고
그래서 기쁘고
그애가 나한테 이런저런 관심을 가져줘서
그것도 기쁘다
그애는 내가 리노에 가서 이혼을 하는 대로
나와 결혼하고 싶어한다

생각을 해봐야 할 문제다

며칠 전
내가 한 번도 본 적이 없는
수 톰슨이라는 매력적인
이웃집 여자가
우리집 현관에 와서 내게 말했다
자기의 열다섯 살짜리 수양아들*이
내 일곱 살짜리 딸의 치마를 걷어올리는 걸
누가 봤다고
그애의 청소년 가석방 담당관이
내 딸에게 몇 가지 물어보고 싶어한다고

어젯밤 또다른 영화를 보러 갔는데
어떤 노인이 극장 로비에서
내 어깨를 잡으며 물었다—
프레드 어디 가는 거야?—
뭐야 이거 내가 말했다
사람 잘못 봤어요

* foster son. 가정이 없거나 다른 이유로 자기 가정을 떠나 있어야 하는 아이를 임시로 데리고 있는 경우. 입양을 전제로 하는 경우도 있고, 그렇지 않은 경우도 있다.

다음날 아침 일어났을 때
여전히 그의 손을 느낄 수 있었다

거의

손을 뻗으며

그는 자기한테 문제가 있는
걸 알았다,
시를 한참 쓰다가
동의어사전에
그다음 순서로
웹스터사전에
손을 뻗으며.

소다크래커

너 소다크래커여! 빗속에서
지칠 대로 지쳐 나 혼자
여기에 도착했던 걸 기억한다.
너와 내가 이 집의 고요와
홀로 있음을 공유했던 것도.
그리고 그 첫째 날 밤
부엌 식탁에서 치즈와
버섯수프에 곁들여
너를 셀로판 포장에서 꺼내,
명상하듯이, 먹을 때
손가락 끝에서 발가락 끝까지
나를 사로잡던 의심도. 이제,
그날로부터 한 달이 지난 지금,
너와 나의 중요한 부분은 여전히
여기 있다. 난 잘 지낸다.
그리고 너도—나도 네가 자랑스럽다.
너에 대해서는 심지어
지면에 평도 실려 있더구나!
소다크래커들은 정말
운도 좋은 거 같아.
이 정도면 우린 둘 다 잘하고
있는 거야. 내 말 들어.

난 내가 소다크래커에 대해
이런 식으로 길게 얘기할 수 있을 거라고는
생각도 못해봤어.
하지만 이제 이곳도 맑고
해가 나고 있어, 마침내.

레이먼드 카버의 시세계

—단편소설과 시의 사이

『파리 리뷰』에 게재할 인터뷰를 위해 모녀 심슨과 루이스 버즈비가 찾아갔을 때, 카버는 이미 삼 년째 시러큐스 대학 영문과의 정규직 교수로 일하며 세번째 소설집인 『대성당』을 내고 난 뒤였다. 두 사람이 찾아간 카버의 시러큐스 집은 그가 당시 동거중이던 테스 갤러거와 공동명의로 얼마 전 구입한 것으로, 꽤 커다란 이층집이었다. 그 집의 진입로에는 역시 얼마 전 구입한 커다란 벤츠가 주차되어 있었고, 실내에는 크림색 소파를 비롯해 서로 무난하게 잘 어울리는, 그러나 별다른 특색이 없는 가구들이 갖춰져 있었다. 카버는 그 모든 가구가 한날한시에 주문한 것들이라고 했다. 현관문에는 글에 집중하기 위해 '방문 사절'이라고 쓴 표지판이 걸려 있었고, 전화선 또한 며칠씩 뽑아놓을 때가 자주 있다고 했다. 카버가 글을 쓰는 방은 그 위층에 있었는데, 그 방의 벽은 아무런 장식물도 없이 텅 비어 있었고, 떡갈나무로 만든 커다랗고 육중한 책상 또한 마찬가지였다. 이렇게 단순하고 간

결하기로는 그의 복장도 마찬가지였다. 옅은 색 면바지나 청바지에 플란넬셔츠는 그를 기억하는 모든 사람들이 떠올리는 옷차림이다. 이런 폐쇄적이고 몰취향에 가까운 주변 분위기와 외모는 그러나 무언가 아직 덜 갖춰진, 부족한 상태가 아니라, 카버가 처음으로 자신이 원하는 것을 모두 갖춘 모습이었다. 카버로서는 술과 가난으로 고단하고 복잡했던 시절을 다 흘려보내고, 두번째 작품집을 둘러싸고 편집자와 겪어야 했던 심각한 갈등도 다 뒤로한, 처음으로 맞이하는 안정된 시기였다.

카버는 어린 시절부터 유행이라든가 취향이라는 것과 별 관계 없는 분위기에서 자라났다. 그가 유년과 청소년 시절을 보낸 미국 북서부 워싱턴주의 야키마라는 지역의 분위기도 그랬거니와, 무엇보다, 가난 때문이었다. 그의 부친은 제재소에서 톱날을 관리하는 기술자였고, 모친은 슈퍼마켓 직원, 웨이트리스, 과수농장 노동자(야키마는 사과를 비롯한 과일 산지로 유명하다)로 닥치는 대로 일했으니 이 정도면 넉넉하진 못하더라도 안정된 생활을 꾸릴 수 있을 만한 조건이었지만, 불행하게도, 카버의 가족은 그렇지 못했던 것 같다. 카버에 의하면, 가장의 술이 문제였다. 그의 알코올의존증은 직업의 불안정으로 이어졌고, 그건 곧 가난을 의미했다. 부친의 술과 가난은 그 패턴 그대로 레이먼드 카버의 술과 가난, 그리고 그가 십대 때 본 두 아이를 포함한 가족들의 고통으로 그대로 이어졌다.

물론, 늘 그런 건 아니었다. 카버는 스물여섯의 나이에 아이오와대학원을 중퇴하고 캘리포니아주 새크라멘토로 돌아온 직후의 한동안은 대책 없이 가난했지만, 그가 머시병원에 야간 청소부 자리를 얻고 아내 역시 안정된 직장을 얻게 되면서부터는 셋집이긴 하지만 크기도 넉넉한 그럴듯한 집에서 그럭저럭 살림을 꾸려갈 수 있었다. 그러나 이 생활은 오래가지 못했다. 술이 큰 역할을 했고, 아내와의 불안한 관계가 거기에 불을 지폈다. 그 반대일지도 모르겠다. 누가 알겠는가. 다른 사람을 만나기 시작한 건 카버가 먼저였다. 그러고 나서는 직장에서 승승장구하고 있는 아내가 직장상사와 불륜 관계에 있다고 의심했고, 그래서 직장을 그만두도록 강요했고, 본인은 술독에 빠져들었다. 술과 배우자에 대한 의심, 이 두 가지는 서로를 부추기며 이들의 생활을 불안정하게 만들었고, 다시 가난으로 이어지게 했다. 가정생활의 문제, 술, 그리고 가난이라는 큰 주제들은 카버의 마지막 소설집인 『대성당』에 수록된 「깃털들」 「칸막이 객실」 「별것 아닌 것 같지만, 도움이 되는」 「기차」 「굴레」 「대성당」 정도를 제외한 그의 모든 소설들의 밑바탕을 형성하고 있다. 그것들 위에 드리운 짙은 그림자라고 해도 좋겠다. 이 문제들을 이런저런 필터를 통해 거르고 서사의 틀을 입혀 정리해놓은 게 소설이라면, 시에서는 그것들이 그 전 단계에서보다 직접적으로, 카버의 육성으로 튀어나온다.

　카버는 훔볼트대학 재학 시절에 작은 잡지*에 소설과 시를 발표하며 작가의 길에 들어섰는데, 공교롭게도 1962년 어느 같은 날 다른 잡지에 시와 소설이 각기 게재되었다.** 그에게는 시와 소설을 같이 써나가는 게 처음부터 자연스러운 일이었던 셈이다. 출판은 시 쪽이 먼저였다. 새크라멘토대학의 문학클럽에서 펴낸 팸플릿 형태의『클래머스 근처』(1968)는 스물여섯 편의 시를 담은 시집이었고, 공식적으로 카버의 첫 출판물로 간주되는 카약북스라는 독립출판사에서 낸『겨울 불면증』(1970) 역시 시집이었다. 두번째 출판물도『밤에 언어가 움직인다』라는 제목의 시집이었다. 첫번째 소설집『제발 조용히 좀 해요』는 이 두번째 시집이 나온 1976년에야 간행되었다. 카버는 세 권의 소설집이 프랑스에서 모두 번역되어 나온(번역 출간 순서는 미국에서 출간된 순서와는 반대로 『대성당』이 제일 먼저였고,『제발 조용히 좀 해요』가 마지막이었다) 1987년 봄에 프랑스의 문학 저널리스트 클로드 그리말과 인터뷰를 가졌다. 그중에서 단편소설과 시의 관계에 대한 부분만 옮겨본다.

그리말 선생은 시인으로서, 본인이 단편소설 작가로서 도달한 수준에 이르렀다고 생각하시나요? 그리고 선생의 시와 소설의 관계는 어떤 것인가요?

---

* 미국에서는 각지의 대학, 혹은 독립출판사들이 내는 문예지들을 전국적인 규모의 잡지들과 비교해 '작은 잡지'라 부른다. 이 작은 잡지들이 미국 문학 생태계의 기반 역할을 한다.
** 뉴멕시코주에서 발행되는『타깃』에 시「놋쇠반지」가, 유타주의『웨스턴 휴머니티스 리뷰』에 단편소설「전원」이 게재되었다.

카버 단편소설들이 더 잘 알려져 있긴 하지만, 저는 제 시들을 사랑합니다. 관계요? 제 단편소설들과 시들은 둘 다 짧습니다. (웃음) 저는 소설과 시를 같은 방법으로 쓰고, 그 효과도 비슷하다고 생각합니다. 장편소설에서는 볼 수 없는 언어와 감정의 압축이 있죠. 제가 자주 하는 말인데, 단편소설과 시는 단편소설과 장편소설보다 가까운 관계입니다.

그리말 이미지라는 문제에도 같은 방식으로 접근하시나요?

카버 아, 이미지요. 누군가 저한테 이렇게 말해준 적이 있는데, 저는 시나 단편소설을 쓸 때 이미지에 기초하지는 않는 것 같아요. 이야기에서 이미지가 빠져나오는 거지, 그 반대가 아니라는 거죠.

길지 않은 내용이지만, 카버가 시에 접근하는 핵심적인 내용은 분명하게 기술되어 있다. 카버는 시 또한 이야기로 접근했다는 것. 다만 그 이야기들은 예민한 순간들이 압축된 언어로 포착된 것이어야 했다는 것.

그러나 그렇다고 해서 그의 시들이 그의 소설과 완전히 같은 언어, 같은 정서를 공유하는 것은 아니다. 카버의 소설을 읽은 이들이 가장 많이 말하는 건조하고 황량한 느낌을 두고 생각해보자. 많은 평자들이 주목했듯, 카버의 소설 속 인물들이 그렇게 느껴지는 건 사실은 그들의 가난 같은 외적인 조건 때문만은 아니었다. 어떤 인물은 일자리를 잃었고, 어떤 인물은 가재도구를 모두 앞마당에 내놓고 있고, 어떤 인물은 고지서를 피해 집안에 숨어 있지만, 이들은 대개 대학교육까지 받은 사무직 인력들이고, 경제적인 능력 외의 다른 요인들로 인해 곤경에 처해 있는 상태다. 적어도, 구조적인 요인으로 인해 대책 없이 밑바닥에 몰린 존재들은 아니라는 말이다. 그런데도 그들이 끔찍하고 비참하게 느껴지는 건 가난 자체보다는 삭막하고 살벌한 분위기, 그들이 다른 이들과 맺는 관계와 내면의 황량함 때문이다. 하지만 카버의 시들은 어떤 상태, 혹은 이야기가 이렇게 사건과 인물로 구성되어 제시되기 전의 모습, 이런 살풍경으로 덮이기 전 날것의 감정과 상태를 보다 직접적으로 드러낸다. 아버지의 장례에 한푼도 보탤 여력이 없어 구경만 하고 있고(「아버지의 지갑」), 관에 눕혀진 아버지에게 옷을 제대로 입혀줄 여유가 없어 하의는 반바지만 입힌 걸 내내 기억하고 있고(「초원」), 얹혀살고 있는 가족이 가진 걸 모두 내다 파는 현장에서 자신이 누구도 도와줄 형편이 못 된다는 사실을 깨닫고(「괴로운 장사」) 있는가 하면, 카버의 아이들은 아내로부터 목을 맬 밧줄을 크리스마스 선물로 받은 아버지가 취해 쓰러져 자고 있는 옆에서 그 모습을 비웃으며 TV의 볼륨을 높이는(「동방에서, 빛이」) 식이다.

물론 그의 시들이 가난에 대한 직접적인 진술로 채워진 것들만 있는 건 아니다. 이를테면, 아서 베시아 같은 이는, 카버의 시를 주제별로 다섯 범주로 분류했다. 메타시와 헌정시, 술에 대한 시, 결혼생활과 가족에 대한 시, 자연에 대한 시, 죽음과 그 너머에 대한 시가 그것들이다.* 아마도 이중 강렬하게 다가오는 것들은 술에 대한 시와 결혼생활과 가족에 대한 시(가난과 기억에 얽힌 이야기들은 대개 이 두 범주에 들어 있다), 그리고 죽음과 그 너머에 대한 시들일 테지만, 그가 평생 읽어온 작가들이나 여러 인물들(여기에는 알렉산드로스대왕이나 발자크 같은 역사적인 인물들뿐 아니라 줄타기의 명인, 요리사, 불을 뿜는 묘기를 부리는 소년, 서부의 총잡이 같은 이들도 포함된다), 그가 가본 장소들에 대한 시편들도 그가 시를 길어올리는 중요한 원리를 읽어낼 수 있다는 점에서 큰 의미가 있다. 카버는 언제나 구체적인 장면을 그려내고, 그 작업을 통해 다음 차원으로 넘어간다. 예를 들어, 「스위스에서」라는 시에서 카버는 제임스 조이스의 무덤을 찾아간다. 그리고 그가 그 무덤을 찾아가는 길은 "5번 '동물원' 전차를 타고" 가야 하며, 사자가 우는 소리가 묘지까지 들려올 거라는 경고를 받는 방식으로 구체화되어 있다. 그리고 화자가 또 한번 그곳에 찾아가는데, 그 방문 역시 "기차를 타고/ 취리히를 떠나 루체른으로" 떠나는 날 아침으로 특정되어 있고, "잔디가 짧게 깎여" 있고, "나는 그 위에 한동안 앉아 담배를 피운다"는 식으로 구체적으로 묘사된다. 그리고 이 두 번의 방문은 각각 "종점까지" 간다고 적시되어 있다. 이렇게 해서 이 간단한 이야기는 죽음이라는 이미지를 길어올리고, 그것을 향해 집중되고, 편의상의 범주를 넘어 카버 평생의 주제, 혹은 그림자인 죽음을 향해서 흘러간다.

---

* Arthur F. Bethea, *Technique and Sensibility in the Fiction and Poetry of Raymond Carver*, Major Literary Authors Vol. 7, Routledge, New York & London.

이런 범주화된 분류 밖으로 즐겁게 흘러넘치는 시의 흐름이 또하나 있는데, 그건 그의 삶에 대한 낙관(그러나 불안이 완전히 가시지는 않은), 즐거움에 대한 몇 편의 시들이다. 이 시들은 그가 워싱턴주의 포틀랜드로 옮기고 나서 집중적으로 끄집어낸 고통스러운 기억에 대한 시들 사이사이에서, 마치 스스로에게 보상이라도 하듯이, 현재의 행복을 그려낸 것들이다. 「파티」 「내일」 「테스에게」 「함께 깨어 있기」 「바람」 「행복」 같은 시들. 그러나 카버에게 행복은 관계에서 오는 따뜻함에 국한되거나, 혹은 그것만으로 얻어질 수 있는 건 아니었다. 사십대에 이르러서야 경제적인 안정을 얻게 된 카버에게는 돈 또한 무척 중요한 것이었고, 그걸 숨기려 들지 않았다. 카버는 「돈」이라는 시에서 돈이 있으면 할 수 있는 일들을 여러 가지 나열하고(법을 어기지 않을 수 있고, 자기 이름과 전화번호를 유지할 수 있고, 유치장에 들어간 친구를 보석으로 꺼내줄 수 있고, 옷을 사고 집세를 내고 식료품을 살 수 있고, 외식을 나갈 수 있고, 차를 살 수 있고, 등등), 「차」라는 시에서는 가난한 시절에 경험한 다양한 문제를 지닌 차들을 나열한 뒤 "저 뒤 주차장에서 기다리고 있는/ 내가 꿈꾸던 차./ 내 차"라고 노골적으로 자신의 새 차, 시러큐스로 그를 인터뷰하러 온 두 사람이 목격한 그 벤츠를 자랑스럽게 언급한다. 그 두 사람에게는 아마도 졸부처럼 보였을 조건—새 차, 몰취향의 실내장식, 새 가구들—이 카버에게는 비로소 확보한 쾌적한 삶의 조건이자 마음껏 일할 수 있는 환경이 될 수 있었던 이유가 이것이다. 카버는 마지막 오 년 동안에는 테스 갤러거와 공동으로 모두 세 채의 집을 구입하고 유지했다. 그리고 그 기간 동안 이백여 편의 시와 예닐곱 편의 소설을 써냈다. 나는 그가 가난과 술로 인해 망가지지 않은 것만큼이나, 말년의 갑작스러운 풍요 속에서도 게을러지거나 무뎌지지 않은 것에 감탄하고 주목한다. 그 균형감각, 그 천진함에도 여지없이 우리가 봐야 할 삶의 비밀 한 자락이 들어 있는 것 같기 때문이다.

이 시집의 말미에 들어 있는 『폭포로 가는 새로운 길』은 카버의 마지막 시집이다. 이 시집은 수술로 제거한 암이 재발했다는 사실을 알게 된 뒤 준비하기 시작해 사후에 출간되었다. 그렇기 때문에 자연히 자신의 죽음과 관련된 시들이 많이 포함되어 있는데, 그 외에도 일반적인 시집에서는 보기 어려운 방식으로 구성된 작품들이 여러 편 들어 있다. 말미에 체스와프 미워시, 안톤 체호프 등 다른 시인, 작가들의 이름이 적힌 시편들이 그것이다. 결론부터 말하자면, 이 시들은 체호프를 비롯한 다른 작가들의 글을 그대로 가져다가 행갈이만 새로 한 것이 대부분이다. 이걸 과연 시로 인정할 수 있느냐 하는 것에 대해서는 논의의 여지가 있을 법한데, 이 시들에 대해 레이먼드 카버와 오래 함께 살다가 그 무렵에 결혼식을 올린 시인 테스 갤러거는 이렇게 설명한다. 항암치료를 받으러 다니던 무렵 두 사람은 체호프의 소설집에 매달려 지냈다고 한다. 매일 아침 갤러거가 읽고 그중에 인상적인 부분을 카버에게 들려주면 카버가 다시 읽고, 저녁 때 그 부분에 대해 이야기를 나누는 식이었는데, 그 구절들에서 카버는 자신이 살아온 삶을 읽었고 그 산문들 속에 시가 들어 있는 걸 보았다. 카버는 그 구절들을 행갈이를 하고 부분적으로 다듬기도 해서 시의 형태로 만들어냈다. 그가 이렇게 하기로 마음먹은 데에는 그전에 읽은 체스와프 미워시의 시집도 한몫을 했다. 미워시는 그의 시집 『도달할 수 없는 지구』에서 다른 시인과 작가, 철학자들의 글을 그대로 가져다 쓰는 방식을 자주 시도했는데, 카버는 그런 시도들이 '좀더 널찍한 형식'을 열어준다고 생각했다. 그 결과 체호프를 비롯해 그가 그 무렵에 읽고 있던 시인, 작가들의 작품은 물론, 매뉴얼 성격의 글까지도 자신의 시 속에 포함시키게 된 것이다. 이 시들은 카버가 쓴 시들과 어우러지며 그가 육성으로 말하는 고통, 죽음, 기억 등에 다른 사람들이 같은 경험을 바라보는 시선을 얹어주는 역할을 한다.

번역이란 기본적으로 난감한 일이다. 원래의 텍스트에서 빠지는 것들과 새로 들어가는 것들이 적지 않은 과정이되 그것들의 합이 '0'에 근접해야 하는 작업이기 때문이다. 모든 번역자는 자신이 읽은 원래의 텍스트에 가능한 한 가까이 가 있는 결과물을 내놓기 위해 이런저런 노력을 기울이는데, 그러기 위해 원 텍스트의 자구에 극단적으로 충실한 방식과 그와는 반대로 자기가 읽은 인상을 선명하게 드러낼 수 있도록 번역어들을 구성하는 방식을 양극단으로 하는 일종의 스펙트럼 상의 어느 한 지점을 선택하게 되기 마련이다. 시를 번역할 때는 대체로 산문의 경우보다 이 문제가 조금 더 첨예하게 드러나는 경향이 있는데, 카버의 시를 번역하는 일은,

아무래도 때때로 좀더 모호하고 까다로운 면은 있지만, 소설을 옮기는 것과 아주 다르지는 않았다. 이건, 앞에서 카버 본인의 말을 빌려 잠시 이야기했듯이, 카버가 소설을 쓰는 방식과 시를 쓰는 방식이 크게 다르지 않기 때문이고, 무엇보다 그가 영시가 가질 수 있는 언어적 특수성—이를테면, 운율 따위의 형식적 전통을 따르지 않을 뿐만 아니라 은유를 포함한 각종 비유법을 사용하는 것도 극히 제한하면서, 보이는 것과 생각되는 것들을 있는 그대로 장면화시켰기 때문이다. 그리고 그가 특정한 이미지가 아니라 생각-이야기에서 시를 시작한다는 사실 또한 번역에는 도움이 된다. 대개의 경우 이미지란 문화적으로 독특한 것이고, 따라서 다른 언어로 전환하려면 설명이 길어질 위험이 있는데, 설명은 그것이 아무리 효과적이고 심지어 독특한 정서를 확보하게 되는 경우라도 근본적으로 반反이미지이고, 따라서 시의 긴장을 해치게 되기 마련이다. 그러나 카버의 시에는 이런 경우가 그리 많지 않다. 이런 이유들로 해서 카버의 시에는, 대개의 시인들의 작품들과 비교했을 때 상대적으로, 번역 불가능한 요소들보다는 번역 가능한 요소들—소재, 소재의 전개, 화자의 발언 등—이 더 큰 비중을 차지하고 있다. 이렇게 이야기를 해놨으니, 만약 납득이 되지 않는 시들이 있다면 그건 당연히 번역자의 탓이 되겠다.

처음에 이 작업을 진행한 강윤정 편집자님, 그리고 이후에 긴 과정을 함께한 김영수, 김수아 편집자님께 깊은 감사를 드린다. 모호하거나 내가 잘 모르는 표현에 대해서는 아내 이향

구의 적절한 도움을 여러 번 받았다. 처음 카버의 시들을 읽으면서 눈에 띄는 것들을 한두 편씩 번역해 페이스북에서 몇 안 되는 친구들과 나누던 시절, 최정례 시인께서 늘 격려해주시며 출판할 수 있는 길을 찾아보자는 이야기를 해주시곤 했다. 이제 문학동네를 통해 선집도 아니고 카버의 시 모두가 번역되어 나오게 되었는데, 누구보다 이 일을 기뻐할 시인께서는 이미 한 해 전에 이곳을 떠나시고 없다. 계신 곳에서 평안하시기를 빌 뿐이다.

2022년 3월
고영범

지은이 **레이먼드 카버**
20세기 후반 미국문학을 대표하는 소설가이자 시인. '미국의 체호프'라 불리며 1980년대 미국 단편소설 르네상스를 이끌었다는 평가를 받는다. 1938년 5월 25일 오리건주 클래츠케이니에서 태어나 1988년 8월 2일 워싱턴주 포트앤젤레스에서 폐암으로 사망했으며, 소설집 『제발 조용히 좀 해요』 『사랑을 말할 때 우리가 이야기하는 것』 『대성당』 등을 펴냈다. 시인으로 문학의 길에 들어선 그는 1983년 『대성당』으로 소설가로서 큰 성공을 거둔 이후 남은 평생을 시쓰기에 전념했고, 사후 그 시기에 쓴 다섯 권의 시집을 한데 모은 『우리 모두』가 출간되었다.

옮긴이 **고영범**
극작가, 소설가, 번역가. 대학에서는 신학을, 대학원에서는 영상 제작을 전공했다. 제6회 벽산문화상을 수상한 「에어콘 없는 방」을 비롯한 여러 편의 희곡과 장편소설 『서교동에서 죽다』, 클래식클라우드 시리즈의 『레이먼드 카버』를 썼고, 『레이먼드 카버: 어느 작가의 생』 『Story: 시나리오 어떻게 쓸 것인가』 등을 번역했다.

우리 모두

1판 1쇄 2022년 3월 18일 | 1판 4쇄 2023년 10월 12일

지은이 레이먼드 카버 | 옮긴이 고영범
책임편집 김영수 | 편집 강윤정 김수아
디자인 엄자영 유현아 | 저작권 박지영 형소진 최은진 서연주 오서영
마케팅 정민호 서지화 한민아 이민경 안남영 왕지경 황승현 김혜원 김하연
브랜딩 함유지 함근아 박민재 김희숙 고보미 정승민 배진성
제작 강신은 김동욱 이순호 | 제작처 한영문화사(인쇄) 신안문화사(제본)

펴낸곳 (주)문학동네 | 펴낸이 김소영
출판등록 1993년 10월 22일 제2003-000045호
주소 10881 경기도 파주시 회동길 210
전자우편 editor@munhak.com | 대표전화 031) 955-8888 | 팩스 031) 955-8855
문의전화 031) 955-3576(마케팅) 031) 955-2679(편집)
문학동네카페 http://cafe.naver.com/mhdn
인스타그램 @munhakdongne | 트위터 @munhakdongne
북클럽문학동네 http://bookclubmunhak.com

ISBN 978-89-546-8558-0 03840

잘못된 책은 구입하신 서점에서 교환해드립니다.
기타 교환 문의 031) 955-2661, 3580

www.munhak.com